B. E. Pfeiffer

Mistletoe

Ein Boss zu Weihnachten

Liebesroman

STERNENSAND

www.sternensand-verlag.ch | info@sternensand-verlag.ch

1. Auflage, November 2019

Umschlaggestaltung: Juliane Schneeweiss
Lektorat / Korrektorat: Sternensand Verlag GmbH | Natalie Röllig
Korrektorat Druckfahne: Sternensand Verlag GmbH | Jennifer Papendick
Satz: Sternensand Verlag GmbH
Druck und Bindung: Smilkov Print Ltd.

ISBN-13: 978-3-03896-093-5
ISBN-10: 3-03896-093-5

Für alle,

die an den Zauber

von Weihnachten

glauben.

1

Leandra

Es hätte ein wunderschöner Tag werden können, aber er wurde zum beschissensten Tag meines Lebens. Davon ahnte ich noch nichts, als ich die Mittagspause mit meiner liebsten Kollegin Mira im kleinen Café direkt neben unserem Bürogebäude genoss, das bereits in weihnachtlichem Glanz erstrahlte. Vermutlich hatte ich wegen des besonderen Weihnachtszaubers in der Luft beste Laune und daher nichts eingewendet, als Mira Sekt bestellte. Zudem gab es etwas zu feiern.

»Glückwunsch, Leandra!«, prostete mir meine Freundin zu. »Du hast diese Beförderung so was von verdient!«

Ich lächelte, bevor ich von meinem Sekt trank.

Ja, ich hatte sie mir wirklich durch meinen Ehrgeiz verdient. Seit meinem Studienabschluss arbeitete ich im Finanzbereich bei einer größeren Firma, Stanley Industries, die technologische Lösungen erforschte und entwickelte, sogar die NASA ab und zu beriet. Im Laufe der Jahre war eine kleine Firma zu einem multinationalen Konzern geworden. Nicht zuletzt wegen der Firmenakquisitionen, die wir immer wieder getätigt hatten.

Dafür verantwortlich war die Abteilung ›Mergers and Acquisitions‹, kurz M&A. Nachdem deren Leiter in Pension gegangen war, hatte man intern nach einer Nachbesetzung gesucht. Mein Chef hatte mich vorgeschlagen und vor einigen Tagen hatte der Vorstand seine Zustimmung mitgeteilt. Noch wusste niemand davon – von meinem Chef, dem Vorstand und mir abgesehen. Aber heute, bei dem Jour fixe, einem regelmäßigen monatlichen Treffen aller Abteilungen unter dem Finanzvorstand, sollte es bekannt gegeben werden.

Mein Job nahm einen hohen Stellenwert in meinem Leben ein und ich hatte alles für diese Beförderung gegeben. Ich kam als Erste und ging als Letzte, machte Überstunden ohne Ende und verbrachte meistens sogar die Wochenenden im Büro. Meiner Beziehung hatte das nicht gutgetan. Um genau zu sein, hatte es meinen Ex Daniel dazu bewogen, mich mit meiner besten Freundin Ann zu betrügen. Korrektur, mit meiner ehemals besten Freundin. Und ich hatte sie auch noch mittendrin erwischt, als ich vollkommen ausgelaugt nach Hause gekommen war.

Ich hätte misstrauisch werden müssen, als ich das Stöhnen aus dem Schlafzimmer gehört hatte. Naiv, wie ich war, dachte ich, Daniel wäre krank. Ihn dann im Bett kniend vorzufinden und auf seinen Hintern zu starren, der sich rhythmisch bewegte, während er Ann heisere Laute entlockte, brachte auch mich zum Keuchen. Vielleicht war es kein Keuchen, sondern ein Schrei, denn beide fuhren wie vom Blitz getroffen zu mir herum. Ann verkroch sich panisch unter der Decke und verpasste dabei Daniel einen Tritt ins Gemächt. Irgendwie verschaffte mir das Genugtuung. Aber nur kurz.

»Raus hier!«, fuhr ich beide an und holte einen Müllsack, um Daniels Sachen hineinzustopfen.

Während ich seine Kleidung aus den Schubladen riss und ihn wüst beschimpfte, ignorierte ich seine Beteuerungen, dass er alles erklären könne und Ann ihm nichts bedeute. Daraufhin verpasste Ann ihm noch einen Tritt zwischen die Beine und verließ schluchzend die Wohnung.

»Bitte, Leandra, ich liebe nur dich!«, beteuerte er noch einmal, als er wieder sprechen konnte.

»Wie lange geht das schon mit euch?«, fragte ich ihn und steckte wahllos Klamotten in den Müllbeutel.

»Drei Monate …«, gestand er kleinlaut.

Ich schleuderte ihm den Sack mit seinen Sachen gegen die Brust. »Verschwinde aus meiner Wohnung.«

»Aber … es ist doch bald Thanksgiving!«, stammelte er und blickte aus dem Fenster. Das ›bald‹ war übertrieben, denn wir hatten Anfang November. Trotzdem herrschte bereits tiefer Winter in Brooklyn, wo meine Wohnung lag.

»Dann zieh dir zuerst etwas an und hau anschließend ab!«

»Bitte, Leandra. Lass uns darüber reden …«

»Drei Monate, Daniel!«, fuhr ich ihn an. »Wir sind gerade mal ein halbes Jahr ein Paar und du gehst seit drei Monaten fremd!«

Sein Blick wurde mit einem Mal hart. »Wundert es dich wirklich? Du bist nie zu Hause! Du lebst nur für deinen Job.«

»Zumindest habe ich einen«, brummte ich und verschränkte die Arme. Er hatte schließlich gewusst, worauf er sich einließ, als wir uns kennenlernten.

»Ich bin Künstler, Babe«, erklärte er und schlüpfte in seine Jeans. Ohne Boxershorts darunter. Igitt. »Ich arbeite, wenn die Muse mich küsst.«

»Und fickst dazwischen alles, was dir gefällt, oder?«, warf ich ihm an den Kopf.

Es war oft das Erste gewesen, was er getan hatte, wenn ich heimkam. Mir den Rock hochzuschieben und mich bereits im Vorzimmer gegen eine Wand zu drücken und zu nehmen.

»Bisher hattest du kein Problem damit, wenn ich meine Blockaden mit dir gelockert habe.«

»Geh jetzt!«, hatte ich gezischt und auf die Tür gedeutet.

»Was ist mit meinen Sachen?«

»Ich rufe meine Schwester Rose an. Wenn sie Zeit hat, dich zu überwachen, kannst du wiederkommen. Bis dahin halte dich von mir fern.«

Das lag jetzt drei Wochen zurück. Wirklich getrauert hatte ich um Daniel nicht. Der Sex mit ihm war gut, nur dass wir beide nicht die Ewigkeit miteinander verbringen würden, daran hatte von Anfang an kein Zweifel bestanden. Und ich war beinahe erleichtert gewesen, letztes Wochenende nicht Thanksgiving mit ihm verbringen zu müssen.

Wenn ich ehrlich war, hatte ich ohnehin nicht erwartet, dass diese Beziehung anders laufen würde als die vorherigen. Ich war Ende zwanzig und Daniel war der erste Mann, mit dem ich zusammengelebt hatte. Was vermutlich daran lag, dass ich eine schöne Wohnung mein Eigen nannte, während er bei Freunden auf der Couch geschlafen und eben eine Unterkunft gebraucht hatte. Aber immerhin.

Keine meiner Beziehungen hielt länger, als mein nächstes Projekt dauerte. Ich war ein ehrgeiziger Workaholic und es störte mich nicht. Meine Freunde und Familie hatten meistens Verständnis und unterstützten mich, die Männer an meiner Seite eher nicht. Ich tat es einfach damit ab, dass sie Powerfrauen zwar theoretisch toll fanden, jedoch keine davon als Freundin wollten, weil sie nicht damit klarkamen.

Vielleicht hatte ich deswegen weit emotionsloser als die meisten Frauen reagiert, als ich Daniel und Ann in flagranti erwischte. Weil es mir schlichtweg gleichgültig war.

»Wenn du mal jemanden brauchst, der die Ellbogen ausfährt, du weißt ja, mich hält nichts in unserer Abteilung«, riss mich Mira aus meinen Gedanken und hob ihr Sektglas grinsend an.

»Ich werde an dich denken«, erwiderte ich und prostete ihr erneut zu.

Mira wollte nach einer gescheiterten Affäre mit einem Kollegen die Abteilung wechseln. Ich hatte ihr von vornherein abgeraten, etwas mit Jack anzufangen. Er lief jedem Rockzipfel hinterher und dann arbeiteten die beiden auch noch den ganzen Tag zusammen. Für mich gab es außerdem eine feste Regel: ›Trenn Berufliches von Privatem.‹ Wären Daniel und ich Kollegen, wäre eine Zusammenarbeit nicht mehr möglich gewesen oder ich hätte mich gar nicht erst auf ihn eingelassen.

Aber Mira hatte ihre Ohren verschlossen. Als klar wurde, dass sie mehr wollte als er und Jack es beendete, herrschte dicke Luft im Büro und ich musste mehr als einmal meine Blusen während der

Arbeit wechseln, weil ich Mira getröstet hatte und ihr Mascara auf meiner Kleidung seltsame Muster hinterließ. Sie tat mir leid, denn, wie es schien, hatte sie sich richtig in Jack verliebt. Noch etwas, das ich niemals zulassen würde: mich in einen Kollegen zu verlieben.

Ich warf einen Blick auf meine Armbanduhr. Es war bereits ein Uhr und ich hatte noch einiges fertigzustellen, damit ich nach dem Meeting mit den Kollegen der neuen Abteilung sprechen konnte. Ich kannte zwar alle, aber ich wollte dennoch mit jedem ein paar Worte wechseln. Ein neuer Abteilungsleiter bedeutete Veränderung und die wollte ich meinen Mitarbeitern so angenehm wie möglich machen.

»Lass uns zurückgehen«, schlug ich vor und leerte mein Glas in einem Zug.

Was sich als blöde Idee herausstellte, denn obwohl es draußen eisig kalt war, wurde mir auf dem kurzen Weg über den überfüllten Bürgersteig von Tribeca schwindelig.

Unsere Firma lag im Finanzdistrikt von Manhattan. Dennoch hatten wir Forschung und Entwicklung hier mitten im Zentrum, weil unser Firmengründer alles beisammen lassen wollte. Deswegen sah man hier nicht nur Anzugträger, sondern auch eher leger gekleidete Männer und Frauen. Aber das fand ich sogar sehr angenehm, denn besonders die Leute aus der Entwicklung waren immer freundlich und grüßten uns.

Mira hakte sich bei mir unter und stützte mich unauffällig, als ich über den rutschigen Boden des in Gold und Rot dekorierten Empfangsbereichs schlitterte.

»Hoffentlich legt sich das bis zum Meeting«, lallte ich, als wir in den Lift stiegen.

Ich drückte beschwingt den Knopf für die zwanzigste Etage und überlegte angestrengt, welches Lied gerade über die Lautsprecher ertönte.

»Sonst sagst du einfach, du bist aufgeregt.« Sie kicherte.

Wir grinsten uns an, während wir unsere Plätze aufsuchten. Froh darüber, sitzen zu können, atmete ich tief durch und machte mich an die Arbeit. Ich rief meine Mails ab und überflog einige Businesspläne, als ich wieder einigermaßen nüchtern war. Schließlich war es so weit, sich für das Meeting vorzubereiten.

Ich lief in den Waschraum, um sicherzugehen, dass man mir den leichten Schwips von vorhin nicht ansah. Im Spiegel prüfte ich, ob meine Frisur noch saß, und zog meinen Lippenstift nach, bevor ich mein graues Etuikleid, das ich so liebte, glatt strich. Für gewöhnlich hielt ich nicht viel von aufwendigem Make-up, aber ich sah gerne gepflegt aus. Mein Lidstrich ließ meine schokoladenbraunen Augen größer erscheinen und meine dunkelbraunen Haare wirkten in einem Dutt einfach am elegantesten. Dazu noch himbeerroter Lippenstift und ich wusste, dass ich als neue Leiterin der M&A-Abteilung eine gute Figur abgeben würde.

Ich zwinkerte mir ein letztes Mal zu, dann machte ich mich auf den Weg zum Meeting, das ich kaum noch erwarten konnte.

Das Besprechungszimmer war bereits gut gefüllt, immerhin wurden alle Mitarbeiter im Finanzbereich zusammengerufen für diesen Jour fixe.

Ich musste mir ein Grinsen verkneifen, als ich mich auf einen freien Platz setzte und artig meinen Notizblock und einen Stift zückte. Vermutlich war meine Beförderung nicht die gewaltigste Überraschung, die in einem solchen Meeting präsentiert wurde, aber rechnen würden dennoch die wenigsten damit. Ich fühlte mich richtig gut, während ich die kurze Rede, die ich halten wollte, noch einmal überflog.

Als sich mir gegenüber jemand niederließ, hob ich den Kopf ein wenig an, um den Neuankömmling zu begrüßen. Allerdings hatte ich diesen Mann noch nie gesehen und musterte ihn deswegen interessiert. Auf den ersten Blick fand ich ihn irgendwie sexy, aber das verflog, als ich ihn näher betrachtete. Er wirkte ein wenig arrogant, wie er da saß und an seinem Ärmel herumzupfte. Seine hellbraunen Haare, die er oben länger trug und seitlich recht kurz geschnitten, wie es derzeit modisch war, hatte er mit viel Gel streng gescheitelt, was mir an Männern nie besonders gefallen hatte. Außerdem hielt er seine etwas zu große Nase viel zu hoch erhoben für jemanden, der neu in dieser Firma war. An seinen hellbraunen Augen hatte ich nichts auszusetzen, die waren wirklich schön.

Bevor sich unsere Blicke treffen konnten, wandte ich mich ab und konzentrierte mich erneut auf die Rede. Schließlich sollte sie sitzen.

Pünktlich um drei trat der Finanzvorstand, Mr. Miller, ein, setzte sich an den Kopf des Tisches und klopfte seine Unterlagen zurecht. Er war ein Mann um die fünfzig mit grau meliertem Haar und einer viel zu großen und unförmigen Brille. Bei Zahlen konnte man ihm jedoch nichts vormachen. Er kannte jede unserer Tochterfirmen in- und auswendig und war wirklich geschickt darin, das Unternehmen zu steuern.

»Lassen Sie uns beginnen.« Mr. Miller ließ seinen Blick über die Runde schweifen. Einen Moment blieb er bei mir hängen, ehe er wieder auf seine Zettel starrte und die allgemeinen Themen wie Investorenpräsentationen, Bankgespräche und Budgetabweichungen besprach. Schließlich kam er zu dem Punkt, auf den ich gewartet hatte. »Wie Sie wissen, haben wir nach dem verdienten Ruhestand von Mr. Cook lange nach einem Nachfolger für die M&A-Abteilung gesucht.«

Das war nichts Neues, dennoch schien die Spannung mit einem Mal greifbar zu sein. Jeder im Raum erwartete jetzt die Ankündigung, wer diese Position bekommen sollte. Ich musste wieder ein Grinsen unterdrücken.

»Meine Vorstandskollegen und ich haben lange beraten und denken, den idealen Nachfolger gefunden zu haben.«

Ich rutschte auf meinem Stuhl ein wenig nach vorn und suchte nach Mira, die etwas weiter hinten im Raum saß. Sie nickte mir zu und zwinkerte.

»Ich darf also hiermit verkünden, dass die Leitung der M&A-Abteilung an Mr. Allister Fielding geht.«

Ich wollte bereits aufstehen, als mir bewusst wurde, dass Mr. Miller *nicht* meinen Namen genannt hatte. Irritiert sah ich zuerst den Finanzvorstand an, dann den Mann, der sich statt mir erhob. Es war dieser arrogante Schnösel, der mir gegenübergesessen hatte.

»Mr. Fielding hat mehrere Jahre Erfahrung im Bankensektor und deswegen überaus gute Kontakte«, begann Mr. Miller zu erläutern, während in meinem Magen gerade ein Vulkan auszubrechen drohte.

Das war doch ein Scherz, oder? Das sollte *mein* Tag werden. Und jetzt stand dieser seltsame Typ vor mir, groß, mit breiten Schultern, der überdimensionalen Nase und dieser fürchterlichen Frisur, und grinste mich dämlich an. Ob er wusste, dass dieser Job *mir* gehörte?

»Da er allerdings unsere Gruppe nicht kennt, werde ich ihm eine außergewöhnliche Mitarbeiterin als Stellvertreterin zur Seite stellen.«

Mir wurde schlecht, als Mr. Millers Blick zu mir wanderte. Er meinte doch wohl nicht mich?

»Ms. Hemsworth, würden Sie bitte aufstehen?«

Ein Klingeln dröhnte durch meinen Kopf und ich nahm alles nur noch seltsam verschwommen wahr. Doch, er meinte mich. In mir sträubte sich jede Faser gegen das, was gerade geschah, und ich musste mich beherrschen, mein Mittagessen nicht auf den Tisch zu spucken. Vermutlich war mein Gesicht knallrot vor Zorn und meine Augenbrauen zuckten. Wie ich diesen Tick hasste.

Ich räusperte mich und erhob mich langsam von meinem Stuhl, den Blick auf den Lautsprecher in der Mitte des Tisches gerichtet, den wir bei Telefonkonferenzen verwendeten. Ich wollte diesem Allister Fielding oder dem Finanzvorstand nicht ins Gesicht schauen.

Am liebsten wäre ich in einem Erdloch verschwunden. Oder nein, Mr. Fielding sollte darin verschwinden. Dann wäre alles nur ein schlechter Traum gewesen. Das musste es sein. Ich war nach dem Glas Sekt eingeschlafen. Es gab keine andere vernünftige Erklärung …

»Ms. Hemsworth ist eine unserer fähigsten Mitarbeiterinnen«, hörte ich Mr. Miller sagen. »Ich hoffe, dass sie und ihr neuer Vorgesetzter die bemerkenswerte Arbeit fortsetzen, die wir von dieser Abteilung gewohnt sind.«

Leiser Applaus brandete auf, den ich mit geballten Fäusten über mich ergehen ließ, während mir bewusst wurde, dass dies kein schlechter Traum war. Schließlich fühlte ich meine Nägel, die sich in die Haut meiner Handballen bohrten, ziemlich schmerzhaft.

»Sie dürfen sich wieder setzen«, meinte der Finanzvorstand an Mr. Fielding und mich gewandt. Dann widmete er sich den restlichen Punkten seiner Agenda.

Ich war nicht mehr in der Lage, ihm zu folgen, kritzelte mit meinem Stift auf meiner Rede herum, bis die meisten Worte aussahen, als wären sie geschwärzt worden.

Der Tag konnte nicht noch schlimmer werden. Aber da hatte ich mich wohl wieder getäuscht.

2

Allister

Der Anzug saß nicht gut. Ich wusste das und hatte ihn trotzdem angezogen. Es war vielleicht kindisch, aber er gab mir Sicherheit. Ich trug ihn immer, wenn ich eine neue Stelle antrat.

Allerdings hatte ich wohl durch mein Training etwas an den Armen und Beinen zugelegt. Natürlich nur Muskeln. Dennoch spannte der Anzug, egal, wie lang ich an den Ärmeln zog, und ich konnte nur hoffen, dass es niemand bemerkte. Im besten Fall hätte ich behaupten können, dass ich einfach schon zu viele Plätzchen verspeist hatte.

Immerhin war in etwa einem Monat Weihnachten und das merkte man auch hier im Besprechungszimmer, das neben den üblichen Geräten wie Bildschirm und Sprecheinrichtung für Konferenzen und Präsentationen bis oben hin mit Girlanden dekoriert war.

Nachdem ich den Raum betreten hatte, war ich unsicher gewesen, ob ich mich setzen sollte, entschied mich dann aber, einen der letzten freien Plätze einzunehmen und die anderen Mitarbeiter zu beobachten. Mir gegenüber saß eine wirklich hübsche Frau in einem grauen, eng anliegenden Kleid, das ihre Figur perfekt umspielte. Sie hatte ein makelloses Gesicht und interessante schokoladenbraune Augen, in denen man vermutlich versinken konnte. Nur ihre Frisur fand ich fürchterlich. Sie erinnerte mich an meine Englischlehrerin aus der Highschool. An die ich nicht gerne zurückdachte, denn die Frau war ein Drache gewesen und hatte mir das Leben mehr als einmal zur Hölle gemacht.

Ich war mir sicher, dass sie mich neugierig musterte, als ich meinen Blick im Raum schweifen ließ, aber bevor ich mich ihr wieder zuwenden konnte, starrte sie gebannt auf ihre Unterlagen. Sie tippte mit ihrem Kugelschreiber auf den Tisch und ich erwischte mich dabei, wie meine Aufmerksamkeit erneut eine Spur zu lange auf ihr ruhte. Ich fragte mich, wie wohl ihre Stimme klang und ob sie eine angenehme Gesprächspartnerin sein könnte. Von der Frisur abgesehen war sie absolut mein Typ.

Räuspernd schob ich den Gedanken beiseite und konzentrierte mich wieder auf sie. Sie sah aus, als hätte sie auch etwas im Köpfchen, zumindest hoffte ich das. Und ich hoffte, dass sie mich nicht für arrogant hielt, weil ich sie schweigend musterte. Ich wusste sehr gut, wie ich auf die meisten Menschen wirkte, wenn ich sie zum ersten Mal traf. Es fiel mir schwer, mit jemandem ins Gespräch zu kommen, weil das einfach nicht meine Art war. Aber vielleicht sollte ich einmal etwas Neues versuchen.

Ich sammelte gerade meinen Mut, um mich ihr vorzustellen, als Mr. Miller, mein neuer Vorgesetzter, eintrat und ohne weitere Umschweife mit seiner Agenda begann. Ich kannte diese Art Meetings und wusste, dass er mich nicht gleich als Erstes vorstellen würde.

Je länger er sprach, umso unangenehmer fühlte sich der etwas zu enge Anzug an. Ich rutschte auf meinem Stuhl hin und her und beobachtete die Frau mir gegenüber, um mich von meiner aufkommenden Panik abzulenken. Sie schrieb mit und wirkte fast genauso nervös, wie ich mich fühlte.

Als der Finanzvorstand schließlich auf meine Person zu sprechen kam und mich als neuen Leiter der Finanzierungsabteilung nannte, stand ich auf. Mein Blick fiel auf die hübsche Frau mir gegenüber und ich schenkte ihr ein Lächeln. Sie hingegen wirkte, als hätte sie sich an etwas verschluckt. Ihre Gesichtsfarbe war unnatürlich rot und ihre Lippen bebten, aber sie schien regelmäßig zu atmen. Sonst wäre ich nicht sicher gewesen, ob sie gerade eine Art Ohnmachtsanfall erleiden würde, warum auch immer.

Als Mr. Miller dann eine Ms. Hemsworth aufrief und sie aufstand, hatte ich allerdings wirklich das Gefühl, dass es ihr nicht gut ging. Sie schwankte ein wenig und starrte gebannt auf den Lautsprecher zwischen uns, als hätte er sie gerade wüst beschimpft. Ihre Lippen bebten immer noch und ich hoffte, sie würde nicht in Tränen ausbrechen.

Was war nur mit ihr los?

In dem Moment wurde mir bewusst, dass sie mit mir zusammenarbeiten würde. Konnte es sein, dass sie meinetwegen so zornig aussah? Oder hatte sie vielleicht Angst?

Während ich mich fragte, ob man sie gezwungen hatte, den Neuen zu ertragen, durften wir uns wieder setzen. Ich hätte sie gerne angelächelt, aber sie strich wie besessen auf ihren Notizen herum, als das Meeting weiterging.

Ich versuchte mich auf die Themen zu konzentrieren, die Mr. Miller ansprach, doch meine Aufmerksamkeit wanderte immer wieder zu Ms. Hemsworth, deren Gesichtsfarbe langsam von knallrot zu einem besorgniserregenden Weiß wechselte. Ihre Finger verkrampften sich so um den Stift, dass es mich nicht gewundert hätte, wenn sie ihn zerbrochen hätte.

Die Sitzung endete schließlich und ich nahm die Glückwünsche meiner neuen Kollegen entgegen, die so höflich distanziert ausfielen, wie ich vermutet hatte. Schließlich war ich in diesem Unternehmen vollkommen unbekannt.

Dann sah ich mich nach Ms. Hemsworth um, die immer noch auf ihren Unterlagen herumstrich.

Hatte sie nicht bemerkt, dass das Meeting vorbei war?

»Mr. Fielding, ich freue mich, Sie bei uns begrüßen zu dürfen.« Mr. Miller schüttelte mir die Hand. »Ms. Hemsworth ist eine unserer fähigsten Mitarbeiterinnen. Ich hoffe, Sie wissen ihren Einsatz zu schätzen.«

»Natürlich«, erwiderte ich und blickte noch einmal zu besagter Person, die vermutlich gleich auf dem Tisch schreiben würde, weil sie das Papier bereits durchgerissen hatte.

»Gut. Arbeiten Sie sich ein und falls Sie etwas brauchen, zögern Sie nicht, mich anzurufen.« Mr. Miller reichte mir zum Abschied noch einmal die Hand und verließ den Raum.

Immer noch strich Ms. Hemsworth auf ihren Unterlagen herum und gab ein leises Schnauben von sich. Sie schien wirklich nicht bemerkt zu haben, dass die Besprechung zu Ende war.

Ich warf einen Blick auf das Spiegelbild im Bildschirm vor mir, richtete meine Krawatte und ging zu ihr. Immerhin war ich ihr neuer Vorgesetzter und ich sollte mich ihr jetzt ganz offiziell vorstellen. Außerdem war mir wichtig, dass wir uns gut verstanden.

Mr. Miller hatte in den wenigen Sätzen, die wir vor dieser Besprechung gewechselt hatten, in den höchsten Tönen von ihr geschwärmt und ich war mir sicher, dass wir gemeinsam ein gutes Team abgaben.

Es würde mich nicht wundern, wenn sie noch nicht gewusst hatte, dass sie mir unterstellt werden sollte. Immerhin war auch ich erst heute davon in Kenntnis gesetzt worden, dass ich diese Stelle antreten durfte. Mein Vater hatte mit einem der Mitgründer dieser Firma die Schulbank gedrückt und da man jemanden für diesen Posten brauchte, ich die nötigen Qualifikationen besaß und ohnehin einen Wechsel anstrebte, hatte ich zugesagt.

Falls sie von meiner Verbindung zu Mr. Maison nichts wusste, würde ich es ihr nicht auf die Nase binden. Aber sie schien mit der Situation nicht glücklich zu sein, und das wollte ich so nicht stehen lassen.

Ich zog den Stuhl neben ihr zurück und setzte mich hin. Da ich nicht gut in Small Talk war, versuchte ich, meine Unsicherheit durch Lässigkeit zu überspielen, stützte meinen Ellbogen auf dem Tisch ab und lehnte mich ein wenig nach vorne.

»Wollten Sie mit mir alleine sein?«, fragte ich lächelnd und wurde mir erst danach bewusst, was ich gerade gesagt hatte.

Schlechter Einstieg, denn es klang eindeutig nach Anmache. Was ich nicht wollte.

Sie wirkte ein wenig gereizt, als sie mir den Blick zuwandte, bevor sie wohl überrascht feststellte, dass wir uns tatsächlich allein im Raum befanden. Ihr Gesicht begann wieder zu glühen und ihre Augenbrauen zuckten, während sie das zerfledderte Blatt mit ihren Notizen faltete und den Stift darauflegte.

»Mr. Fielding«, sagte sie und verschränkte die Arme. Dabei beließ sie es allerdings.

»Bitte, nennen Sie mich Allister«, schlug ich vor und streckte ihr meine Hand hin. »Und wenn es in Ordnung ist, würde ich dich gerne mit Du ansprechen.«

Sie starrte auf meine Hand, dann in mein Gesicht. Es fühlte sich an, als würde sie drei Tage mit ihrer Entscheidung warten, bevor sie mit der Zunge schnalzte und mir die Hand gab.

»Leandra«, murmelte sie.

»Ein schöner Name. Wo kommt der her?«

»Keine Ahnung, müssen Sie … musst du meine Eltern fragen.«

Ihre Stimme klang zwar angenehm, doch der scharfe Ton war vermutlich selbst für taube Ohren unverkennbar. Sie mochte mich nicht. Den Grund dafür würde ich hoffentlich bei Gelegenheit herausfinden und mit ihr klären können. Denn wir würden viel Zeit miteinander verbringen und ich wollte für ein angenehmes Arbeitsklima sorgen.

Wären wir in unterschiedlichen Abteilungen gewesen und sie nicht so schnippisch, hätte ich versucht, sie näher kennenzulernen. Aber eine Beziehung in derselben Abteilung und noch dazu als ihr Vorgesetzter kam für mich nicht infrage.

»Vielleicht werde ich das bei Gelegenheit machen«, erwiderte ich und schenkte ihr ein weiteres Lächeln. Für gewöhnlich brach es das Eis, aber sie war wohl ein Eisberg und ich die Titanic. Ich würde gnadenlos untergehen, wenn ich nicht achtgab. »Jedenfalls hoffe ich, dass wir gut zusammenarbeiten werden. Ich möchte gerne den morgigen Tag für dich blocken. Wir gehen alles durch, was ich wissen muss, und stecken deine Zuständigkeiten im Team ab. Wie klingt das?«

Ihre Augenbrauen tanzten wieder. Sie griff nach dem Stift und hielt ihn so fest, als würde ihr Leben davon abhängen.

»Oder ist es für dich überraschend, dass du die Abteilung wechselst? Vielleicht nicht ganz freiwillig?«, fragte ich versöhnlich und wollte ihr so die Möglichkeit geben, sich mir anzuvertrauen. Aber sie schüttelte nur schweigend den Kopf. »Also musst du nichts mehr übergeben und kannst morgen gleich deine neuen Aufgaben übernehmen?«

»Ja«, zischte sie und es kam mir vor, als müsste sie sich zurückhalten, um mir den Stift nicht ins Auge zu rammen.

Was hatte sie für ein Problem mit mir, wenn sie offenbar nicht gezwungen wurde, mit mir zusammenzuarbeiten? Sicher, ich wirkte durch meine eher zurückhaltende Art auf manche Menschen arrogant, aber ich versuchte gerade, höflich zu ihr zu sein. Obwohl sie es mir alles andere als leicht machte mit ihrer frostigen Ablehnung.

»Gut, dann sehen wir uns morgen. Ich werde gegen halb zehn hier sein.«

Falls sie noch finsterer schauen konnte, tat sie es gerade. »Ich bin um diese Uhrzeit sicher schon da. Ich komme um sieben.«

»Frühaufsteher also?«, sagte ich schmunzelnd und sie schnaubte als Antwort.

Schön, sie sah gut aus, aber sie war definitiv eine Zicke. So bestand wenigstens nicht die Gefahr, dass ich in Versuchung geriet, sie doch einmal auf ein Date einzuladen. Oder diese vollen Lippen näher zu betrachten, vielleicht sogar zu küssen.

»Ich fasse das als Ja auf. Morgens habe ich leider andere Verpflichtungen, deswegen komme ich immer etwas später. Falls was sein sollte, bin ich telefonisch erreichbar.«

»Wunderbar«, brummte sie und griff nach den Überresten ihres Zettels, den Stift hielt sie bereits wie einen Dolch in ihrer Hand. »Dann werde ich jetzt meine Sachen packen und abholen lassen.«

Ohne Gruß stand sie auf und stöckelte aus dem Büro. Von ihrer ablehnenden Art abgesehen hatte sie neben einer Hammerfigur auch Ausstrahlung. Sie war bestimmt tough und wirkte tatsächlich intelligent.

Ich stieß den Atem aus. Was war nur los mit mir? Wieso dachte ich über ihre Figur oder ihre Ausstrahlung nach?

Ich löste den Knoten meiner Krawatte ein wenig und lehnte mich im Stuhl zurück. Das könnte mit ihr ganz schön schwierig werden. Sie mochte mich nicht, aber ich hatte keine Ahnung, wieso.

Vermutlich war das besser so. Ich sollte ohnehin meine Finger von Frauen lassen. Und eine Frau wie Leandra Hemsworth hätte tatsächlich das Potenzial, mir den Kopf zu verdrehen, was ich besonders jetzt in der Vorweihnachtszeit nicht gebrauchen konnte.

Ich blickte aus dem Fenster, wo riesige weiße Flocken vom Wind verwirbelt wurden. Die nächsten Wochen würden schon schwierig genug werden, da sollte mein Kopf dortbleiben, wo er war.

Ich klopfte mit meiner Hand auf das Holz der Tischplatte und stand auf. Hoffentlich würden Leandra und ich miteinander klarkommen. Und ich keinen Unsinn machen.

3

Leandra

Ich knallte meine Mappen in den Umzugskarton, den Mira mir besorgt hatte. Sie stand neben mir und reichte mir einige Unterlagen, besaß jedoch das Taktgefühl, zu schweigen.

Plötzlich fand ich die Weihnachtsdekorationen, die überall angebracht worden waren, einfach nur abscheulich. Genauso abscheulich wie Allister.

Allister, was war das überhaupt für ein bescheuerter Name? Aber er passte zu diesem bescheuerten Typen. Allister Fielding, der arrogante Schnösel, hatte sich *meinen* Job geschnappt. Dieser hochnäsige Typ, der vermutlich der Sohn von irgendwem war, erhielt, ohne nur einen Finger zu rühren, das, wofür ich hart gearbeitet hatte.

Warum sonst sollte er so überraschend hier auftauchen?

Und dann grinste er noch so dämlich, während er mir erklärte, dass er morgen den ganzen Tag nutzen wollte, um *mein* Wissen abzuzapfen, damit er *meinen* Job machen konnte.

Ich musste mich wirklich zusammenreißen, um ihm nicht meine Meinung zu sagen, als er auch noch anzüglich grinsend meinte, er habe in der Früh andere Verpflichtungen und komme deswegen später. So wie der sich benahm, schleppte er vermutlich jeden Abend eine neue Frau ab und schaffte es deswegen nicht, früh aufzustehen. Seine Bettgeschichten waren mir an sich so was von egal, nur hasste ich es, wenn man deswegen seinen Job vernachlässigte. Meinen Job! *Meinen!*

Hatte er allen Ernstes versucht, mit mir zu flirten? Es hatte so gewirkt, denn warum sonst dieses falsche Lächeln und die blöden Bemerkungen? Vermutlich dachte er, er könnte jede Frau mit diesem dämlichen Grinsen beeindrucken. Tja, *mich* ganz sicher nicht.

Als ich alles in Kartons gepfeffert hatte, mein Schrank und Schreibtisch leer waren, warf ich einen letzten Blick auf mein Büro mit der kitschigen Dekoration, den viel zu glänzenden Kugeln und Girlanden, die man angebracht hatte. Abscheulich!

Ich war Gruppenleiterin gewesen und teilte mir den Raum mit einem weiteren Gruppenleiter. Meine Kollegen mochten mich, meine Vorgesetzten schätzten mich. Ich war bei vielen internationalen Tagungen zur Rednerin und Repräsentantin auserkoren worden. Stellvertretende Abteilungsleiterin der M&A-Abteilung klang in meinen Ohren nicht wie ein Aufstieg. Es war eine Degradierung der übelsten Art.

Ob es zu spät war, Mr. Miller zu bitten, mich nicht zu *befördern?*

»Lea?«, riss mich Mira mit ihrer sorgenvollen Stimme aus meinen Gedanken. »Ich lasse die Kartons rüberbringen und helfe dir morgen auszupacken.«

»Das musst du nicht«, winkte ich ab, aber insgeheim war ich froh, dass sie mir helfen wollte.

Ich überlegte wirklich, morgen nicht in der Arbeit zu erscheinen. Andererseits hatte ich keinen Plan, was ich stattdessen hätte machen sollen. Höchstens mir ein Kilo Schokoladeneis und eine Packung Cookie Dough zu kaufen und erst von der Couch aufzustehen, wenn mir vom vielen Zucker nicht mehr übel war.

Vielleicht konnte ich alles mischen und Eierlikör darüber kippen, dann wäre es passender für die Jahreszeit. Oder ich trank gleich nur den Likör. Wobei mir in dem Fall etwas Klares lieber gewesen wäre.

»Ich weiß, aber ich will es«, verkündete Mira und stemmte die Hände in die Hüften. Ich kannte den Blick, den sie mir jetzt zuwarf, und seufzte innerlich, bevor sie die Worte ausgesprochen hatte. »Außerdem will ich jetzt mit dir etwas trinken gehen.«

»Es ist gerade einmal fünf Uhr«, versuchte ich abzuwehren. Ja, Alkohol klang verlockend, allerdings war es eindeutig zu früh.

»Und die Bars öffnen in einer Stunde, genug Zeit, um uns schick zu machen und dann den Tag schön zu trinken.«

»Morgen müssen wir wieder arbeiten«, murmelte ich, obwohl gerade alles in mir nach einem dezenten Alkoholrausch verlangte. Dezent im Sinne von: zwei Tage später aufwachen und sich fragen, ob man wirklich so betrunken gewesen war.

»Lea!«, brummte Mira und funkelte mich an. Sie war einen halben Kopf kleiner als ich, aber mit ihren wirren, roten Locken und dem ernsten Gesichtsausdruck, den sie jetzt aufsetzte, wollte ich ihr lieber nicht widersprechen. »Du wirst heute früher gehen, dich in Schale werfen und dich mit mir betrinken. Morgen lallst du deinem neuen Möchtegernchef etwas vor, dass du krank bist, und machst blau. Das hast du nach dem, was Mr. Miller mit dir abgezogen hat, echt verdient.«

»Denkst du, es bringt etwas, mit Mr. Miller zu reden?«

Ich hatte den Finanzvorstand eigentlich immer für einen korrekten Menschen gehalten. Warum hatte er mir nicht vor dem Meeting gesagt, was er vorhatte? Ich hätte es verstanden, wenn er begründete, dass Allister Fielding irgendetwas konnte, wozu ich nicht fähig war. Vielleicht besaß er wirklich gute Kontakte zu Banken und anderen Firmen. Doch da Mr. Miller nichts gesagt hatte, nahm ich an, dass Allister Fielding den Job dem sogenannten Vitamin B wie ›Ein Freund schuldet mir was‹ zu verdanken hatte.

»Er wird dir bestimmt nicht seine Beweggründe offenlegen«, meinte meine Freundin und zwinkerte verschwörerisch. »Aber ich denke, ich finde heraus, wieso dieser Allister Fielding aus dem Nichts aufgetaucht ist und den Job bekam, den man dir versprochen hat.«

Mira kannte fast die gesamte Firma. Sie fand schnell Anschluss und knüpfte Kontakte. Durch ihre gespielt naive Art vertrauten ihr die Leute fast jedes Geheimnis an. Vermutlich wusste sie in einer Woche alles über Allister Fielding, ohne jemals mit ihm selbst gesprochen zu haben.

Warum sie das damals nicht bei Jack gemacht hatte, bevor sie sich auf ihn einließ, war mir immer noch ein Rätsel. Immerhin schien Jack sehr umtriebig zu sein. Dass es zwischen ihnen vorbei war, erfuhr Mira, als sie ihn mit einer Kollegin aus der Personalabteilung erwischte. Im Besprechungszimmer. Mit heruntergelassenen Hosen und verschmiertem Lippenstift an seinem besten Stück. Mehr

Details hatte sie mir erspart, abgesehen davon, dass er ihr mitteilte, ihre Beziehung sei für ihn seit zwei Tagen vorüber.

»Also. Ich rufe jetzt an, damit man deine Kartons rüberbringt, und dann gehen wir zu dir und stylen dich richtig auf.«

Ich rollte mit den Augen. »Was sollen mehr Make-up und eine andere Frisur an meiner Stimmung verändern?«

»Vergiss das sexy Kleid und die hohen Schuhe nicht, die du tragen wirst.« Sie grinste. »Und dann suchen wir dir einen heißen Typen aus, den du flachlegst und danach nie wiedersehen wirst.«

»Ehrlich, Mira, mir ist jetzt nicht nach bedeutungslosem Sex.«

»Sollte es aber«, erklärte sie und stemmte wieder ihre Hände in die Hüften. »Mir hilft das immer. Also keine Widerrede!«

»Jawohl, Madam«, schnaubte ich, griff nach meiner Tasche, während sie telefonierte, und ging gemeinsam mit ihr aus dem Büro.

Ich verabschiedete mich halbherzig von meinen Kollegen, immerhin würde ich sie ständig sehen.

Da es draußen kalt und Mira offenbar begierig darauf war, mich betrunken zu machen, nahmen wir uns ein Taxi nach Brooklyn zu meiner Wohnung. Auf dem Weg dorthin überlegte ich mir Ausreden, wie ich Mira davon abhalten konnte, mich in einen Vamp zu verwandeln und in eine Bar zu schleppen, um mir ein heißes Abenteuer auszusuchen, auf das ich eigentlich keine Lust hatte. Aber ich wusste, ich hatte keine Chance gegen sie, und deswegen ergab ich mich in mein Schicksal.

Zumindest versuchte ich, Schadensbegrenzung zu betreiben, als sie mir ein Outfit aussuchte, das überhaupt nicht wintertauglich war und mir vermutlich eine Nierenentzündung einbringen würde.

Falls ich meine Meinung über den belanglosen Sex mit einem Unbekannten änderte, hätte ich in dem schwarzen, viel zu kurzen Kleid sicher gute Chancen. Der Ausschnitt war so tief, dass man fast meinen Bauchnabel sehen konnte. Nun ja, vielleicht nicht ganz so tief, aber freizügiger, als ich um diese Jahreszeit tragen wollte.

»So, und jetzt schminke ich dich«, entschied Mira und kramte in meinem Badezimmer nach Make-up. »Du wirst dich nicht wiedererkennen, wenn ich mit dir fertig bin.«

»Genau davor fürchte ich mich«, murmelte ich und hoffte, sie würde es nicht übertreiben.

4

Allister

Nachdem eine Dame aus der Personalabteilung meinen Dienstvertrag gebracht hatte, stellte ich den Karton mit meinen persönlichen Dingen auf den Schreibtisch. Ich würde ihn morgen auspacken. Für den Moment wollte ich einfach nur durchatmen und die ersten Eindrücke meiner neuen Arbeitsstelle in mir aufnehmen.

Die Möbel in meinem Büro wirkten modern und doch zeitlos. Ein dunkler Holztisch mit vier Stühlen diente für interne Besprechungen, mein Schreibtisch war geschwungen und in derselben Farbe gehalten. Die Schränke rochen ein wenig muffig, also öffnete ich sie und riss das Fenster auf. Schneeflocken stoben herein und es wurde recht frisch.

Ich mochte den Winter und an sich auch die Weihnachtszeit. Dieses Jahr würde es allerdings etwas weniger besinnlich werden. Ich stieß den Atem aus und lehnte meine Stirn gegen die kühle Glasscheibe. Ich freute mich wirklich über mein Glück, diese Stelle bekommen zu haben. Wobei ›Glück‹ nicht ganz stimmte, denn ich war dank meiner Beziehungen hier gelandet.

Der ehemalige Abteilungsleiter war in Pension gegangen und offenbar hatte es intern niemanden gegeben, der sich für die Stelle eignete. Mein vorheriger Job in der Bank war aufregend gewesen, aber ich musste zu viel reisen. Ich brauchte etwas Ruhigeres und dieser Posten versprach, mit müßiger Reisetätigkeit auszukommen.

Ich atmete noch einmal tief ein und wollte gerade das Fenster schließen, als ich sie sah. Leandra Hemsworth. Sie verließ in Begleitung einer anderen Frau das Gebäude, winkte ein Taxi zu sich und stieg ein. Ich warf einen Blick auf meine Uhr. Kurz nach fünf. Na ja, wenn sie um sieben anfing, war sie zehn Stunden hier gewesen. Sie musste sich nicht meinem Rhythmus anpassen. Für gewöhnlich ging ich in etwa um diese Uhrzeit und arbeitete von zu Hause aus weiter. Es war in meiner Situation einfacher.

Ab morgen würde ich also versuchen, mich bei Stanley Industries einzuarbeiten. Aber heute wollte ich mich noch mit meinem besten Freund Rob treffen. Es war Zeit anzustoßen. Auf einen Neuanfang, den ich dringend brauchte, und außerdem lag unser letztes Treffen schon viel zu lange zurück.

Da ich nicht nach Hause konnte, ohne Gefahr zu laufen, dann doch nicht zu dem Pub zu kommen, den er ausgewählt hatte, zog ich mich im Büro um. Außerdem hätte ich durch den Abendverkehr ewig zu meinem Haus in der Upper East Side gebraucht und Rob wollte sich irgendwo in Brooklyn treffen. Er war erst vor Kurzem dort hingezogen.

Anzug, Hemd und Krawatte tauschte ich also gegen Jeans, Shirt und Lederjacke. Nur die Schuhe blieben dieselben. Es war fast sechs Uhr, als ich das Büro verließ, in mein Auto stieg und über die Brooklyn Bridge den Pub ansteuerte, den Rob mir genannt hatte.

Früher waren wir gemeinsam mit anderen ehemaligen Schulkollegen durch Clubs gezogen. Aber nach und nach hatte sich unsere Clique aufgelöst und nur Rob und ich waren übrig geblieben. In den letzten Monaten gelang es mir jedoch kaum, ihn zu sehen. Und das, obwohl wir seit der Schule unzertrennlich gewesen waren. Ich hatte ihm durch seine Scheidung geholfen und er mir schließlich durch meine.

Seit zwei Monaten war Rob jetzt mit Lisa zusammen. Ein liebes Mädchen, ganz anders als seine Ex Sam, die eine richtige Powerfrau war und ihn ständig herumkommandiert hatte. Nichts gegen Powerfrauen, aber Sam war zickig und rechthaberisch. Wenn sie nicht bekam, was sie wollte, konnte sie zur Furie werden. Rob hatte lange um ihre Beziehung gekämpft, am Ende waren die beiden einfach nicht füreinander bestimmt gewesen. Das hatte Sam nicht davon abgehalten, die Scheidung ziemlich schmutzig werden zu lassen. Aber zum Glück war das alles jetzt ausgestanden.

Mit Lisa schien es anders zu sein. Rob verbrachte viel Zeit mit ihr, was ich verstehen konnte. Allerdings versuchte er seitdem, mich zu verkuppeln.

Ich parkte mein Auto in der Nähe des Pubs, wunderte mich darüber, wie leicht man hier Parkplätze bekam, und betrachtete die weihnachtlichen Auslagen der Geschäfte. Nicht so glanzvoll wie die 5th Avenue, trotzdem sehr hübsch. Fast idyllisch.

Mein Blick wanderte zu der dunklen Holztür eines typischen Irish Pubs. Rob hatte immer schon eine Schwäche für diese Lokalitäten gehabt. Ich holte tief Luft, wappnete mich und trat ein.

»Al«, rief Rob mir zu, als er mich von seinem Platz an der Bar aus entdeckte. Ich hasste es, wenn er mich so nannte, aber wie sollte man meinen Namen sonst abkürzen? »Schick siehst du aus. Extra für mich?«

»Für wen denn sonst?« Ich schlug in seine ausgestreckte Hand ein.

Der Pub war noch nicht sehr voll, was wohl am Wochentag und der Uhrzeit lag. Überall hingen Mistelzweige und grüne Lametta-Girlanden. Es war schon ziemlich kitschig, doch den Leuten schien es zu gefallen.

»Keine Ahnung, für das Mädel, das ich dir mitgebracht habe?«

Er deutete auf eine blonde Frau höchstens um die zwanzig in viel zu kurzen Shorts und mit einem fast durchsichtigen Top, die ein Stück abseits auf einem Barhocker saß. Wie konnte man im Winter *so* das Haus verlassen?

»Ist nicht dein Ernst«, zischte ich. »Die ist überhaupt nicht mein Typ!«

»Wie lange ist es her, dass du etwas Dampf abgelassen hast? Dafür muss sie nicht dein Typ sein. Du brauchst nur ein wenig Alkohol und schon bist du locker genug, um dich körperlich zu betätigen«, erklärte er und verzog den Mund zu einem wissenden Grinsen, während wir uns an einen Tisch setzten.

»Ich mache täglich Sport«, erwiderte ich, winkte einem Kellner und bestellte uns eine Runde Bier.

»Das meinte ich nicht und das weißt du«, schnaubte er. »Das mit Tiffany ist jetzt ein halbes Jahr her. Seitdem lebst du wie ein verdammter Mönch.«

»Und *du* weißt sehr genau, warum«, schnaubte ich zurück.

»Klar, Kumpel.« Rob seufzte und lehnte sich zurück. »Aber dein Leben ist nicht vorbei, nur weil du …«

»Ist er das?«, hörte ich eine viel zu hohe Stimme und atmete das süße Parfum der blonden Frau ein. Sie stand neben mir und beugte sich nach vorn, um mich zu betrachten, wobei ihre Brüste förmlich aus dem viel zu engen BH sprangen. »Sieht gut aus.« Sie nickte Rob zu und beugte sich noch näher zu mir. »Lädst du mich auf einen Drink ein?«

Bevor ich antworten konnte, saß sie schon auf meinem Schoß und legte die Arme um meinen Nacken.

»Hör mal, äh …«

»Bonnie«, säuselte sie in mein Ohr und vergrub ihre langen roten Nägel in meinen Haaren, während sie sich mit der Zunge über die Lippen fuhr. Viel billiger ging es kaum noch.

»Also, hör mal, Bonnie, ich weiß, Rob meinte es gut, doch ich habe kein Interesse …«

Sie kicherte verhalten, als hätte ich gerade einen Witz erzählt, den sie nicht verstand, während sie über mein Gesicht strich. »Das sehe ich ganz anders. Ich spüre ziemlich genau, dass du Interesse hast.« Sie schmunzelte und rutschte auf meinem Schoß hin und her.

»Das ist mein Autoschlüssel«, murmelte ich und versuchte, sie von mir runterzubekommen, doch sie hielt sich an mir fest. Ich wollte ihr wirklich nicht wehtun, aber langsam reichte es mir. »Geh jetzt runter von mir. Ich lade dich auf keinen Drink ein und ich möchte den Abend nicht mit dir verbringen.«

Sie schürzte die Lippen und brachte ihr Gesicht näher an meines. »Wie wäre es, wenn wir in dein Auto gehen? Ich habe den schicken

Schlitten gesehen, aus dem du gestiegen bist. Ich könnte dir zeigen, was ich mit meinem Mund anstellen kann …«

Das war genug. Ich schob sie energisch von mir und sprang auf. »Ich werde jetzt eine Runde um den Block gehen und wenn ich wiederkomme, ist sie weg«, schnauzte ich Rob an, der uns amüsiert und schockiert zugleich beobachtete, trank einen Schluck von meinem Bier und stürmte aus dem Lokal.

Aus den Augenwinkeln bemerkte ich eine Frau, die an der Bar saß und mir irgendwie bekannt vorkam. Wenn ich zurückkehrte, würde ich noch einmal näher hinsehen, aber jetzt musste ich schleunigst frische Luft schnappen. Um Robs willen hoffte ich, er würde Bonnie loswerden. Sonst musste ich ihm vermutlich die Freundschaft kündigen.

5

Leandra

Mira hatte mir nicht erlaubt, das Kleid zu wechseln, egal, wie oft ich auf das kalte Wetter hinwies. Ich konnte ihr zumindest klarmachen, dass die Netzstrümpfe, die sie extra in der Drogerie um die Ecke kaufen wollte, dann doch zu viel des Guten gewesen wären.

Irgendwo in meinem Schrank hatte sie halterlose schwarze Strümpfe mit einer Ziernaht gefunden. Sie war natürlich sofort begeistert von der Idee, dass ich sie trug, und weil ich keine Lust hatte, zu diskutieren, gab ich nach.

Meine High Heels mit dem Riemchen um den Knöchel zog ich hingegen sehr gerne an. Obwohl sie nicht so aussahen, waren sie ziemlich bequem.

Ich musste zugeben, ich mochte das Outfit, das wir zusammengestellt hatten. Sogar die offenen Haare, die Mira mit einem

Lockenstab bearbeitet hatte, die Smokey Eyes und der rote Lippenstift gefielen mir an diesem Abend. Konnte allerdings auch an der halben Flasche Sekt liegen, die wir schon in meiner Wohnung geleert hatten.

Letztere war außerdem schuld daran, dass die Vorstellung, jemanden aufzureißen, gar nicht mehr so übel klang. Wenn mir nur nicht jetzt schon so schwindelig wäre … Aber um flachgelegt zu werden, musste ich nicht geradeaus gehen können. Himmel, was dachte ich da nur?

Ich hätte definitiv etwas essen sollen. Dazu hatte Mira mir jedoch keine Zeit gelassen. Nachdem sie sich in einen kurzen roten Rock und ein glitzerndes weißes Top aus meinem Schrank geworfen hatte, scheuchte sie mich aus der Wohnung und bestand darauf, dass wir Spaß hatten.

Sie wollte mit mir einen Irish Pub ausprobieren, den ihr eine Bekannte empfohlen hatte. Da es ein Stück von meiner Wohnung entfernt lag, nahmen wir uns ein Taxi. Konnte mir nur recht sein. Ich sah zwar heiß aus, aber mir war bei den winterlichen Temperaturen einfach zu kalt in dem Outfit.

Während der kurzen Fahrt bestaunte ich die vielen Lichter der Stadt. Brooklyn pulsierte vielleicht nicht so wie Manhattan, trotzdem gefiel es mir hier sehr gut. Es war nicht so überlaufen und doch städtisch. Mit den öffentlichen Verkehrsmitteln war ich auch recht schnell an meiner Arbeitsstelle. Dafür, dass es Montag war, herrschte reges Treiben auf den Straßen. Was vermutlich an den vielen Weihnachtseinkäufen lag, welche die Menschen jetzt schon tätigten.

Ich seufzte. Eigentlich mochte ich Weihnachten, dieses Mal hatte ich jedoch so gar keine Lust darauf. Meine Mutter würde mich nach Daniel fragen, was meine Schwester mit einem mürrischen Kommentar abtun würde. Diesem Gespräch war ich letztes Wochenende erfolgreich aus dem Weg gegangen, weil ich Thanksgiving im Büro verbracht hatte. Jedes Mal, wenn ich mich von einem meiner ›Freunde‹ trennte, begann meine Mutter mich sorgenvoll zu betrachten. Mum wünschte sich Enkelkinder, die ihr keines ihrer Kinder bisher schenken wollte. Irgendwie hatte sie um mich am meisten Angst, weil ich mit meiner Arbeit verheiratet war, und stichelte, wann immer sie konnte. Nein, auf das Weihnachtsessen und das Gespräch, das wir dabei führen würden, könnte ich gut und gerne verzichten.

Die kalte Luft, die mich empfing, als wir ausstiegen, verscheuchte den Schwindel vom Sekt und die trüben Gedanken für einen Moment. Mira zog mich durch eine dunkelbraune Tür und führte mich an die Bar. Der Pub war gut besucht, aber nicht überlaufen. Weihnachtliche Dekoration ließ ihn recht gemütlich wirken, besonders die vielen Mistelzweige wirkten wunderschön. Ich mochte diese Tradition mit den Küssen darunter – ein Empfinden, das nicht nur vom Alkohol stammte.

Wir suchten uns einen Platz am Tresen und hielten Ausschau, wie Mira es nannte. Sie musste nicht lange warten, bis sie von einem Typen in engen Jeans und noch engerem T-Shirt angesprochen wurde. Sie flirtete sofort hemmungslos mit ihm rum. Ich gönnte es ihr, immerhin sah er tatsächlich gut aus, allerdings nur, bis er seinen Mund aufmachte. Er hatte in etwa die Intelligenz einer Zitrone und auch ihren Charme. Mira schien das nicht zu stören, sie schmachtete den Kerl an, als wäre er ein Superheld.

Ich nippte an meinem Cocktail und versuchte, keinen Blickkontakt mit irgendjemandem herzustellen. Der leichte Schwips war verflogen und ich hatte wirklich kein Interesse daran, mich mit einem Typen zu unterhalten oder ihm Signale auszusenden, die ich gar nicht aussenden wollte.

Ich mochte Sex und war ganz sicher nicht die Art Frau, die erst wochenlang umworben werden musste. Und ja, ich wollte nach Daniel wieder einmal mit einem Mann zusammen sein. Aber jetzt, da der Alkohol kaum noch wirkte, kam es mir falsch vor, irgendeinen Typen aufzureißen, um mich darüber hinwegzutrösten, dass ich den Job nicht bekommen hatte, den ich wollte. Für den ich alles getan hatte. Der mein Leben war.

Ich fühlte mich im Moment einfach nur erbärmlich. Daran musste ich dringend etwas ändern.

Ich schob den Cocktail weg und bestellte mir ein paar Shots. Vielleicht sollte ich mich wirklich betrinken und das Beste hoffen. Mit Kontrolle war ich nicht an mein Ziel gekommen, möglicherweise klappte es besser, wenn ich einfach mal etwas Verrücktes machte.

Nachdem ich den ersten Shot hinuntergekippt hatte, schüttelte es mich und ich verzog das Gesicht. Gott, schmeckte das Zeug widerlich. Aber ich hatte vier bestellt und wenn ich mich danach übergeben musste, hatte ich zumindest eine Ausrede, um zu gehen.

Nicht dass Mira es bemerken würde. Sie hatte gerade ihre Haare ausgeschüttelt und warf ihrem Flirt einen vielsagenden Blick zu. Einen, der klarmachte, dass sie gleich über ihn herfallen würde. Ich lächelte verlegen, als mich sein anzüglicher Blick streifte, und wandte mich ab. Vielleicht musste ich auch ohne den nächsten Shot kotzen.

Ich nahm das zweite Glas und führte es zu meinen Lippen. »Bist du sicher, dass du das trinken willst?«, drang eine entfernt bekannte Stimme an mein Ohr.

Ich drehte mich auf dem Barhocker um und fiel fast vornüber, als ich Allister Fielding in die grinsende Visage blickte.

Verflucht, verfolgte mich der Typ?

»All…ister«, stammelte ich und zerrte an meinem Kleid herum, das plötzlich viel zu kurz schien. Ich griff hinter mich, um Mira anzutippen und zu versuchen, sie als Schutzschild zwischen mich und meinen Boss zu schieben. Meine Hand fuhr allerdings ins Leere und als ich den Kopf in die Richtung wandte, wo ich meine Freundin vermutete, stellte ich entsetzt fest, dass sie nicht mehr da war.

Auf den plötzlich verwaisten Platz setzte sich ausgerechnet Allister und betrachtete mich.

Verfluchter Mist. Wieso musste Mira mich gerade jetzt wegen eines Kerls im Stich lassen? Und wieso setzte sich mein Boss einfach ungefragt neben mich?

»Kommst du öfter hierher?«, fragte er und beäugte die vier Gläser vor mir. Eines war leer, zwei noch voll, das vierte hielt ich immer noch perplex in der Hand.

»Meine Freundin wollte herkommen«, erwiderte ich und überlegte, ob ich das Gesöff in meiner Hand nun runterkippen sollte oder nicht.

»Und wo ist sie?« Allisters Mundwinkel zuckten verräterisch.

Ich stieß den Atem aus. »Hat sich wohl entschieden, mich für einen Typen sitzen zu lassen«, murmelte ich. »Mal wieder.«

Da war es wieder, dieses dämliche Grinsen. Ob der Alkohol in seinen Augen brennen würde, wenn ich ihm das Glas in die Visage statt in meinen Rachen kippte? »Wenn es dich tröstet, mein Freund hat versucht mich zu verkuppeln. Wobei ich mir nicht sicher bin, was er ihr erzählt hat.«

Weil sie davonlaufen wollte, als sie dich sah?, lag mir auf der Zunge, aber ich schluckte es hinunter.

Er deutete mein Schweigen offenbar falsch, denn er sprach einfach weiter. »Stört es dich, wenn ich hierbleibe? Er ist sie noch nicht losgeworden.«

»Sie gefällt dir also nicht?«, heuchelte ich höflich Interesse.

Ehrlich gesagt, war es mir egal. Allerdings hatte ich nicht erwartet, dass er seinen Freund brauchte, um Frauen ranzuschaffen. Vielleicht lag auch das am Alkohol, aber mit einem Mal fand ich ihn gar nicht so unattraktiv. Wenn die dämliche Frisur nicht gewesen wäre, wäre er mein Typ. Na gut, er war selbst mit der dämlichen Frisur mein Typ.

Gott, was denkst du da?, schimpfte ich mit mir in Gedanken. *Der Kerl ist dein Boss.*

»Ganz und gar nicht.« Er seufzte und drehte seinen Kopf ein wenig.

Dankbar darüber, von meinen unsinnigen Gedanken abgelenkt zu werden, folgte ich seinem Blick. Ein Mann mit kurzen braunen Haaren und einem Dreitagebart diskutierte gerade mit einer blonden Frau. Ihr Outfit sah aus, als würde sie ihr Geld damit verdienen, mit Männern ins Bett zu gehen.

Hatte Allister das wirklich nötig?

Ich schüttelte mich und stellte das Glas endgültig ab. Ob ich auch so wirkte in meinem viel zu kurzen Kleid und den Strümpfen mit dieser dämlichen Naht? Hoffentlich bemerkte man die Spitze nicht, die an dieser Gummihalterung angebracht war! Wie peinlich! Unauffällig versuchte ich, den Saum ein wenig weiter über meine Oberschenkel bis zum Knie zu schieben. Es gelang mir nicht.

»Nur damit das klar ist, normalerweise gehe ich nicht mit solchen Frauen aus«, nahm er das Gespräch wieder auf.

»Natürlich«, stimmte ich zu. »Also meinetwegen gebe ich dir Asyl, bis dein Freund sie losgeworden ist.«

»Sehr nett von dir.« Er grinste und ich bereute es sofort, ihn nicht weggeschickt zu haben.

Ich griff doch wieder zu meinem Shot und starrte den Rand des Glases an.

»Was hast du da eigentlich?«, fragte er und beugte sich viel zu nahe an mich heran, um an meinem Glas zu riechen.

»Keine Ahnung, Tequila?«, erwiderte ich und versuchte etwas mehr Distanz zwischen uns zu bringen.

Dazu hätte ich aber vom Hocker springen müssen, was in meinem derzeitigen Zustand wohl ziemlich schiefgegangen wäre. Vor dem Boss auf dem Bauch zu landen, war vermutlich nicht der beste Beginn einer Beziehung. Einer *Arbeitsbeziehung* natürlich.

»Du weißt nicht, was das ist, und trinkst es trotzdem? Obwohl es dir nicht schmeckt?«

»Wer sagt, dass es mir nicht schmeckt?« Ich räusperte mich und kippte das Zeug runter.

Schwerer Fehler, meine Gesichtszüge entglitten genau wie beim ersten Versuch.

»Dein Gesicht, schätze ich mal.« Er zwinkerte.

Hätte ich ihm doch den Alkohol in *sein* Gesicht gegossen. Na ja, zwei Gläser hatte ich noch.

»Ich trinke so was für gewöhnlich nicht«, brachte ich keuchend hervor, ehe ich mich wieder schüttelte.

»Und warum heute?«

Ehrlich, konnte er sich das nicht denken? »War ein beschissener Tag.«

»Stress wegen des neuen Jobs?«

Er klang fast so, als würde es ihn wirklich interessieren. Dabei wusste er doch, warum mein Tag so scheiße war. Wegen ihm! Was sollte ich darauf also antworten, ohne mich um Kopf und Kragen zu reden?

Ich nickte nur und griff nach dem dritten Glas, aber er legte seine Hand schnell auf meine und schob das Tablett weg. »Ich denke, du solltest keinen mehr davon trinken«, meinte er ernst.

Toll, jetzt bevormundete er mich also auch in meiner Freizeit. Das Zeug schmeckte allerdings richtig eklig. Bevor ich etwas sagen konnte, stellte der Barkeeper ein Glas Wein vor mir ab. Verwirrt betrachtete ich erst ihn und dann Allister.

»Du siehst eher wie eine Rotweintrinkerin aus. Wenn es schon Alkohol sein soll.«

Verdammt, er war gut. Und nach den zwei Shots und dem Restalkohol von der halben Flasche Sekt sah er mit einem Mal richtig heiß aus. Ich mochte Männer in Lederjacken. Okay, in dem Zustand mochte ich vermutlich auch den Yeti. Aber Allister war … heiß. Die Haare waren immer noch ekelhaft gegelt, doch darüber könnte ich eventuell hinwegsehen oder sie ihm verwuscheln.

Er griff nach seinem Bierglas und blickte an mir vorbei. »Wollen wir uns dort drüben irgendwo hinsetzen?« Er deutete mit dem Kopf zu einem etwas ruhigeren Bereich des Pubs. Ich folgte seinem Blick und atmete durch, weil ein Sofa dort sehr gemütlich aussah. Das Einzige, was mich an diesem Platz störte, war der Mistelzweig, der darüber hing und ihn vielleicht auf blöde Ideen brachte. Oder mich.

Doch irgendwie war alles besser, als auf diesem unbequemen Barhocker zu sitzen. Schließlich kam mir mein Kleid immer noch deutlich zu kurz vor.

»Einverstanden.« Ich nickte und wollte runterrutschen, als er mir die Hand hinhielt und mir half, elegant abzusteigen.

Hätte ich ihm gar nicht zugetraut, er schien doch Manieren zu haben. Als ich sicher stand, nahm er mein Weinglas und ging hinter mir her.

Okay, vielleicht hatte er Manieren. Er hatte sich trotzdem meinen Job gekrallt. Wieso hatte ich noch gleich zugestimmt, mit ihm zu den Sofas zu gehen? Noch dazu auf eines, über dem ein Mistelzweig hing? Wieso hatte ich gerade dieses ausgesucht?

Obwohl meine Alarmglocken schrillten, ließ ich mich auf dem Samt nieder und schaute auf das Glas Wein, das vor mir stand. Allister setzte sich neben mich auf das Sofa.

Auffordernd hielt er mir sein Glas hin, also nahm ich meinen Wein und stieß mit ihm an. So unauffällig wie möglich schielte ich zu dem Mistelzweig über unseren Köpfen. Das Ding machte mich nervös, weil ich wieder daran denken musste, wie es wohl wäre, mit Allister rumzumachen. Solche Gedanken durfte ich nicht haben, und doch fühlte ich ein Kribbeln, als ich seine Lippen betrachtete.

Hoffentlich stellte ich jetzt keinen Unsinn an, denn irgendwie schien der Alkohol heute schneller in meinen Kopf zu schießen, als gut für mich war. Und ich wollte meinem neuen Boss nicht um den Hals fallen und ihn küssen. Oder ihm auf die Schuhe kotzen. Letzteres noch nicht, zumindest.

Ich musste dringend Wasser bestellen und hoffen, dass ich mich schnell von ihm verabschieden und nach Hause fahren konnte. Wer wusste schon, was ich sonst machen würde? Besonders mit dem unnötigen Mistelzweig, der wie ein Damoklesschwert über mir schwebte.

Ob Allister ihn bereits bemerkt hatte?

6

Allister

Ich lehnte mich zurück und ließ den Kopf nach hinten auf die Lehne des Sofas sinken. Da bemerkte ich den Mistelzweig über uns und unterdrückte ein Schmunzeln, bevor mir klar wurde, neben wem ich da saß. Sonst hätte ich das fast als Aufforderung des Schicksals gesehen und meine Bedenken über Bord geworfen.

Das Kleid stand ihr zudem ausgesprochen gut, ließ sie noch attraktiver wirken. Ja, sie wäre eine Frau gewesen, die mir gefährlich hätte werden können. Wenn sie nicht gerade ihre kratzbürstige Seite zeigte.

Obwohl sie schwieg und nur an ihrem Weinglas nippte, wurde mir heiß. Ich wusste nicht, was für ein Parfum sie trug, aber hätte ich es nicht besser gewusst, hätte ich gedacht, es wäre eine Art Lockstoff speziell für mich.

Was war nur mit mir los? Ich hatte mir nach Tiffany geschworen, so bald nichts Neues anzufangen, denn ich hatte einfach andere Prioritäten seit der Scheidung. Und Leandra arbeitete für mich. Trotzdem wanderte mein Blick erst zum Mistelzweig über uns, dann zu ihren Lippen.

Ich musste ganz schnell für Ablenkung sorgen.

»Willst du darüber reden?«, fragte ich also, um das Gespräch wieder aufzunehmen.

Sie hob den Blick und kniff die Augenbrauen zusammen. Ihre Wangen waren leicht gerötet und ihr Mund leuchtete von dem Lippenstift, den sie trug. Rasch trank ich einen Schluck Bier, um auf andere Gedanken zu kommen.

»Worüber?«, wunderte sie sich und es kam mir vor, als wollte sie gerade zu dem Mistelzweig über uns starren, hielte sich jedoch zurück. Irgendwie wirkte sie noch verkrampfter als vorhin.

»Warum dein Tag so scheiße war?«, half ich ihr auf die Sprünge.

Sie verschluckte sich fast an ihrem Wein, stellte das Glas ab, winkte dem Kellner zu und bestellte einen Krug Wasser.

»Schmeckt dir der Wein nicht?«

»Doch, ausgezeichnete Wahl«, meinte sie und schien fast zu lächeln, bevor sie wieder die Augenbrauen zusammenkniff. »Aber ich sollte aufpassen. Ich habe heute zu wenig gegessen für die Menge Alkohol, die ich gerade trinke.« Sie schloss die Augen und stöhnte. »Warum habe ich das jetzt eigentlich gesagt?«

»Um mir klarzumachen, dass du das Getränk, das ich gewählt habe, magst, aber eigentlich Hunger hast?«

Ich wollte dem Kellner zuwinken, da ergriff sie unvermittelt meinen Arm und hielt ihn fest. »Das war kein Versuch, ein Abendessen abzustauben«, stammelte sie und ihr Blick aus diesen großen braunen Augen zuckte über mein Gesicht, bevor sie nach oben schaute, dorthin, wo der Mistelzweig hing.

Ich starrte ebenfalls nach oben und grinste. »Sieh einer an«, murmelte ich und senkte den Kopf wieder zu ihr. »Kommst du mir so nahe, weil der Mistelzweig über uns hängt?«

Sie riss die Augen auf, dann plusterte sie ihre Wangen auf. »Spinnst du? Du bist mein Boss und das Ding da oben nervt einfach nur.«

Irgendwie hatte ich das Gefühl, dass sie nicht ganz die Wahrheit sagte. »Ist das so?« Ich schmunzelte. »Du starrst schon die ganze Zeit dorthin, seitdem wir hier sitzen.«

Sie biss sich auf die Unterlippe und räusperte sich. »Ich möchte nur nicht, dass du das falsch verstehst.«

»Was könnte ich denn falsch verstehen?«

»Ich habe den Platz gewählt«, stammelte sie und vermied es, mich anzusehen.

Allerdings fuhr sie sich mit der Zunge über die Lippen, was mir beinahe die Sprache verschlug, weil es verdammt sexy aussah.

»Oh«, machte ich deswegen nur.

Denn endlich verstand ich und hob die Mundwinkel. Offenbar wusste sie nicht richtig, wie sie es anstellen sollte, dieser Mistelzweig-Weihnachtstradition nachzukommen. Es war immerhin eine harmlose Sache, und ich ging ihr nicht oft nach, weil mittlerweile fast überall Mistelzweige hingen und ich nicht jede Person küssen wollte. Aber in Leandras Fall hatte es tatsächlich einen gewissen Reiz. Nicht nur weil sie mir gefiel, sondern weil sie selbst jetzt verschlossen wirkte und sich so verhielt, als wären wir in einem

Meeting. Allein, um sie ein wenig aus der Reserve zu locken, wollte ich sie küssen.

Ich lehnte mich ein Stück nach vorn und Leandra hob den Kopf. Dann hatte ich wohl wirklich recht, dass sie deswegen ständig hinaufgeschaut und sich so seltsam verhalten hatte. Behutsam legte ich ihr eine Hand an die Wange und hauchte einen Kuss auf ihre Lippen.

Es fühlte sich erstaunlich gut an, sie zu küssen. Sie schmeckte nach Zimt, und eine seltsame Wärme ging von ihr aus. Ich schob mich näher an sie heran, und als sie den Mund ganz leicht öffnete, nahm ich meinen Mut zusammen und ließ meine Zunge über ihre Lippen streichen.

In dem Moment presste sie ihre Hände auf meine Brust und schob mich von sich.

»Das …«, keuchte sie, starrte erst mich und dann den Mistelzweig über uns an. »Was sollte das?« Ihre Stimme überschlug sich, während sie von mir zurückwich.

»Ich dachte …«, setzte ich an und richtete mich auf. »Weil du hinaufgeschaut hast und …«

»Küsst du eigentlich jede Frau, die du gerade erst getroffen hast?« Sie sprang auf und stürmte zur Tür.

»Leandra, warte!«, rief ich ihr nach, weil sie ihre Handtasche auf dem Sofa vergessen hatte.

Hastig lief ich ihr hinterher und erreichte sie, noch bevor sie den Pub verlassen hatte.

»Kapierst du nicht, dass ich nichts von dir will?«, fuhr sie mich an, als ich nach ihr griff.

Ihr Blick war feindselig, selbst in dem Moment noch, als ich ihr die Handtasche zeigte. Schnaubend packte sie den Riemen und riss sie mir aus der Hand.

»Es tut mir leid, ich wollte nicht …«

»Spar dir den Atem«, unterbrach sie mich. »Ich will deine Ausflüchte nicht hören. Das war mehr als unangebracht.«

Sie kramte in ihrer Handtasche herum und zog ihr Handy heraus, um sich ein Taxi zu rufen.

»Ich kann dich nach Hause bringen«, schlug ich kleinlaut vor. »Es ist schon dunkel und ich hätte kein gutes Gefühl …«

»Zieht die Nummer eigentlich bei irgendjemandem?« Sie funkelte mich an. »Bei mir nämlich nicht. Ich bin erwachsen und durchaus in der Lage, auf mich selbst aufzupassen. Meistens. Gute Nacht, Mr. Fielding.«

Mit den Worten stürmte sie aus dem Pub und ließ mich einfach stehen. Ich zuckte zusammen, als Rob neben mir erschien und mir auf die Schulter tippte. »Junge, du musst eingerostet sein, wenn sie dich nach einem Kuss Mr. Fielding nennt.«

Ich rieb mir über die Stirn. »Hast du uns etwa beobachtet?«

»Natürlich und es war wirklich amüsant. Weil sie dir gefällt und du dich unglaublich ungeschickt anstellst, Al. Seit wann bist du bei Frauen so krampfig?«

»Sie ist meine Stellvertreterin. Ich bin also ihr Boss.«

»Oh Scheiße.« Rob lachte. »Dann wirst du sie wohl feuern müssen, sonst wird das nichts mit euch.«

»Halt die Klappe«, brummte ich. »Das war nur ein Kuss. Unter einem Mistelzweig. Und ich habe offenbar ihre Zeichen falsch gedeutet.«

»Sieht ganz so aus, Al. Oder du hast es einfach verlernt, richtig zu küssen.«

Leandra hatte sich vollkommen verkrampft, als sich unsere Lippen berührten. Ich hatte ihre Blicke falsch gedeutet. Was hatte ich nur getan? »Bist du Bonnie losgeworden?«

Rob fuhr sich durch die Haare. »Ich fürchte, die ist ziemlich sauer auf dich. Wir sollten hier verschwinden.«

Ich stieß den Atem aus. »Ehrlich, wenn ich es nicht besser wüsste, würde ich sagen, du willst mein Leben noch komplizierter machen, als es schon ist.«

Rob grinste. »Nach dem zu urteilen, was gerade geschehen ist, bekommst du das schon ganz alleine hin, Kumpel.«

Ich antwortete nicht, bezahlte, und wir verließen gemeinsam das Lokal. Ich musste mir dringend neue Freunde suchen. Aber zuerst sollte ich mir überlegen, wie ich Leandra morgen gegenübertreten konnte.

Auf dem Weg zu meinem Wagen hielt ich nach ihr Ausschau, doch vermutlich saß sie längst in einem Taxi und bereitete die Anzeige wegen sexueller Belästigung vor. Die ich nach dem Abend wirklich verdient hätte.

Ich fuhr mir durch die Haare und stieß den Atem aus. Mein erster Tag hätte kaum beschissener laufen können.

7

Leandra

Ich saß auf der Couch mit dem grünen Samt und überall hingen diese verfluchten Mistelzweige. Wer hatte sie dort aufgehängt? Und wieso musste ausgerechnet Allister neben mir sitzen?

Unsere Blicke trafen sich und diesmal legte ich ihm die Hand in den Nacken und beugte mich nach vorn. Ich wollte ihn nicht küssen und doch prickelte meine Haut, als sich unsere Lippen berührten.

Ich seufzte und vertiefte den Kuss, der sich sinnlich anfühlte.

Keuchend fuhr ich hoch und zitterte am ganzen Körper. Panisch sah ich mich um und stellte erleichtert fest, dass ich mich in meinem Schlafzimmer befand. Keine Spur von Mistelzweigen. Oder Allister Fielding.

Verflucht, das war ein Albtraum gewesen. Ein von Alkohol und meiner Dummheit erzeugter Albtraum. Nein … er hatte mich tatsächlich geküsst, aber … nicht so!

Zitternd griff ich nach dem Glas Wasser auf meinem Nachttisch. Es war bereits leer. »Scheiße«, murmelte ich und quälte mich aus dem Bett. Ein Blick auf den Wecker verriet mir, dass ich nicht lange geschlafen haben konnte.

Es war erst ein Uhr morgens und mein Kopf drehte sich immer noch von den Shots, die ich gekippt hatte. Wobei der Schwindel langsam einem Dröhnen wich.

Ich schwankte in die Küche und trank ein Glas Wasser, dann noch eines. Mit dem Dröhnen kam auch die Erinnerung an den Abend zurück. Am liebsten hätte ich sie verdrängt und so getan, als wäre das alles nie passiert.

Auf der Taxifahrt nach Hause hätte ich am liebsten geheult. Was war nur in mich gefahren? Wie hatte ich zulassen können, dass er mich küsst?

»Verflucht, du hast gesehen, dass er dich küssen würde, und hast es nicht verhindert, weil du insgeheim herausfinden wolltest, wie es sich anfühlt«, schalt ich mich selbst und trank noch ein Glas Wasser. »Du hast doch gewusst, dass er ein Aufreißer sein muss! Was bist du bescheuert, dich mit ihm unter einen Mistelzweig zu setzen!«

Ich fuhr mir mit einer Hand durch die Haare. Ja, ich war betrunken gewesen und er hatte es ausgenutzt. Wobei … so übel oder gar aufdringlich war der Kuss nicht gewesen. Flüchtig und zurückhaltend. Ganz sicher kein Kuss, der mehr versprach.

»Halt den Rand«, murmelte ich mir selbst zu und stieß den Atem aus.

Zornig schlug ich mit der Faust auf meinen Küchentisch, an dem ich saß. Solche Gedanken brachten mir nichts. Ich musste mir überlegen, wie ich Mr. Fielding wieder gegenübertreten konnte. Denn er mochte meinen Job bekommen haben, aber das würde ich mir nicht gefallen lassen. Ich würde gute Miene zum bösen Spiel machen und versuchen, mit Mr. Miller zu sprechen. Es musste einen Weg geben, wie ich bekommen konnte, was ich wollte.

Ob ich ihm von diesem Kuss erzählen sollte? Vermutlich hatte Mr. Fielding das alles eingefädelt. Er hatte mich gesehen, den Mistelzweig vielleicht selbst aufgehängt, mich damit manipuliert. Er war der Teufel höchstpersönlich.

»Hörst du dir eigentlich selbst zu?«, brummte ich und fing meine Gedanken wieder ein. »Schwachsinn. Du hast den Kuss zugelassen, weil du es wolltest. Du bist nicht eine der Frauen, die etwas durch eine Lüge bekommen wollen. Du hast den Kuss auch nicht unterbrochen oder Allister weggeschoben, also kannst du nicht so tun, als hätte er dich bedrängt. Nimm es hin, hak es ab. Dir muss etwas anderes einfallen.«

Ich füllte das Glas erneut und schwankte ins Bett zurück. Vielleicht sollte ich mich krankmelden. Aber auch das würde ein falsches Signal geben. Und Allister Fielding hatte mich nicht zu den Shots überredet, die ich getrunken hatte. Er hatte nur den Umstand, dass ich beschwipst war, ausgenutzt.

Jetzt mochte ich ihn noch weniger. Deswegen würde ich ihn von nun an nur noch Mr. Fielding nennen. Das »Du« war damit gestorben. Er war mein Boss und ein Ekel, der sich an betrunkene Mitarbeiterinnen heranmachte. Das konnte ich mir guten Gewissens einreden.

Gähnend legte ich mich in mein Bett. Ich hatte noch etwa vier Stunden, bis der Wecker läutete. Bis dahin sollte ich dringend noch Schlaf abbekommen.

Aber jedes Mal, wenn ich eindöste, träumte ich von Allister Fielding, der sich zu mir beugte und mich küsste. Oder ich ihn, was noch schlimmer war.

Als der Wecker klingelte, fühlte ich mich wie gerädert und stöhnte, als ich mich aufsetzte. Verflucht, ich würde nie wieder Shots bestellen. Nie wieder! Sie führten neben unerwünschten Küssen mit dem Chef auch zu Kopfschmerzen.

Eigentlich hatte ich vorgehabt, heute Morgen laufen zu gehen, aber das würde ich definitiv nicht schaffen. Ich musste mich trotzdem bewegen, und wenn ich *nur* ein paar Squats machte. Obwohl, ein wenig Kraftsport half bestimmt dabei, den restlichen Alkohol aus meinem System hinauszubefördern. Außerdem musste ich mich abreagieren.

Gähnend schlüpfte ich in meine Sportkleidung, suchte mir ein Kickbox-Cardio-Video heraus und begann, gegen einen imaginären Gegner zu treten, während die Trainerin im Video Anweisungen gab. Ich hörte kaum hin, dieses Work-out hatte ich schon so oft durchgezogen, dass ich wusste, wann ein Stellungswechsel kam und wo ich hinboxen musste.

Ich stellte mir das Gesicht von Allister Fielding vor in der Hoffnung, so meine Wut richtig loslassen zu können. Leider führte das eher dazu, dass meine Knie weich wurden und ich wieder den Kuss auf meinen Lippen fühlte.

Wenn ich jetzt darüber nachdachte, musste ich zugeben, dass es sich nicht schlecht angefühlt hatte. Wie konnte ich nur so blöd sein? Es musste am Alkohol gelegen haben. Vielleicht sollte ich doch öfter mit Mira ausgehen, mich betrinken und anschließend rumknutschen. Dann wäre ich vielleicht kein Workaholic mehr, der eh nicht das bekam, was ihm zustand, weil der Sohn von irgendwem gerade einen Job brauchte.

Das Video war längst aus und ich boxte noch immer in die Luft. Schweiß lief mir mittlerweile die Stirn hinunter und ich rang um Atem.

Für gewöhnlich war das Video mein Warm-up, heute brachte es mich an meine körperlichen Grenzen. Der Kater machte mir also doch mehr zu schaffen, als mir lieb war. Es war eindeutig Zeit für eine kalte Dusche. Vielleicht weckte die meine Lebensgeister aus ihrem Alkohol-Wachkoma.

Ich schleppte mich ins Bad, drehte das Wasser auf und schälte mich aus der schweißnassen Kleidung. Ein weiteres Mal nahm ich mir vor, in Zukunft von Shots die Finger zu lassen, bevor ich mich in die Dusche stellte.

Immer wieder musste ich an den Kuss denken und hätte mir am liebsten selbst eine dafür gescheuert, weil ich in meinem vernebelten Verstand zu dem Schluss gekommen war, dass Mr. Fielding einfach nur meine Signale falsch gedeutet hatte.

Genervt drehte ich das Wasser ab, nachdem ich mir die Haare gewaschen hatte, und trocknete mich ab.

Mit Handtuchturban und in meinem flauschigen Morgenmantel setzte ich mich mit einer Tasse Kaffee vor mein Fenster und beobachtete, wie sich der Horizont von mitternachtsblau langsam aufhellte. Es würde noch dauern, bis die Sonne aufging, aber schon diese Vorboten des Tages wärmten mein Herz. Ich hatte den Luxus, eine recht großzügige und dennoch leistbare Wohnung in Brooklyn mein Eigen nennen zu können. Das Beste war allerdings die Aussicht, denn besonders, wenn der Schnee auf den Bäumen und Hausdächern lag, war sie wunderschön.

Irgendwo im Hintergrund konnte man die Hochhäuser Manhattans ausmachen, die im dunstigen Licht vertraut wirkten und mir Ruhe schenkten. Alles würde gut werden. So war es immer. Ich hatte mir das alles hart erarbeitet und deswegen würde ich nicht aufgeben.

Ich atmete tief durch und nahm einen Schluck aus meinem Becher. Der Kaffee war keine gute Idee, denn mein Magen rebellierte sofort und ich schwor mir noch ein letztes Mal, nie wieder Shots zu trinken. Vorbei war die innere Ruhe und ich stellte meine Tasse auf dem Tisch ab, während ich die Beine anzog und meine Arme um die Knie schlang.

Ich hatte mir noch nicht einmal die Zeit genommen, meine Wohnung weihnachtlich zu dekorieren. Das sollte ich auf jeden Fall ändern, obwohl ich nach dem Debakel gestern noch weniger Lust dazu hatte.

Am besten raffte ich mich dazu auf, noch bevor meine Mutter und Schwester zu mir kämen. Obwohl ich nicht gerade aus reichen Verhältnissen stammte, war meine Mutter immer bemüht, jenen, denen es schlecht ging, zu helfen. Deswegen hatte ich versprochen, mit ihr und meiner Schwester Rose im Central Park bei dem ›Wollman Rink‹, wo jedes Jahr eine wunderschöne Eislaufbahn errichtet wurde, bei einem Charity-Punsch-Stand auszuhelfen. Da sie außerhalb von New York City wohnten, würden sie am Freitag zu mir kommen und bis Sonntag bei mir schlafen. Davor musste ich also die Wohnung auf Vordermann bringen.

Ich machte mir eine gedankliche Notiz und stand auf. Da ich ohnehin nichts essen würde, konnte ich mich auch gleich anziehen. Ich suchte meinen dunkelblauen Hosenanzug aus dem Schrank heraus, wählte eine weiße Bluse mit Schleife am Hals dazu und frisierte mein dunkelbraunes Haar zu einem seitlichen Dutt.

Mit zittriger Hand schaffte ich einen passablen Lidstrich, trug Wimperntusche und einen hellen Lippenstift auf und machte mich mit meiner Aktentasche auf den Weg zur Firma.

Die Kisten standen bereits auf meinem neuen Schreibtisch, als ich das Zimmer, in dem ich von nun an arbeiten würde, betrat. Ich hatte ein kleines Büro für mich allein, direkt neben dem großzügig angelegten Raum von Mr. Fielding.

Bis vor zwei Tagen war das hier noch das Archiv gewesen. Da hatte jemand schnell gearbeitet, um einen Stellvertreter-Posten zu erschaffen, den es bisher nicht gegeben hatte, und für diese Person ein Büro freizuräumen. Ich zuckte mit den Schultern. Immerhin gab es hier Fenster nach außen und wenn ich meine Sachen eingeräumt hatte, würde es auch wie ein Büro aussehen.

Außer mir hatte sich noch niemand aus dieser Abteilung eingefunden, doch es wunderte mich nicht. Es war gerade einmal halb sieben. Vor acht kam selten Leben in dieses Stockwerk. Nur in der Entwicklungsabteilung war um die Uhrzeit immer wieder jemand anwesend. Das lag daran, dass sie oft mit Leuten in anderen

Zeitzonen Telefonkonferenzen abhielten. Aber die Administration kam meistens später, von mir abgesehen.

Ich zog meinen Wintermantel aus und begann mit pochenden Schläfen meine Ordner in Schränke zu räumen, stellte die Fotos meiner Eltern und Geschwister auf, goss meine zwei Bonsais und schaltete den Computer an.

Ich hatte noch einige E-Mails von meiner alten Abteilung, die ich weiterleiten musste, bevor ich mich um etwas anderes kümmerte. Als ich die Flut an Mails durchklickte, entdeckte ich eine von Mr. Miller. Er teilte mir darin schriftlich noch einmal mit, dass ich die stellvertretende Abteilungsleiterin sein sollte, mein neuer Vertrag mit einer finanziellen Anerkennung bereits fertig wäre und er mich und meinen neuen Vorgesetzten gerne nächste Woche zu einem Termin einladen würde.

Gut, dass mein Kopf so schmerzte, sonst hätte ich vielleicht wüste Beschimpfungen ausgestoßen. So beschränkte ich mich auf ein Knurren und warf eine Tablette ein, um den Tag irgendwie zu überstehen.

Als die ersten neuen Kollegen im Büro eintrafen, ließ ich mich schnell auf den letzten Stand dieser Abteilung bringen. Ich hatte zwar immer wieder etwas mit diesem Team zu tun gehabt, aber ihre offenen Projekte kannte ich nur teilweise. Ich machte mir Notizen, auf welchem Laufwerk welche Unterlagen zu finden waren, und setzte mich wieder an meinen Platz.

Für gewöhnlich hätte ich ein wenig mit den Kollegen geplauscht, denn ich mochte sie. Aber heute stand mir der Sinn einfach nicht danach. Zu sehr schmerzte es, nicht ihre Vorgesetzte zu sein, wie man es mir versprochen hatte. Außerdem dröhnte mein Kopf trotz der zweiten Tablette, die ich mir eingeworfen hatte, immer noch.

Angestrengt klickte ich mich durch die Unterlagen, schrieb mir Eckpunkte auf und warf immer wieder einen Blick auf die Uhr.

Es war bereits nach neun und von Mr. Fielding fehlte jede Spur. Natürlich, er hatte ja eine andere morgendliche Beschäftigung. Ob er doch mit diesem blonden Mädchen nach Hause gegangen war? Halt, warum dachte ich darüber nach? Sollte er doch flachlegen, wen er wollte, was kümmerte es mich, solange nicht ich das Objekt seiner Begierde war?

Außerdem gab es genug zu erledigen, und falls Mr. Miller seine Entscheidung demnächst bereute – wovon ich ausging, so wie ich Mr. Fielding einschätzte –, wollte ich bestens vorbereitet sein und alles wissen.

Ich schickte Mira eine kurze Nachricht über mein Handy, dass ich sauer auf sie sei und sie hoffentlich als Wiedergutmachung etwas über meinen neuen Chef herausgefunden hätte, da ging meine Tür auf und der Geruch von Kaffee stieg mir in die Nase.

Leider auch das Parfum des Mannes, den ich am liebsten nie wieder gesehen hätte.

8

Allister

Als ich ihre Bürotür öffnete, fiel mein erster Blick direkt auf Leandra. Sie hatte die Jacke ihres Hosenanzugs über ihre Stuhllehne gehängt, ihre Haare waren diesmal zu einem seitlichen Dutt aufgesteckt und die Schleife an ihrem Hals ließ sie mädchenhaft und doch nach Businesslady aussehen.

Ich schüttelte den Kopf. Den ganzen Morgen hatte ich überlegt, was ich zu ihr sagen, wie ich mit ihr umgehen sollte. Mehrmals hatte ich mir die Worte überlegt, mit denen ich beginnen wollte. Aber jetzt konnte ich mich nicht daran erinnern, denn das Einzige, woran ich denken konnte, war Leandra.

Verdammt, sie war meine Mitarbeiterin!

Deswegen versuchte ich, an Bilanzabschlüsse zu denken, als ich sie musterte. Sie wirkte konzentriert und biss auf ihrer Unterlippe herum, was mir sofort den Kuss, so flüchtig er auch gewesen war, in Erinnerung rief.

Da war etwas an ihr, das mich faszinierte, ganz gleich, wie tief sie es unter Kratzbürstigkeit verbarg. Ich wollte wissen, wie sie wirklich war.

Ich überlegte noch, was ich tun sollte, als ihre Nasenflügel bebten und sie mich mit einer Mischung aus Zorn und Scham ansah.

»Guten Morgen«, murmelte sie nach einer gefühlten Ewigkeit, in der ich kein Wort herausbrachte, und wandte sich schulterzuckend wieder ihrer Arbeit zu.

»Ich habe Kaffee für dich.« Zögerlich stellte ich mich neben ihren Tisch. Warum fühlte ich mich, als wäre sie meine Vorgesetzte und ich nicht ihr Chef? »Ich war mir nicht sicher, ob du der weihnachtliche Typ bist, aber ich habe dennoch zwei Special genommen. Also einen Lebkuchen Macchiato und einen mit Zimt. Du kannst gerne aussuchen, ich nehme den, der übrig bleibt.«

»Danke«, murmelte sie, ohne aufzusehen, und machte keine Anstalten, nach einem Becher zu greifen.

Dabei hatte ich einen extra weihnachtlichen genommen. Mit einem kleinen Marshmallow-Schneemann, der am Deckel befestigt war.

Ich räusperte mich. »Ich denke, Lebkuchen ist für dich heute besser. Morgen bringe ich dir den mit Zimt mit«, fuhr ich fort und stellte den Becher direkt unter ihre Nase, was sie zum Glück doch dazu veranlasste, den Kopf zu heben.

»Ich komme dann gleich zu Ihnen ins Büro, Mr. Fielding.«

»Waren wir nicht bei den Vornamen?«, fragte ich und versuchte mich an einem gewinnenden Lächeln.

Falls das möglich war, verfinsterte sich ihre Miene noch mehr. »Nach dem, was gestern geschehen ist, denke ich, es wäre angebracht, wenn wir uns wieder siezen.«

»Leandra, es tut mir unglaublich leid, dass ich dich geküsst habe, aber …«

Sie hob abwehrend die Hand und starrte auf den Becher vor sich. »Sie müssen sich nicht entschuldigen, Mr. Fielding. Was mich betrifft, ist *das* nie passiert, und es wird auch keine Wiederholung geben. Ich möchte mit Ihnen also lediglich auf beruflicher Ebene zu tun haben und werde mich bemühen, ein akzeptables Arbeitsklima zu schaffen, sofern Sie meinen Wunsch nach Wahrung eines Abstands respektieren.«

Sie hätte mir auch gleich in den Magen oder einen Stock tiefer treten können. Wie schaffte sie es, mich mit so wenigen Worten so hart zu treffen?

Als hätte der Kaffee ebenfalls eine Abfuhr bekommen, kippte der kleine Marshmallow Schneemann von ihrem Deckel und landete schmatzend auf ihrem Tisch.

Ein akzeptables Arbeitsklima! Wahrung eines Abstands! Aber vermutlich war es besser so. Sie war also vernünftiger als ich, obwohl mir der Kuss bestimmt nicht so schnell aus dem Kopf gehen würde.

Sie hatte ja recht und eigentlich musste ich ihr dankbar sein, dass sie mich nicht wegen sexueller Nötigung fertigmachen wollte. Wobei hier Wort gegen Wort gestanden hätte, denn wirklich gewehrt hatte sie sich nicht.

Dennoch. Es war klüger, ab jetzt Distanz zu wahren und so zu tun, als wäre nie etwas zwischen uns gewesen. Denn falls wir nach gestern Abend doch zu dem Schluss gekommen wären, zusammen sein zu wollen, hätten wir uns beruflich etwas überlegen müssen. Außerdem hätte ich ihr dann gleich von meiner Vergangenheit erzählen müssen und den Verpflichtungen, die ich nach wie vor hatte. Über die ich mit keiner Frau gesprochen hatte, seitdem ich von Tiffany getrennt war. Was nicht weiter schwer war, denn ich hatte mich danach für keine Frau mehr interessiert.

Aber ausgerechnet für Leandra interessierte ich mich, trotz dieser Unnahbarkeit, die sie mir gegenüber ausstrahlte. Was vielleicht der Grund war, warum sie mir so reizvoll erschien. Ich wollte hinter diese Fassade blicken.

Leider verabscheute sie mich ganz offensichtlich und war noch dazu meine Stellvertreterin. Ich hatte wirklich ein Händchen für Frauen.

Ich schluckte meinen Frust hinunter, rang mir ein Lächeln ab und ließ den Becher, den ich immer noch festhielt, los. »Dann genießen Sie den Kaffee. Ich warte in meinem Büro.«

Sie nickte mir zu, schob den Kaffee beiseite und schrieb einige Notizen in ein Buch.

Es fiel mir schwer, einfach hinauszugehen. Ich wollte das klären. Ihr glaubhaft machen, dass es nicht meine Art war, Frauen zu küssen, die ich gerade erst kennengelernt hatte. Schon gar nicht, wenn wir so eng zusammenarbeiten sollten. Ich wollte nicht, dass sie mich für einen arroganten Aufschneider hielt und mich deswegen mied.

Ich riss das Fenster in meinem Büro auf und stieß kräftig den Atem aus. Was war ich doch für ein Idiot. Monatelang benahm ich mich vernünftig und gerade jetzt, wo ich versuchte, mein Leben in geregelte Bahnen zu lenken, verhielt ich mich wie ein pubertierender Teenager.

Ich klappte meinen Laptop auf und begann mich durch eine schier endlose Flut aus E-Mails zu kämpfen, während ich auf Leandra wartete. Als sie schließlich in mein Büro trat, hatte sie einen Stapel Ordner in den Armen. Ich sprang auf, um ihr zu helfen, und sie funkelte mich an, bevor sie mir widerwillig die Unterlagen übergab.

»Danke«, brummte sie und wischte sich eine Strähne, die sich aus ihrer Frisur gelöst hatte, aus dem Gesicht.

»Gut, setzen wir uns an den Besprechungstisch«, schlug ich vor, da verließ sie mein Büro und kam mit ihrem Laptop zurück.

»Womit wollen Sie beginnen?«, fragte sie und sah mich erwartungsvoll an.

Dir jetzt und hier zu erklären, dass ich kein arroganter Aufreißer bin, der jeder Frau ungefragt seine Zunge in den Rachen schiebt, dachte ich.

Aber statt es zu sagen, räusperte ich mich, schlug mein Notizbuch auf und meinte: »Ich würde gerne wissen, welche die dringendsten Projekte sind, um die wir uns kümmern sollten, und was offen ist.«

Sie hob eine Augenbraue, weil sie offenbar überrascht war, dass ich mich nicht wie ein absoluter Vollidiot benahm, nickte und klickte auf dem Computer herum. Leandra drehte mir den Bildschirm zu und schlug einen Ordner auf, während sie mir von einer vielversprechenden kleinen Firma erzählte, die gekauft werden sollte. Sie präsentierte mir die Due-Diligence-Unterlagen für die Bewertung und erklärte, welche Gespräche noch anstanden. Das alles natürlich vor Weihnachten, da nach dem Heiligen Abend die Abschlüsse unter Dach und Fach sein mussten, damit die Projekte, weswegen wir diese Firma kaufen wollten, per 1. Januar starten konnten.

Ich war beeindruckt, wie gut sie Bescheid wusste, wie genau sie die Tochterfirmen und Investoren zu kennen schien, wie viel sie über die Prozesse berichten konnte. Es wunderte mich, dass man nicht sie gefragt hatte, ob sie diesen Job haben wollte. Aber vielleicht hatte man sie gefragt und sie hatte abgelehnt. Das war für mich die einzige Erklärung dafür, dass sie lediglich meine Stellvertreterin geworden war.

So verging die Zeit wie im Flug und ich bemerkte erst, dass es schon lange nach Mittag war, als ihr Magen lautstark knurrte und ihr Gesicht wieder die Farbe einer reifen Tomate annahm.

9
Leandra

Mein Bauch knurrte so laut, dass man es wahrscheinlich in Timbuktu hörte. Natürlich, ich hatte heute noch nichts gegessen und auch den Kaffee von Allister nicht angerührt. Ein Blick auf die Zeitanzeige meines Computers verriet mir, dass es bereits nach zwei Uhr nachmittags war. Mein Gesicht glühte und ich merkte, wie meine Augenbrauen wieder zu zucken begannen. Ganz großartig.

Allister Fielding warf mir einen unsagbar nervigen Blick zu. Vermutlich versuchte er, charmant zu wirken. Aber wenn ich schon dieses schiefe Grinsen sah … Meine Augen wanderten zu seinen Lippen und ich ertappte mich dabei, daran zu denken, wie er geschmeckt hatte … wie sich sein Atem auf meiner Haut angefühlt hatte.

Ein Glück, dass ich schon knallrot war, sonst wäre es jetzt noch peinlicher geworden.

»Sollen wir eine Pause machen und etwas essen?«, fragte er und legte einen Stift in den Ordner, bevor er ihn zuschlug. »Allerdings wirst du mir sagen müssen, wo wir etwas zu essen bekommen. Ich kenne mich in der Gegend nicht besonders gut aus.«

Er duzte mich immer noch oder schon wieder. Schön, sollte er doch. Für mich war er Mr. Fielding. Aber ich hatte Hunger, also ging ich darüber hinweg.

»Um die Ecke gibt es ein Café, das Mittagsmenüs hat«, meinte ich, sperrte meinen Computer und stand auf. »Wenn wir Glück haben, ist noch etwas übrig.«

»Dann nichts wie los.« Er zwinkerte.

Vermutlich war dieses Zwinkern seine Masche, Frauen um den Finger zu wickeln. Ich fand es einfach nur nervig. Genau wie seine ganze aufgesetzte Art. Beinahe hätte ich geglaubt, dass er eigentlich schüchtern und zurückhaltend war, weil mein Bruder ebenfalls so einen Tick besaß, mit dem er davon ablenken wollte. Aber auch das war bei Allister Fielding bestimmt nur eine Taktik.

»Ich hole nur meine Tasche«, murmelte ich und starrte auf den Boden vor mir, um ihn nicht ansehen zu müssen.

Ich eilte in mein Büro, schnappte mir Mantel und die Tasche, aus der ich mein Handy herauszog. Gedankenverloren checkte ich meine Nachrichten auf ein Lebenszeichen von Mira und wäre deswegen fast mit ihm zusammengekracht.

»Hoppla.« Er lachte und legte seine Hände auf meine Schultern. »Ist alles in Ordnung?«

»Ja, sorry, ich war gerade in meine Nachrichten versunken«, erklärte ich und steckte das Handy weg.

Mira hatte nicht geantwortet und ich überlegte ernsthaft, ob ich noch an ihrem Platz vorbeigehen sollte. Langsam machte ich mir Sorgen um sie.

»Dein Freund?«, fragte er und mir wurde erst jetzt bewusst, dass er seine Hände immer noch auf meinen Armen hatte, um mich zu stützen.

Rasch trat ich einen Schritt zurück, sodass er mich loslassen musste.

»Eine Freundin«, erwiderte ich und weil er mich seltsam ansah, fügte ich hinzu: »Die, mit der ich gestern aus war und die auf einmal verschwunden war. Ich wollte sehen, ob es ihr gut geht, denn sie meldet sich nicht. Sie arbeitet in meiner ehemaligen Abteilung, ich werde auf dem Rückweg kurz vorbeischauen.«

»In Ordnung«, meinte er. »Wollen wir dann?«

Er half mir fast galant in meinen Mantel und lächelte mich an. Ich räusperte mich nur und wandte mich ab. Gut, Manieren hatte er. Teilweise zumindest. Das änderte nichts daran, dass ich ihn nicht mögen sollte.

Ohne zu reden, schritten wir auf den Lift zu, in dem wieder weihnachtliche Jingles gespielt wurden. Passend zu meiner Stimmung war es eine Instrumentalversion von ›Frosty the Snowman‹.

Obwohl wir die einzigen Personen in der Kabine waren, kam mir der Platz viel zu eng vor. Ich sollte nicht mit ihm allein sein, denn sobald ich das Gefühl hatte, dass er mich nicht beobachtete, starrte ich in sein Gesicht. Mussten meine Hormone gerade bei *ihm* verrücktspielen?

Wir gingen schweigend durch den weihnachtlich geschmückten Empfangsbereich hinaus auf die überfüllte Straße. Ich fragte mich wieder einmal, wieso so viele Menschen um diese Uhrzeit unterwegs waren. Das konnten doch nicht alles Touristen sein, oder?

Seufzend atmete ich die eiskalte Luft ein und schloss den obersten Knopf meines Mantels, während ich den Anblick, der sich mir bot, genoss. Alle Hausfassaden waren weihnachtlich geschmückt und erstrahlten in Rot, Gold und Grün. Sie alle hatten sich Mühe gegeben, aber keines der Geschäfte und Lokale sah so festlich aus wie das Café, in dem ich mir mit Mira oft etwas holte. Die Besitzer liebten Weihnachten und verwandelten ihr Lokal in ein kleines Winterwunderland. Die Auslage bestand aus einer Art weihnachtlicher Stadt, in der sich die Figuren bewegten und Schnee von einem Gebläse herumgewirbelt wurde. Der Tresen und die Tische waren festlich geschmückt, und obwohl alles glitzerte, wirkte es nicht überladen. Ich fühlte mich dort wirklich wohl.

Außerdem war das Essen gut und frisch. Für gewöhnlich dauerte es zu Mittag ein wenig, bis man einen Platz bekam, aber wir waren spät dran und deswegen gab es nur wenige Gäste, da das Mittagsgeschäft bereits beendet war.

»Lea!«, begrüßte mich Maisie, die Tochter der Besitzer, freudestrahlend. Sie war Anfang zwanzig, hatte dunkelblonde Locken und an jeder Augenbraue drei Piercings. Manchmal half sie ihren Eltern aus, so wie jetzt in der Weihnachtssaison. »Ich dachte schon, du kommst heute nicht. Dabei gibt es dein Leibgericht. Ich habe extra zwei Portionen für dich und Mira aufgehoben.« Ihr Blick wanderte zu Mr. Fielding, der ohne Zweifel blöd grinste. »*Das* ist nicht Mira.«

»Nein, das ist mein neuer Chef, Allister Fielding«, stellte ich ihn vor.

Maisie checkte ihn ganz offensichtlich ab und nickte, bevor sie sich wieder mir zuwandte. »Gut, dann bringe ich euch an einen Tisch und hole das Essen. Ich hoffe, Mr. Fielding mag Lasagne mit Salat?«

»Allister, bitte. Und ja, ich mag Lasagne«, erwiderte mein Boss und folgte Maisie zu einem ruhigen Tisch in einer Ecke direkt an einem mit roten Girlanden umrahmten Fenster.

Ich funkelte sie an. Für gewöhnlich setzte sie Pärchen dorthin, weil es ruhig war und man einen guten Blick auf die kleine Grünfläche vor dem Laden hatte, die jetzt vollkommen verschneit war. Fehlte nur, dass sie eine Kerze zwischen und eine Weinflasche mit zwei Gläsern vor uns abstellte.

Zur Sicherheit blickte ich mich überall um und atmete erleichtert auf, als ich keinen einzigen Mistelzweig entdeckte. Das hätte mir gerade noch gefehlt. Dafür glitzerte und blinkte es überall. Wer nicht in Weihnachtsstimmung war, würde hier vermutlich ein echtes Problem haben. Mir selbst ging die ganze Dekoration gerade auf die Nerven.

»Ich bin gleich mit dem Essen und den Getränken da«, verkündete sie und bevor ich sie aufhalten konnte, war sie in der Küche verschwunden.

»Weiß sie, dass wir nichts zu trinken bestellt haben?«, fragte mein Chef und ließ mich nicht aus den Augen, während ich mich hinsetzte.

Erst danach nahm auch er Platz. Fast war ich enttäuscht, dass er mir den Stuhl nicht zurechtgerückt hatte. Hätte irgendwie zu seinem Versuch, sich höflich zu benehmen, gepasst.

»Das ist ihr, glaube ich, ziemlich egal. Sie hätte uns ohnehin gebracht, was sie sich vorstellt«, antwortete ich und zog die

Weihnachtsspezial-Karte zwischen den anderen hervor. Irgendetwas musste ich betrachten, damit ich nicht ihn anstarrte.

»Macht sie das bei allen Gästen oder nur bei dir?«

»Maisie ist so was wie eine Freundin«, murmelte ich. »Sie meint es gut, aber sie hat gewisse Vorstellungen. Offenbar denkt sie, sie muss uns Zeit geben, miteinander zu sprechen. Deswegen wird es jetzt bestimmt länger dauern, bis wir etwas zu essen oder zu trinken bekommen.«

Ich sah auf, nachdem ich geendet hatte. Schwerer Fehler, denn er schmunzelte. Seine Hände waren ineinandergelegt, er stützte sein Kinn darauf ab und ein Lächeln umspielte seine Lippen. Ich musste an seinen Blick denken, bevor er mich geküsst hatte. Da war etwas in seinen Augen gewesen, das ich jetzt wieder bemerkte.

»Das macht nichts«, meinte er. »Ich finde es hier sehr angenehm und es gibt mir die Möglichkeit, mit dir zu sprechen.«

Ja, nein, ich wollte nicht mit ihm sprechen. Schon gar nicht über den letzten Abend. Aber als hätte ich es geahnt, wurde er ernst.

»Wegen gestern Abend …«

Schlechtes Thema. Ganz schlecht. »Mr. Fielding, wir müssen nicht darüber …«

»Erstens möchte ich dich bitten, mich Allister zu nennen. Wenn du mich Mr. Fielding nennst, denke ich immer, mein Vater steht hinter mir. Zweitens …« Er holte tief Luft und schien nach Worten zu suchen. »Zweitens möchte ich mich erklären. Du sollst nicht denken, dass ich jemand bin, der sich Frauen aufdrängt.«

Aber genau das hatte er getan. Oder nicht? Ich war mir plötzlich nicht mehr sicher.

»Die Wahrheit ist«, riss er mich aus meinen Gedanken, »ich habe schon länger kein Date mehr gehabt. Ich hatte einfach kein Glück mit den Frauen.«

Ich hob die Hand und schüttelte den Kopf. »Das geht mich wirklich nichts an«, wehrte ich ab.

Er grinste gequält. »Da hast du vermutlich recht«, stimmte er mir zu und seufzte. »Aber ich möchte nur, dass du mich nicht falsch verstehst. Ich küsse nicht wahllos Frauen. Für mich hat das eine Bedeutung.«

»Mr. Fielding …«

»Allister«, unterbrach er mich. »Bitte.«

Ich biss mir auf die Unterlippe. Eigentlich wollte ich ihn so nie wieder nennen. »Schön«, brummte ich, weil mir sein Dackelblick wirklich ein schlechtes Gewissen machte. »Allister, ich habe es heute Morgen schon gesagt. Was mich betrifft, ist das nie passiert, und ich bin der Meinung, es wäre besser, wenn Sie es auch vergessen. Sie sind mein Chef, und eine andere Beziehung als eine berufliche ist für mich somit undenkbar.«

Außerdem bist du ein arroganter Schnösel, der mir den Job geklaut hat, dachte ich.

Er fuhr sich mit der Hand in den Nacken, vermutlich, um seine grauenhafte Frisur nicht zu zerstören, und wirkte niedergeschlagen. »Ich werde es wohl versuchen müssen«, murmelte er und zog die Getränkekarte heraus.

Ich verfluchte Maisie, dass sie uns das Essen nicht endlich brachte, und betete, dass ich mir gerade nur eingebildet hatte, dass der Zeiger der Uhr an der Wand rückwärts gesprungen war. Das würde sonst ein verdammt langer Lunch werden.

10

Allister

Leandra sprach, nachdem sie mir erneut klargemacht hatte, dass der Kuss für sie nie passiert war, kein Wort mehr mit mir und auch ich hielt mich zurück. Nach dieser Abfuhr wäre ich ein Idiot, wenn ich mir noch einreden würde, dass zwischen uns eine Art besondere Chemie bestand.

Nachdem wir bezahlt hatten, sagte sie, dass sie nach ihrer Kollegin sehen wollte. Deswegen ging ich allein in mein Büro vor. Ihr Computer stand noch auf meinem Tisch und der Duft ihres Parfums lag in der Luft. Wann war aus mir noch gleich ein pubertierender Teenager geworden? Ich war nie ein Aufreißer gewesen. Ich hatte mich nie überstürzt auf eine Frau eingelassen, auch vor Tiffany nicht. Aber bei Leandra hätte ich mir mehr gewünscht und ich kam nicht damit klar, dass sie es anders empfand.

Schnaubend fuhr ich mir über den Nacken. Hatte ich Schwachkopf ihr wirklich erklärt, dass der Kuss mir etwas bedeutete? Warum hatte ich nicht bei »Ich küsse nicht wahllos Frauen« aufgehört zu reden?

Immerhin war es so was von eindeutig, dass sie mich nicht mochte. Obwohl mir manchmal doch Zweifel daran kamen. Zum Beispiel, wenn ihre Augen zu meinem Mund wanderten und sie sich dabei mit der Zunge über die Lippen fuhr. Aber was konnte ich schon machen? Sie hatte ja recht. Ich war ihr Vorgesetzter und mein Vorsatz galt immer noch: keine Beziehung mit direkten Kollegen.

Um mich abzulenken, ging ich zu meinem Schreibtisch und öffnete den Karton mit meinen persönlichen Sachen. Ich hatte ihn immer noch nicht ausgepackt. Viel war nicht darin, nur ein paar Fotos, die ich aufstellen wollte, und eine kleine Statue, die mein Vater mir geschenkt hatte, als ich meinen Abschluss an der Uni gemacht hatte. Ich war mir ziemlich sicher, dass er nie so stolz auf mich gewesen war wie an jenem Tag.

Viele Vorzüge hatte ich auch nicht, von meinen akademischen Leistungen abgesehen. Ja, ich mochte Sport und ging regelmäßig ins Fitnessstudio. Aber ich war nie gut in Teamsports gewesen. Damit hatte ich meine Mutter ziemlich enttäuscht, die gehofft hatte, ich würde eventuell einer Rudermannschaft beitreten.

Das Klopfen ließ mich die Fotos schnell platzieren und »Herein« rufen.

Leandra öffnete die Tür und wartete, bis ich ihr mit einem Nicken zu verstehen gab, dass sie eintreten konnte.

Sie schloss die Tür hinter sich und setzte sich an den Besprechungstisch. Dort fuhren wir mit der Arbeit fort, als hätten wir nicht eine Stunde schweigend in einem Lokal gesessen, während wir auf das Essen warteten, in dem wir doch nur schweigend herumstocherten, bevor wir aufbrachen.

Sie erklärte die weiteren anstehenden Projekte, für die wir allerdings erst nach Weihnachten Vorbereitungen zu treffen hatten, da sie noch nicht so konkret waren wie jene eine Akquisition.

Als es fünf Uhr wurde, unterbrach ich sie. »Es tut mir leid, aber ich muss jetzt gehen«, sagte ich und ihr Blick wurde finster. Vermutlich dachte sie: *Der Kerl kommt nach mir und geht schon, obwohl wir noch lange nicht fertig sind.*

Ich hätte es ihr ja erklärt, doch sie hatte mir recht deutlich zu verstehen gegeben, dass sie mein Privatleben nicht interessierte. Ihr die Gründe für meinen Aufbruch zu nennen, wäre definitiv privat gewesen. Außerdem schuldete ich ihr wirklich keine Rechtfertigung, denn wir steckten im Moment in keiner heißen Projektphase, in der ich sie alleinließ.

»Ich bin telefonisch erreichbar und werde diese Unterlagen mitnehmen«, fügte ich hinzu, während ich aufstand. »Außerdem lese ich meine Mails bis spät in die Nacht. Wenn es also etwas gibt, das ich mir bis morgen unbedingt ansehen soll, schick es mir bitte zu.«

»In Ordnung«, erwiderte sie und es klang fast, als würde sie knurren. »Soll ich mir morgen wieder den Tag blocken oder …«

»Das wäre nett, ich würde gerne die Firma kennenlernen und du scheinst dich mit allen gut zu verstehen.«

Ihr Blick wurde noch finsterer. Offenbar gefiel es ihr nicht, mich herumzuführen. Konnte ich verstehen, aber sie war nun einmal die Person, die ich am besten kannte, und ich wollte gleich klarstellen, dass wir ein Team waren und es uns nur im Doppelpack gab. Sie sollte meine rechte Hand sein und jeder sollte wissen, dass ich sie in die Entscheidungen einbinden würde. Vielleicht hätte ich ihr das so erklären sollen, doch sie hatte bereits die Ordner genommen und hinausgetragen. Als sie wiederkam, um ihren Computer zu holen, gab sie mir noch ein paar Unterlagen.

»Die sollten Sie sich vielleicht auch ansehen«, erläuterte sie kühl. »Dann einen schönen Abend. Ich bin noch einige Stunden hier.«

»Warum gehst du nicht heim?«, wollte ich wissen und richtete den Kragen an meinem Hemd, nachdem ich die Krawatte abgenommen hatte.

»Ich bin immer lange hier. Gestern war eine Ausnahme. Ansonsten gehe ich selten vor acht oder neun nach Hause.«

Jetzt verstand ich ihren feindseligen Blick. Sie gab wirklich alles für ihren Job und dachte offenbar, ich würde meinen nicht ernst genug nehmen.

Aber nach allem, was heute gewesen war, hatte ich keine Lust zu versuchen, mich in ein besseres Licht zu rücken. Sie hatte sich ihre Meinung über mich wohl längst gebildet. Mein Versuch, das zu ändern, wäre gnadenlos abgeblockt worden.

»Du nimmst deine Aufgaben sehr ernst, das finde ich gut«, sagte ich stattdessen und ihre Miene verfinsterte sich, während ihre Finger sich am Laptop festkrallten. »Ich werde dennoch versuchen, dir etwas mehr Luft zu verschaffen, in Ordnung?«

Ihr Gesicht bekam eine leicht rötliche Farbe und sie kniff die Augenbrauen fest zusammen. Das änderte jedoch nichts daran, dass sie immer noch zuckten.

»Das wird nicht nötig sein«, erwiderte sie und schien Mühe zu haben, mich nicht anzufauchen.

»Ich möchte nur, dass deine Work-Life-Balance stimmt«, erklärte ich es mit einem Lächeln, doch das half anscheinend überhaupt nicht bei ihr. Im Gegenteil, sie wirkte noch zorniger als ohnehin schon.

»Das ist meine eigene Sache«, schnaubte sie und umklammerte den Laptop noch fester. »Dann schönen Abend.«

Sie knallte die Tür hinter sich zu und ich seufzte. Okay, sie war ein Workaholic und hielt mich vermutlich gerade für einen faulen Arsch, der nicht wirklich arbeiten wollte. Irgendwie konnte ich ihre Feindseligkeit jetzt nachvollziehen. Sie war zielstrebig und gewissenhaft. Ich stellte wohl das genaue Gegenteil für sie dar.

Das würde noch heiter mit uns werden, falls es mir nicht gelang, ihr zu erklären, dass auch *ich* meinen Job ernst nahm. Aber es gab eben noch etwas, das mir wichtiger war. Nur das würde ich ihr nicht auf die Nase binden.

11

Leandra

Mira blieb vom Erdboden verschluckt an diesem Tag. Als ich nach ihr sehen wollte, teilte mir ein Kollege von ihr mit, dass sie sich krankgemeldet hatte.

Nachdem Allister gegangen war, versuchte ich, sie anzurufen. Es läutete ewig, bis sie verschlafen abhob. »Ja?«, sagte sie und gähnte ins Telefon.

»Mira, geht es dir gut?« Ich machte mir ehrlich Sorgen. Sie schlief entweder immer noch oder schon wieder. Beides fand ich bedenklich um halb sechs abends an einem Dienstag.

»Ja, ich bin nur etwas erschöpft«, erwiderte sie und es klang, als würde sie sich strecken. »Warte kurz.«

Ich nahm an, dass sie das Handy auf stumm schaltete, weil sie irgendetwas erledigen wollte, das ich nicht hören sollte. Nach einer gefühlten Ewigkeit rauschte es wieder.

»So, jetzt können wir reden«, meldete sie sich zurück.

»Hast du gestern zu viel Alkohol gehabt und es geht dir so schlecht?«

»Ich habe so gut wie nichts getrunken.« Sie kicherte. »Aber ich habe trotzdem kein Auge zugetan in der Nacht, wenn du verstehst.«

Es dauerte, bis der Groschen fiel. »Du hast blaugemacht, weil du mit dem Typen aus der Bar die Nacht zum Tag gemacht hast?«

»Nein, ich habe blaugemacht, weil ich mit dem Typen aus der Bar gevögelt habe, bis wir vor Erschöpfung eingeschlafen sind, und wir weitergevögelt haben, als wir aufgewacht sind.«

»Erspar mir die Details«, schnaubte ich und meine Gedanken wanderten zu dem Kuss und Allister. Ein Glück, dass ich allein in meinem Büro saß, denn meine Wangen glühten und meine Augenbrauen zuckten.

»Warum denn? Ich dachte nicht, dass du zu prüde bist, um über Sex zu reden. Ich meine, Ramon hat Dinge mit mir gemacht! Ich glaube, ich bin vor dem Schlafen vier Mal gekommen.«

Ich rieb mir über die Stirn. »Vier Mal, ja?«

»Vielleicht sogar fünf Mal. Ich habe aufgehört zu zählen. War einfach nicht mehr in der Lage dazu. Er hat Ausdauer. Auch mit seiner Zunge. Ich glaube, er hat mich eine Stunde geleckt. Allein dabei bin ich zwei Mal gekommen, bevor er mich genommen hat. Und *wie* er mich genommen hat!«

Ich musste wieder an Allister denken. Wieso kam er mir beim Gedanken an Sex als Erstes in den Sinn? Den nächsten Mistelzweig sollte ich von der Decke reißen und ihm um die Ohren knallen!

»Also mach dir keine Sorgen«, holte mich Mira aus meinen Tagträumen. »Vermutlich bin ich morgen auch noch krank, denn

Ramon steht gerade vor mir. Und wenn ich ›steht‹ sage, dann meine ich …«

»Ja, bitte leg auf, bevor ich euch beim Vögeln zuhören muss.« Ich grinste. »Es ist also eher unwahrscheinlich, dass du wegen Allister Fielding schon Erkundigungen eingezogen hast?«

»Ich habe ein paar Nachrichten geschrieben, als ich mich krankgemeldet habe«, erklärte Mira und unterdrückte ein Stöhnen. »Oh mein Gott, was hast du mit den Federn vor?« Sie kicherte. »Übermorgen kümmere ich mich um deine Nachforschungen, Lea. Aber jetzt muss ich auflegen, ehe ich dir vorstöhne, wie verdammt gut mich Ramon fickt.«

Die Verbindung wurde unterbrochen und ich ließ das Handy langsam sinken. Irgendwie war ich wirklich neidisch darauf, dass Mira wohl gerade dabei war, einen Höhepunkt nach dem anderen zu erleben, während ich nur an meinen Boss denken konnte, den ich nicht haben durfte. Moment, nicht haben *wollte!* Ich wollte nichts von Allister Fielding!

Wunderbar, damit war mein heutiger Arbeitstag gelaufen. Lustlos suchte ich mir einige Unterlagen für den nächsten Tag zusammen, beantwortete E-Mails, schickte Allister zuletzt noch ein paar Verträge, die er sich ansehen sollte, und staunte, dass es doch wieder nach zwanzig Uhr war, als ich den Computer runterfuhr und das Büro abschloss.

Da mein Kopf wahrscheinlich nicht zur Ruhe kommen würde, zog ich trotz des leichten Schneefalls meine Laufsachen an, kaum dass ich daheim angekommen war, und joggte eine Runde durch die mittlerweile recht ruhigen Straßen rund um meine Wohnung.

Überall blinkten die weihnachtlichen Dekorationen und ich musste an den Mistelzweig in dem Pub denken. Ob Allister heute wieder dort war?

Ich schnalzte mit der Zunge, als mir klar wurde, dass ich schon wieder an den Schnösel dachte, und lief schneller. Selbst wenn er nicht der Mann gewesen wäre, der unverdient meinen Job bekommen hatte, und ich nicht so eng mit ihm zusammenarbeiten würde, hätte ich kein Interesse an ihm gehabt.

Lügnerin, hallte es durch meinen Kopf. *Du bist so was von scharf auf ihn und das trotz dieser lächerlichen Frisur.*

Weil meine Gedanken also ein Eigenleben führten, lief ich noch schneller. Ich würde laufen, bis mein Kopf endlich still war, selbst wenn das bedeutete, vor Dehydrierung umzukippen oder zu erfrieren.

Aber es gelang mir, nach etwa zehn Kilometern so außer Atem zu sein, dass ich nicht mal mehr wusste, wie ich in meine Wohnung gekommen war. Ich hüpfte unter die Dusche, genehmigte mir einen Proteinshake und setzte mich auf mein gemütliches Sofa.

Für gewöhnlich hätte ich jetzt noch einmal die Mails abgerufen. Wir hatten Tochterfirmen in anderen Zeitzonen und ich wollte immer wissen, wenn sie etwas brauchten, das ich vielleicht gleich lösen konnte. Aber dann wären meine Gedanken vielleicht wieder zu Allister gewandert und ich wäre nicht mehr in der Lage, heute noch mehr Sport zu machen, um nicht darüber nachzudenken, wie es sich anfühlen würde, mich an ihn zu schmiegen.

Kopfschüttelnd trank ich meinen Shake aus und starrte aus dem Fenster. Irgendwann hielt ich es nicht mehr aus und rief auf dem Handy die Firmenmails ab. Es war exakt eine neue Nachricht angekommen und das Viertel nach zehn. Von Allister. Er bedankte sich für die Unterlagen und Verträge und würde mir seine Anmerkungen morgen persönlich mitteilen. Dann wünschte er mir eine gute Nacht.

Hatte er tatsächlich die Unterlagen durchgesehen oder das nur behauptet, weil er wusste, dass ich noch länger gearbeitet hatte? Ich schnaubte und warf das Handy auf den Tisch.

Großartig. Jetzt dachte ich wieder an seine Augen und dieses Lächeln, das mich so zornig machte und ihn trotzdem attraktiver wirken ließ. Ich wiederholte die Worte in meinem Kopf: Er *ist der Idiot, der deinen Job bekommen hat, obwohl er ihn nicht verdient.* Er *ist ein arroganter Schnösel und hat eine furchtbare Frisur.* Er *küsst verdammt gut …* Moment, das wollte ich garantiert nicht denken!

Ich vergrub mein Gesicht in den Händen. Ich dachte nie an Männer, selbst dann nicht, wenn ich mit ihnen eine Beziehung führte. Männer hatten keinen festen Platz in meinem Leben, von meiner Familie einmal abgesehen.

Weil mein Körper sich bereits erholt hatte und mein Kopf immer noch wirre Gedanken ausspuckte und ich sicher nicht einschlafen konnte, stand ich auf und begann, die Wohnung weihnachtlich zu dekorieren. Überall stellte ich kleine Figuren auf, verzierte meinen Fake-Kaminsims mit einer grünen Girlande mit Stechpalmen-Blättern und den roten Beeren daran und keuchte, als ich einen Plastikmistelzweig aus einem Karton zog.

»So ein Mist«, zischte ich. Durch das Dekorieren hatte ich bis zu diesem Moment die Gedanken an Allister erfolgreich verdrängt. Zumindest für etwa dreißig Minuten.

Ich quetschte den Zweig in meiner Hand zusammen, stürmte zum Mülleimer und war drauf und dran, ihn hineinzuwerfen. Aber etwas hielt mich ab. Der Zweig konnte schließlich nichts dafür, dass ich mich betrunken und von meinem Chef hatte küssen lassen.

Da ich ihn garantiert nicht aufhängen wollte, legte ich ihn auf die Anrichte in der Küche und starrte ihn immer wieder an, während ich die restliche Dekoration verteilte.

Als ich fertig war, beschloss ich schlafen zu gehen. Allerdings lag ich ewig wach in meinem Bett und verfluchte den Mistelzweig, der mich wieder an Allister erinnert hatte. Der Kerl raubte mir den Schlaf und das nicht auf angenehme Weise. Außerdem hatte ich die Befürchtung, wieder von ihm und seinen Küssen zu träumen, wenn ich einschlief.

Ich vergrub mein Gesicht im Kopfkissen. Dann wälzte ich mich im Bett herum. Das würde morgen ein langer Tag werden.

12

Allister

Sie war natürlich schon längst da, als ich um kurz nach neun ins Büro kam. Ihr Blick war genauso finster wie die Tage zuvor, als wir uns wieder an den Tisch setzten.

Sie trug diesmal ein schwarzes Kleid, das ihrer Figur unheimlich schmeichelte und mich wieder an ihr Outfit in der Bar erinnerte. Hätte sie die Haare offen getragen und nicht wieder in diesem strengen Dutt, natürlich. Okay, der Rock war deutlich länger und ihr Make-up dezenter.

Ich stellte ihr den Zimt Macchiato neben den Laptop und schlug mein Notizbuch auf. Wir gingen meine Anmerkungen und Fragen durch, die ich notiert hatte, und zum ersten Mal wirkte sie, als würde sie mich nicht für einen unfähigen Kollegen halten.

Es kam mir vor, als hätte sie nicht erwartet, dass ich mir die Unterlagen wirklich ansah und dann auch noch sinnvolle Fragen dazu hatte. Sie schenkte mir sogar etwas, das einem Lächeln sehr nahe kam, was mich sofort aus dem Konzept brachte. Wenn sie lächelte, war sie einfach bezaubernd.

Immer öfter fragte ich mich, warum sie mich so verachtete. Sie schien bei den meisten Kollegen sehr beliebt zu sein, redete freundlich mit ihnen und scherzte. Nur mir gegenüber verhielt sie sich zickig. Hätte sie das erst nach unserem Kuss gemacht, hätte ich es darauf zurückgeführt, dass sie mir klarmachen wollte, wie wir zueinander standen. Aber sie war schon davor mehr als kühl mir gegenüber gewesen.

Nachdem wir alles so weit durchhatten, begann sie die Rundführung durch die Firma. Leandra stellte mich zunächst den Leuten aus anderen Abteilungen auf unserem Stock vor, da wir alle in den Finanzbereich fielen, und zeigte mir dann die anderen Unternehmensbereiche. Die Firma entwickelte Software-Lösungen, beriet große ERP-Systementwickler und hatte Partnerschaften rund um die Welt mit Technologiekonzernen.

Obwohl ich es nicht erwartet hatte, da es nicht zwingend nötig war, die Produkte und Projekte genau zu kennen, wusste Leandra ziemlich viel, erklärte mir einige Dinge in einfachen Worten, sodass ich sie auf Anhieb verstand. Was ich von den Entwicklern, die sie mir vorstellte, nicht behaupten konnte. Sie zeigten mir Prozesse und Projekte, für die noch Investoren gesucht wurden oder bei denen einige anstehende Akquisitionen interessant waren. Ich wandte mich jedes Mal Leandra zu, die schief grinste und quasi für mich übersetzte.

Es war erstaunlich, wie leicht es ihr fiel, mit den Leuten zu sprechen. Sie lachte oft und wirkte vollkommen gelöst. Ich beneidete sie, weil ich nicht in der Lage war, auf Menschen in dieser Weise zuzugehen. Sie gab jedem das Gefühl, ihre volle Aufmerksamkeit zu besitzen. Sobald wir allerdings allein weitergingen, wurde sie ernst und schwieg. Ich fragte mich ein weiteres Mal, warum sie mir gegenüber so reserviert war.

Wieder kam ich zu dem Schluss, dass der Kuss allein es nicht sein konnte. Ob sie Tiffany kannte? Meine Ex hatte mich nach der Scheidung wüst beschimpft und angefangen, Lügen über mich zu verbreiten, damit sie besser dastand. Vielleicht kannte Leandra sie wirklich und hatte Dinge über mich gehört, die nicht stimmten. Aber wie sollte ich herausfinden, ob das der Grund war, warum sie mich nicht mochte?

»Ich denke, das wäre für den Anfang alles«, sagte sie plötzlich und riss mich aus meinen Überlegungen.

Ein Blick auf die Uhr verriet mir, dass es Mittagszeit war. »Wollen wir dann essen gehen?«

Sie zögerte. Fast so, als suchte sie nach einer Ausrede. Zu meiner Überraschung nickte sie dennoch. »Einverstanden, ich hole nur meinen Mantel und meine Tasche.«

Ich wartete im Eingangsbereich, in dem Weihnachtslieder erklangen, darauf, dass sie zurückkam. Sie ließ sich Zeit und ich fragte mich schon, ob sie mich doch versetzen wollte, da öffnete sich der Lift und sie schwebte heraus.

»Verzeihung, jemand hatte eine Frage, die nicht warten konnte«, erklärte sie und berichtete von einem Termin, der für den Nachmittag angesetzt worden war. Es ging um die Akquisition, die sie mir als Erstes präsentiert hatte.

»Gut, nach dem Essen bereiten wir uns darauf vor«, meinte ich und hielt ihr die Tür auf.

Wieder zögerte sie, dann schritt sie hindurch. Wir redeten kein Wort, als wir durch die Menschenmassen auf den Straßen zu dem Café gingen, das diesmal ziemlich voll war. Maisie winkte uns zu, scheuchte ein paar Leute herum und setzte uns an einen Tisch am Rand. Er war nicht so ruhig und die Aussicht nicht so schön wie am Vortag, dennoch fühlte ich mich wohl. Besonders mit der weihnachtlichen Dekoration und dem süßen Duft, der in der Luft lag.

Leandra vergrub ihre Nase wieder in einer Karte, obwohl Maisie uns auch heute nicht nach unseren Wünschen fragte, sondern uns einfach etwas brachte. Diesmal kamen die Getränke sehr schnell, genauso wie das Essen. Eine köstlich duftende Rinderroulade mit Kartoffeln und Rotkraut ließ nicht lange auf sich warten. Leandra erklärte mir, dass Maisies Eltern aus Deutschland stammten und dieses Gericht traditionell zubereitet wurde.

Wir aßen schweigend, während ich überlegte, wie ich sie unauffällig aushorchen konnte, ob sie meine Ex kannte. Denn falls es so war, würde sie es vermutlich nicht zugeben. Oder doch?

Als Maisie die Teller abgeräumt und uns zwei Desserts zur Auswahl gestellt hatte, die wir dankend ablehnten, nahm ich meinen Mut zusammen. »Gehst du am Wochenende eigentlich gerne auf Partys?«

Sie hob eine Augenbraue und warf mir einen geringschätzigen Blick zu. »Ich gehe selten aus«, erwiderte sie nach einiger Zeit und fügte hinzu: »Oft arbeite ich oder besuche meine Familie. Partys sind nicht meins.«

»Ich frage nur«, redete ich weiter, weil ich einfach sichergehen musste. »Weil du mir so bekannt vorgekommen bist. Du kennst nicht zufällig eine Tiffany Meiers?« Meine Ex hatte nach unserer Scheidung sofort wieder ihren Mädchennamen angenommen. Wenn sie sie kannte, dann unter diesem Namen.

»Nie gehört«, entgegnete sie und ich war mir ziemlich sicher, dass sie die Wahrheit sagte.

»Hm, dann habe ich mich geirrt«, überlegte ich laut und war erleichtert, als Maisie uns beiden doch Nachspeise brachte und somit das Gespräch beendete.

Überrascht blickte ich auf die zwei Teller, auf denen jeweils ein Schälchen Pannacotta und eines mit Schokoladenmousse stand.

Leandra rollte mit den Augen. »Das macht sie immer. Dann kann ich heute Abend wieder laufen gehen.«

»Wo nimmst du nur die Energie her?«, wollte ich wissen.

Immerhin saß sie ewig im Büro, kam früh und wirkte trotzdem ausgeschlafen und voller Tatendrang. Heute allerdings hatten sich tiefe Schatten unter ihren Augen breitgemacht. Ob sie noch länger als üblich gearbeitet hatte?

»Ich brauche Bewegung«, erklärte sie und zuckte mit den Schultern. »Außerdem hilft mir Sport, meine Gedanken runterzufahren. Sonst würde ich wohl zu Hause auch ständig am Computer hängen.«

»Warst du schon immer so?« Bei diesen Worten warf sie mir einen finsteren Blick zu. Ich hob abwehrend die Hände. »Versteh mich nicht falsch, es ist bewundernswert, wie gut du dich mit allem auskennst, wie engagiert du bist. Aber es kommt mir vor, als würdest du nur für die Arbeit leben.«

Ihre Augenbrauen zuckten. Mittlerweile war ich mir ziemlich sicher, dass es ein Zeichen für ihren Zorn war. Für Zorn und vielleicht Unsicherheit.

»Ich gebe nun mal gerne einhundert Prozent«, zischte sie und erstach ihre Pannacotta mit dem Löffel. »Sie brauchen sich um mich keine Sorgen zu machen, der Job ist nicht alles für mich.«

»So habe ich es auch nicht gemeint«, versuchte ich es, wusste jedoch, dass ich auf verlorenem Posten stand.

Wunderbar, ich hatte sie wieder wütend gemacht. Vielleicht sollte ich nicht mehr mit ihr sprechen. Andererseits gefiel es mir, wenn sie leicht rot wurde und ihre Augenbrauen ein Eigenleben entwickelten. »Gut, sollen wir wieder zurück an die Arbeit?«

Ich hatte den Satz noch nicht zu Ende gesprochen, da stand sie bereits auf und bezahlte für uns beide. Und ich hatte Mühe, ihr hinterherzukommen, als sie über den eisigen Gehweg zum Büro zurücklief.

Wie konnte eine Frau in solchen Schuhen so schnell sein?

13

Leandra

Es wurde nicht besser mit ihm. Er kam jeden Tag gegen halb zehn und ging kurz nach fünf. Zwar kamen ab halb zehn Uhr abends wieder Mails von ihm, aber das konnte mich kaum besänftigen.

Allister war nicht dumm, das war mir schnell klar geworden. Er stellte gute Fragen, kannte sich im Finanzierungsbereich wirklich aus und hatte bestimmt mehr als eine Akquisition aus Bankensicht betreut. Ich hätte ihn sofort als meinen Stellvertreter eingestellt. Vielleicht war er für den Job doch geeignet, es änderte allerdings nichts daran, dass die Abteilungsleitung mir versprochen worden war und eben er auf dem Platz saß, der mir gehören sollte.

Ich war froh, als Mira tatsächlich am Donnerstag zur Arbeit erschien. Mit breitem Grinsen und tiefen Augenringen. Da Allister wieder mit mir essen gehen wollte und ich es irgendwie nicht schaffte, ihm zu erklären, dass er zum Teufel fahren sollte, ersparte ich mir zumindest ihre ausschweifenden Erzählungen über die Stellungen, die sie mit ihrem Typen noch ausprobiert hatte. Oder was er mit den Federn angestellt hatte.

Ich träumte auch so jede Nacht schon von Allisters Küssen. Es fiel mir immer schwerer, ihm ins Gesicht zu sehen, weil ich daran denken musste, wie er sich angefühlt hatte in meinem Traum, wie seine Stimme geklungen hatte, seine Lippen … Verflucht! War das der Weihnachtskoller, der mich so im Griff hatte?

Mira ließ nicht locker, versuchte mich zu überreden, am Freitag mit ihr auszugehen, damit sie mir erzählen konnte, was sie über Allister herausgefunden hatte. Allerdings würde Ramon, ja, *der* Ramon, irgendwann dazustoßen, aber dann hatte ich hoffentlich schon alles erfahren. Die Vorstellung, den Abend über vielleicht dabei zusehen zu müssen, wie die beiden herummachten, fand ich schrecklich. Deswegen schlug ich vor, dass wir uns am Nachmittag beim Charity-Punschstand meiner Mum trafen. So konnte ich mich dezent zurückziehen, wenn ich wusste, was ich brauchte.

Am Freitag verließ mein Möchtegernchef bereits gegen zwei Uhr das Büro. Wie immer versicherte er mir, telefonisch und per Mail erreichbar zu sein. Diesmal war es mir egal, denn um drei Uhr ließ auch ich meinen Stift fallen und ging nach Hause, wo ich auf meine Mutter und Rose wartete.

Bis die beiden kamen, wollte ich umgezogen sein.

Mum hatte mir angekündigt, Flügel mitzubringen, die wir drei über der Winterjacke tragen sollten. Ich fand die Dinger ja unpraktisch, aber es diente einem guten Zweck. Schließlich war unser Stand der ›Engelspunsch-Stand‹.

Ich zog mir das dunkelgraue Bürokleid aus, schlüpfte in bequeme Jeans, einen weichen Pullover und band meine Haare zu einem hohen Pferdeschwanz. Ich war noch nicht ganz mit meinem Make-up fertig, als es klingelte.

»Leandra!« Meine Mutter strahlte, als sie in meine Wohnung schwebte.

Die dunklen Haare hatte ich von ihr, ebenso wie das Lächeln. Die Augen hatte ich von Dad geerbt. Rose, die ihre blondierten Haare in einem lässigen Pixi-Cut trug, wirkte etwas müde, als sie mich umarmte.

»Gut siehst du aus«, sagte ich.

Sie winkte ab. »Hatte die letzten Wochen ständig Sonderschichten, weil meine Kollegen natürlich seit Thanksgiving krank werden müssen.«

Rose arbeitete in einem Restaurant als Souschef. Ich wollte nicht mit ihr tauschen, denn ich wusste aus meiner Schulzeit, wie es in einer Küche zuging. Ich hatte dort einen Nebenjob als Tellerwäscherin gehabt und der Umgangston war ziemlich rau und Doppelschichten waren keine Seltenheit. Aber meine Schwester liebte es, zu kochen. Ich mochte mir nicht vorstellen, wie mühevoll es gewesen sein musste, sich dieses Wochenende freizunehmen und es dann erst recht arbeitend zu verbringen.

»Wir stellen nur unsere Sachen ab.« Mum zwinkerte. »Dann können wir schon zu dem Stand fahren. Ich habe eure Flügel auch hier, aber es reicht, wenn ihr sie dort anlegt.«

»Ich muss nur kurz mit einer Freundin reden, wenn wir da sind«, sagte ich entschuldigend.

»Kein Problem, ein paar Minuten können wir dir gerne freischaufeln.« Rose grinste, als sie den Mistelzweig auf der Arbeitsfläche entdeckte. »Wieso hängst du den nicht auf? Angst, dass dich wer küsst?«

Ich zuckte innerlich zusammen, rang mir dennoch ein Lächeln ab. »Ich habe keine Zeit, herumzuknutschen«, versuchte ich locker zu erwidern.

Rose schien mich zu durchschauen, besaß aber den Anstand, nicht vor Mum darüber zu sprechen. Allerdings war mir klar, dass ich an diesem Wochenende ausgehorcht würde.

Wir nahmen uns ein Taxi, da Mum die U-Bahn nicht mochte, und erreichten den Eislaufplatz im Central Park ziemlich pünktlich. Trotz meiner Bemühungen, mich davor zu drücken, musste ich die Flügel anlegen, noch bevor ich mich mit Mira traf.

Die lehnte bereits an dem Stand und konnte sich ein Lachen nicht verkneifen, als ich mit wippenden Federn am Rücken auf sie zu stolziert kam.

»Siehst du zauberhaft aus.« Sie grinste mich an. »Nur das Outfit passt nicht zu den Flügeln.«

»Sehr lustig«, brummte ich, nahm den Kaffee entgegen, den sie mir hinhielt, und spazierte mit ihr ein wenig an den anderen Stände vorbei.

Um uns quietschten vergnügte Kinder, und die Erwachsenen wirkten recht entspannt. Fast so, als wäre über alle bereits der Weihnachtsfrieden ausgebrochen, obwohl wir noch nicht einmal den ersten Dezember hatten. Ich beobachtete das Treiben rund um uns und pustete auf meinen heißen Kaffee.

Ich mochte Kinder. Vielleicht würde ich auch irgendwann mal eines haben. Das klang vermutlich seltsam von einer Frau, die nichts anderes tat, als im Büro zu sitzen, aber ich fand, Kinder waren das Wichtigste im Leben. Nein, Familie war das Wichtigste. Ich musste daran denken, wie oft mein Dad mich mitten in der Nacht von meinem Zweitjob im Kino abgeholt hatte, obwohl er müde war. Wie oft Mum mich getröstet hatte, wenn es mir nicht gut ging. An die Abende, in denen meine Geschwister und ich uns gegenseitig Mut zugesprochen hatten. Ohne diesen Rückhalt und die Geborgenheit, die meine Familie mir immer gegeben hatte, wäre ich heute nicht hier, wo ich stand. Und das, obwohl man mir einmal gesagt hatte, ich würde vermutlich nicht einmal einen Schulabschluss schaffen …

Vielleicht sollte ich aufhören, mein Leben auf das Büro auszurichten, und doch mal an einer ernsthaften Beziehung arbeiten. Nur … darin war ich einfach nicht gut. Außerdem war es heutzutage ja durchaus möglich, ohne Mann schwanger zu werden. Und die Geborgenheit einer Familie konnte ich einem Kind auch allein geben, besonders, weil ich wusste, dass meine Geschwister und Eltern immer hinter mir standen.

Mira schien mit Kindern weniger anfangen zu können, sie schnaubte genervt, sobald sich eines näher als fünf Schritte Abstand auf uns zubewegte.

»Warum hast du zugestimmt, dich hier zu treffen, wo du doch weißt, dass bei dem Wetter vermutlich alle Kinder der Stadt hier sein werden?«, fragte ich. Immerhin war es zwar kalt, aber die Sonne schien. »Wir hätten auch im Büro kurz sprechen können.«

»Als ich Ramon davon erzählt habe, dass du dich hier treffen willst, war er begeistert«, entgegnete Mira. »Wir nehmen uns nachher einen Vorrat Kekse mit und sperren uns dann das Wochenende über in seiner Wohnung ein.«

»Okay«, erwiderte ich lang gezogen und trank meinen Kaffee leer. »Also, bevor dein Lover hier auftaucht, was hast du herausgefunden?«

»Sei nicht enttäuscht, aber meine Kontakte wissen noch nicht viel«, meinte sie und wischte sich den Mund mit einer Serviette ab, nachdem sie ihren Kaffee ausgetrunken hatte. »Sie bleiben dran. Bisher ist nur klar, dass offensichtlich erst an dem Tag, an dem er vorgestellt wurde, die Entscheidung fiel, dass er anfangen würde. Er hat den Job sozusagen sehr kurzfristig erhalten. Vielleicht wusste Mr. Miller es auch erst wenige Momente, bevor die Besprechung begann. Es würde mich zwar wundern, trotzdem ist es nicht ausgeschlossen.«

»Was bedeutet, dass er den Job hat, weil er jemanden kennt«, schlussfolgerte ich und sie nickte.

»Ist am wahrscheinlichsten.« Sie funkelte ein Kind an, das strahlend auf uns zugelaufen kam, und warf ihren Kaffeebecher in eine Mülltonne. »Er muss über einen der Vorstände an den Job gekommen sein. Mr. Miller schließe ich aus, sonst hätte er dich gar nicht erst informiert, dass du die Stelle hast.«

»Es bringt nichts, darüber nachzudenken«, seufzte ich. »Wenn er von einem Vorstand kommt, ist er ziemlich sicher auf seinem Posten, ganz gleich, wie geeignet er dafür ist. Und nach den letzten Tagen denke ich, dass er wirklich Ahnung von dem hat, was er macht.« Ich seufzte noch einmal und warf meinen leeren Kaffeebecher ebenfalls weg.

»Ziemlich sicher, aber nicht unkündbar.« Mira zwinkerte und begann zu strahlen, bevor sich ein breiter Rücken zwischen sie und mich schob und mir den Blick auf meine Freundin versperrte.

Ramon wirbelte sie herum, küsste sie stürmisch und steckte ihr die Zunge so weit in den Rachen, dass er vermutlich die Reste ihres Mittagessens auf diese Weise fand. Mir wurde mit einem Mal übel. Der Kuss von Allister war sehr zurückhaltend gewesen und ich konnte mir nicht vorstellen, dass er mich jemals so … na ja, eklig küssen würde. Ich mochte Ramon jetzt schon nicht.

»Hey Babe.« Er kniff ihr in den Po.

Mira drückte sich an ihn, als wollte sie sich hier und jetzt an ihm reiben.

»Leute, hier sind Kinder«, fauchte ich und die beiden warfen mir einen verständnislosen Blick zu. »Geht euch Kekse holen und nehmt euch ein Zimmer.«

Ramon beugte sich grinsend zu mir und wackelte mit den Augenbrauen. Keine Ahnung, ob mir das gefallen oder mich abturnen sollte.

»Du musst mal locker werden, Babe. Vielleicht willst du uns ja begleiten, und wir haben alle drei gemeinsam Spaß?«

»Kein Bedarf«, schnaubte ich und warf Mira einen finsteren Blick zu.

Sie zuckte nur mit den Schultern und griff nach der Hand ihres Lovers. »Komm, Süßer, wir holen eine große Box Kekse und gehen dann zu mir, hm?«

Der Typ ließ seinen Blick noch einmal über mich schweifen, grinste noch anzüglicher, als er meine Flügel bemerkte, und murmelte: »Schade, einen Engel hätte ich gerne mal zum Stöhnen gebracht.« Dann folgte er Mira zu einem Stand und ich war froh, ihn nicht mehr sehen zu müssen.

Igitt. Ehrlich.

Ich schauderte immer noch und entschied, eine Runde zu gehen und durchzuatmen, bevor ich an den Punschstand zurückkehrte. Immerhin war hier alles so herrlich harmonisch, mit den blinkenden Lichtern, den süßen Düften und den lachenden Kindern, die wild Schneebälle herumwarfen.

Ich würde Mum und Rose gleich helfen, aber erst brauchte ich noch einen Kaffee, ehe meine Mutter mich mit Kinderpunsch in eine Art Zuckerkoma befördern würde. Ich konnte nur hoffen, dass Rose wieder etwas Hochprozentiges eingepackt hatte, mit dem sie den Punsch für uns ›strecken‹ würde.

Die Schlange beim Kaffee war elend lang und wieder fragte ich mich, warum so wenige Leute um diese Uhrzeit arbeiteten. Andererseits … vielleicht arbeitete ich einfach für gewöhnlich zu lange. Immerhin war es Freitagnachmittag, nur wenige Wochen vor Weihnachten. Da konnte man schon einmal vor Einbruch der Dunkelheit aus dem Büro gehen. Außer man war wie ich.

Als ich endlich meinen überteuerten Kaffee in Händen hielt, setzte ich mich auf eine gerade frei gewordene Bank und lehnte mich zurück, um mir die bereits tief stehende Sonne ins Gesicht scheinen zu lassen.

Wie lange hatte ich das schon nicht mehr gemacht? Vielleicht sollte ich mir eine Pause gönnen von meinem Job, Allister wirklich erlauben, mir Aufgaben abzunehmen.

Allister. Wieso musste ich schon wieder an ihn denken? Noch schlimmer, wieso fühlte ich wieder seine Lippen auf meinen? Hatte ich tatsächlich den Verstand verloren und mich in meinen Vorgesetzten verschaut? Unmöglich. Nicht in den!

Als ich gerade meinen Kaffee trinken wollte, fiel mein Blick auf ein Mädchen, das mich mit großen hellbraunen Augen anstarrte. Die süßen blonden Löckchen fielen der Kleinen wirr ins Gesicht und sie drückte eine Puppe an sich. Es sah nicht so aus, als hätte sie sich verlaufen, sondern als würde ich sie interessieren. Sie war vielleicht um die drei Jahre alt, höchstens vier.

Ich legte den Kopf schief. »Na, meine Kleine?« Ich schmunzelte und sie lächelte zurück. »Bist du ganz alleine hier?« Sie schüttelte den Kopf. »Wo ist denn deine Mama?«, fragte ich und sie zuckte mit den Schultern. »Oder dein Papa?«

Da strahlte sie von einem Ohr zum anderen und deutete mit ihrem Finger auf einen Mann, der ein Stück entfernt mit dem Rücken zu uns auf und ab lief, während er telefonierte.

Mein Magen zog sich unangenehm zusammen und ich versuchte, meinen Atem, der gerade viel zu schnell ging, wieder unter Kontrolle zu bekommen. Obwohl er Jeans und einen grauen Wollmantel trug, wusste ich sofort, dass dort Allister Fielding stand.

14

Allister

Meine Mutter hatte sich wirklich den denkbar ungünstigsten Moment ausgesucht, um mich anzurufen und mit mir die geplante Geburtstagsfeier meines Dads durchzugehen, die gleichzeitig eine Art Weihnachtsempfang werden sollte. Aber in Wahrheit war es gleichgültig, wann sie anrief. Es passte mir nie und so würde ich es gleich hinter mich bringen.

Sie hatte das Wochenende in drei Wochen ausgewählt, da es das letzte günstige vor Weihnachten war, wie sie mir erklärte, und mir erzählt, welche ledigen Frauen sie dazu einladen wollte.

Ich war gerade dabei, ihr klarzumachen, dass sie nicht schon wieder versuchen sollte, mich zu verkuppeln, als ich bemerkte, dass Maya weg war.

Meine kleine Tochter langweilte sich schnell, wenn ich telefonierte, und sie hatte ein Talent dafür, lautlos zu verschwinden.

Hastig wandte ich mich in alle Richtungen und ließ mein Handy fast fallen, als ich Leandra entdeckte. Leandra mit Flügeln auf dem Rücken und mit Maya auf dem Schoß.

Meine Tochter war nie besonders zurückhaltend fremden Menschen gegenüber, aber dass sie sofort jemandem auf den Schoß krabbelte, war neu.

»Mum, ich rufe später an«, murmelte ich in das Telefon und beendete das Gespräch, ehe meine Mutter auch nur auf die Idee kam, mir zu erklären, dass ich *jetzt* gefälligst nicht auflegen sollte.

Leandra sah auf und als sich unsere Blicke trafen, hätte ich schwören können, dass sie mich für einen Moment weniger verachtete, bevor die volle Härte wieder in ihre Augen zurückkehrte.

Okay, keine Panik. Du hast eine Tochter, das ist nicht schlimm, im Gegenteil, das ist wunderbar. Du musst ihr ja nicht erzählen, dass du das alleinige Sorgerecht hast, weil deine Ex-Frau nach fünf Jahren Beziehung und etwas mehr als zwei Jahren als Mutter plötzlich meinte, sie wäre nicht bereit für ein Kind. Ein Kind, das sie genauso wollte wie du. Ein Kind, das sie daran hinderte, sich zu ›entfalten‹. Als Partykönigin oder Model oder was auch immer sie gerade versuchte zu beweisen. Es war nicht deine Schuld, dass sie gegangen ist. Aber vielleicht lässt es dich schwach aussehen, redete ich in Gedanken mit mir selbst, während mein Puls immer schneller wurde.

Ich schluckte, atmete tief durch, straffte die Schultern und schlenderte lächelnd zu den beiden hinüber.

»Papa.« Maya grinste und streckte ihre Ärmchen nach mir aus.

»Da dreht man sich einmal um und du suchst dir schon einen neuen Spielgefährten«, gab ich zurück und ging neben Leandra in die Hocke.

Maya legte ihre Hände auf mein Gesicht, machte aber keine Anstalten, von Leandra herunterzurutschen.

»Sie haben Glück, dass sie zu mir gekommen ist«, hörte ich ihre Stimme und fühlte die Geringschätzung darin. »Wenn Sie telefonieren, sollten Sie trotzdem auf das Kind aufpassen.«

Ich wandte mich Leandra zu, das Grinsen war aus meinem Gesicht gewichen. Was bildete sie sich ein? »Danke für die Erziehungstipps«, erwiderte ich und bemühte mich, so schnippisch zu klingen, wie sie es sonst immer tat. »Du darfst mir glauben, dass ich für gewöhnlich sehr gut auf meine Tochter aufpasse.«

»Das will ich hoffen«, zischte sie und ich staunte, als ihr finsterer Blick einem sanften Lächeln wich, sobald sie meine Tochter betrachtete.

Mein Zorn auf sie und ihre anmaßende Art schmolz. Sie sah so wunderschön aus, wenn sie lächelte. Überhaupt stand ihr dieses Outfit. Mit offenen Haaren gefiel sie mir aber noch besser, wobei der Pferdeschwanz sie verspielter aussehen ließ.

»Wir wollten gerade Schlittschuhe leihen«, sagte ich versöhnlicher und sie hob eine Augenbraue. »Möchtest du uns begleiten?«

»Hätte Ihre Frau da nicht etwas dagegen?«, fragte sie und durchbohrte mich mit ihren dunkelbraunen Augen.

Na wunderbar, offenbar dachte sie jetzt nicht nur, ich würde sofort mit jeder Frau knutschen, nein, für sie war ich wohl jemand, der fremdging. Aber was sollte ich ihr sagen? Die Wahrheit? Oder etwas erfinden? Würde sie mich noch mehr verachten, wenn ich ihr alles erzählte?

»Meine Ex-Frau und ich sind seit Längerem getrennt und Maya lebt bei mir«, entschied ich mich für die Wahrheit und sie wirkte mit einem Mal richtig überrascht.

»Ich … oh …«, hauchte sie.

Irgendwie gefiel es mir, sie einmal so dermaßen sprachlos zu erleben.

»Also, möchtest du uns begleiten oder nicht? Denn ich denke, meine Tochter wird sich nicht von dir trennen können.«

Leandra lächelte und es wirkte ein wenig verlegen. »Ich hatte schon immer eine ziemliche Anziehungskraft auf Kinder. Bei ihnen konnte ich einfach ich selbst sein«, murmelte sie.

Auf Kinder und auf mich, dachte ich. Was das wohl über mich aussagte?

»Warst du schon einmal eislaufen?«, fragte sie Maya und stand mit ihr gemeinsam auf. Die Kleine griff sofort nach ihrer Hand, als hätte sie Angst, dass sie sich sonst auflösen würde.

»Ja, mit Papa.« Sie strahlte.

Maya sprach für gewöhnlich wenig. Sie hatte gute Tage, an denen sie viel plauderte, aber meistens musste ich ihr alles herauskitzeln. Heute wirkte sie so gelöst wie schon lange nicht mehr.

»Das finde ich schön.« Leandra strahlte zurück und blieb neben mir stehen. »Ich muss nur kurz zu dem Stand rübergehen. Eigentlich habe ich meiner Mutter und Schwester versprochen, sie bei dem Charity-Punsch zu unterstützen.«

»Du erstaunst mich immer wieder«, meinte ich, was mir einen finsteren Blick einbrachte. »Ich will damit sagen, dass du so viel arbeitest und trotzdem Zeit findest, etwas Gutes zu tun.«

Sie räusperte sich und wandte sich ab, während sich ihre Wangen rötlich färbten. »Das hat sozusagen Tradition bei uns«, erwiderte sie.

»Dann sollten wir dich nicht abhalten«, erklärte ich und wollte Maya hochheben, aber sie hielt sich an Leandra fest und schüttelte den Kopf.

»Mitkommen!«, verkündete sie und zog an Leandras Hand.

»Ich denke, ein paar Minuten wird meine Mutter es verschmerzen.« Leandra zwinkerte und führte uns zu dem Punschstand, wo sie sich mit einer Frau Ende fünfzig kurz unterhielt, während Maya sich immer noch an sie klammerte.

Eine jüngere Frau mit kurzen blonden Haaren streckte ihren Kopf aus dem Stand heraus, grinste und nickte energisch. Fast kam es mir so vor, als würde sie Leandra dazu zwingen, den Stand zu verlassen.

Jedenfalls konnten wir anschließend Schlittschuhe leihen und auf die Eisfläche gehen, die gut besucht war. Es spielte gerade ›Jingle Bell Rock‹ und die Stimmung war ausgelassen. Langsam fiel die Anspannung von mir ab.

Maya wich kaum von Leandras Seite, was mich wirklich verwunderte. Selbst meiner Schwester gegenüber, die sich gerne mit Maya beschäftigte, war sie oft zurückhaltender als bei meiner Kollegin.

Aber auch Leandra überraschte mich. Sie spielte vollkommen gelöst mit Maya, fast so, als hätte sie in ihrem Leben nie etwas anderes getan. Ich hätte nie erwartet, dass sie so gut mit Kindern umgehen konnte. Sie war für mich eine absolute Karrierefrau, doch offenbar schlummerten noch andere Talente in ihr.

Nachdem wir genug gelaufen waren, holte ich Kaffee und heiße Schokolade und wir setzten uns auf eine Bank.

»Spielen!«, rief Maya, nachdem sie ihren Kinderbecher geleert hatte. Sie deutete auf eine Art Spielplatz, den man ein wenig abseits aufgestellt hatte.

»Du gehst nicht zu weit weg«, ermahnte ich sie und zeigte auf die Schaukel. »Da drüben sehe ich dich.«

Sie nickte und hüpfte fröhlich zu den Geräten. Leandra sah ihr nach.

»Sie ist goldig«, meinte sie, ohne den Blick von ihr abzuwenden.

»Ja, das ist sie«, stimmte ich zu.

»Sie müssen es mir nicht sagen«, begann sie und betrachtete mich plötzlich. »Wie kommt es, dass Sie alleinerziehend sind?«

»Wollen wir dann nicht langsam wieder zum Du zurückkommen?«, brummte ich und sie stieß den Atem aus.

Vermutlich hätte sie die Augen verdreht, wenn ich es nicht gesehen hätte.

»Ich will nur nicht …«, murmelte sie und fuhr mit dem Finger das Muster auf dem Kaffeebecher nach.

»Na schön«, brummte ich und griff nach ihrer Hand. Alarmiert riss sie die Augen auf und rührte sich dennoch nicht. »Was Montagabend gewesen ist, tut mir wirklich leid. Es war dumm von mir und ich schwöre, ich werde es nie wieder machen. Aber es soll nicht zwischen uns stehen. Du bist eine wunderbare Kollegin und engagierte Mitarbeiterin und ich will, dass wir gut miteinander auskommen.« *Auch wenn das bedeutet, dass ich dich nie wieder küssen darf und nie herausfinde, wie es ist, dich in meinen Armen zu halten,* setzte ich in Gedanken hinzu.

Ihr Blick tanzte unruhig über mein Gesicht, bevor sie nickte. »Okay. Dann eben wieder Du.«

»Gut«, seufzte ich und ließ schweren Herzens ihre Hand los. »Die kurze Geschichte ist, dass meine Ex-Frau plötzlich meinte, sie wäre noch nicht bereit für ein Kind, dass sie sich selbst finden müsse, und uns deswegen verlassen hat. Und dabei würde ich es gerne belassen.«

Sie musste die Details nicht wissen. Niemand musste das.

Ihre Miene wurde weicher. »Ist die Kleine der Grund, warum …« Sie zögerte, schluckte und verhaspelte sich fast, als sie weitersprach. »… warum *du* spät ins Büro kommst?«

»Ja.« Das hätte als Antwort gereicht, trotzdem wollte ich es ihr ausführlicher erklären. »Maya geht in den Kindergarten. Ich bringe sie hin und bemühe mich, den Tag so ruhig wie möglich mit ihr zu beginnen. Sie ist oft sehr unruhig und ich möchte ihr nicht noch mehr Stress machen. Meine Mutter holt sie gegen Mittag ab, aber ich versuche dennoch, nicht nach fünf aus dem Büro zu gehen, damit ich noch Zeit mit meiner Tochter habe. Wenn sie schläft, arbeite ich wieder. Deswegen bekommst du auch meistens gegen neun Uhr abends wieder E-Mails von mir.« Ich fuhr mir über den Nacken und betrachtete ihr Gesicht, das voller Mitgefühl war. »Manchmal schläft sie erst so spät ein, dass ich dann doch nicht viel arbeiten kann. Aber ich versuche mein Bestes.«

Sie biss sich auf die Unterlippe und nickte. Wie gerne hätte ich jetzt einfach nach ihrer Hand gegriffen und sie gedrückt. Ihre Nähe tat mir gut. Ich hatte noch nie mit jemandem über meine Situation gesprochen, von meinen Eltern und meiner Schwester abgesehen. Noch nicht einmal mit Rob hatte ich darüber geredet, wie es für mich war, alleinerziehender Vater zu sein. Ausgerechnet ihr wollte ich mich öffnen.

»Und ich habe trotzdem immer wieder das Gefühl, in beiden Fällen nicht genug zu geben«, fügte ich deswegen hinzu.

»Wieso denkst du das?«, wollte sie wissen.

Ich sah nach Maya, die sich gerade daranmachte, in einem Schneehaufen neben den Spielgeräten zu wühlen. »Ich weiß, du bist der

Meinung, ich sollte mich mehr einarbeiten, mehr Zeit im Büro verbringen. Und du hast recht.« Aus den Augenwinkeln bemerkte ich, wie sie den Atem anhielt, doch bevor sie auf die Idee kam, mir zu versichern, dass das nicht stimmte, sprach ich lieber weiter. »Wir beide wissen, dass du dich in der Firma besser auskennst. Aber ich habe gerade im Finanzierungsbereich viel Erfahrung und ich denke, wir könnten uns wunderbar ergänzen.«

Diesmal rollte sie doch mit den Augen. »Ich werde versuchen, ein wenig mehr Verständnis zu haben«, verkündete sie.

»Wie war das?«, fragte ich nach und schenkte ihr ein Lächeln. Mittlerweile war mir klar, dass sie das auf die Palme brachte.

»Ich sagte«, zischte sie und verschränkte die Arme, »dass ich ein wenig mehr Verständnis aufbringen werde.«

Ich grinste und wollte gerade zu einer schlagfertigen Antwort ansetzen, da riss sie die Augen auf und sprang plötzlich auf.

Noch bevor ich wusste, was los war, lief sie zu meiner Tochter.

15

Leandra

Sein Geständnis berührte etwas in mir und ließ ihn mich mit anderen Augen sehen. Allister Fielding war also kein arroganter, arbeitsscheuer Schnösel. Na ja, zumindest nicht arbeitsscheu.

Er hatte eine Tochter und er zog sie allein auf. Wie er die Kleine ansah, machte klar, dass er sie über alles liebte. Mein Herz schmolz bei diesem Anblick dahin.

Maya war auch zu goldig. Ihre Löckchen, ihr Lachen und diese Augen. *Seine Augen,* kam es mir in den Sinn, und ich schlug mir gedanklich gegen die Stirn. Verdammt, so langsam gelang es ihm, dass ich ihn nicht mehr verachtete, weil es eine Seite an ihm gab, die ich nie erwartet hätte. Nein, ich musste standhaft bleiben.

Deswegen sah ich auch nicht ihn an, als ich meinte, ich wollte mehr Verständnis zeigen. Stattdessen beobachtete ich Maya, die selig zu sein schien, ein Loch in den Schnee zu graben. Gerade wollte ich lächeln, da blitzte etwas in ihrer Hand auf.

Es wirkte nicht wie etwas, das Kinder anfassen sollten! Ohne nachzudenken, sprintete ich los, stürmte auf sie zu, als sie den Gegenstand gerade eindringlich betrachtete und gefährlich nahe an ihr süßes Gesicht brachte.

Ich erkannte eine Spritze mit einer langen Nadel und die Spitze zeigte genau auf ihre Lippen, während sie das Ding drehte und bestaunte.

»Maya«, versuchte ich so ruhig wie möglich zu sagen und zügelte mein Tempo, als ich fast bei ihr angekommen war. Sie sollte sich nicht erschrecken. »Maya, Schatz, gibst du mir bitte dieses Ding?« Ich deutete auf die Spritze und die Kleine sah von mir zu ihr und wieder zurück. »Bitte, gib es mir.«

Ich streckte meine Hand danach aus und sie ließ widerwillig los. Aber weder sie noch ich berührten die Nadel und ich lächelte sie beruhigend an.

»Danke, Maya.« Ich stieß den Atem aus und zog meine Hand zurück.

Allister stand bereits hinter mir und starrte von der Spritze zu mir und anschließend zu Maya. »Hat sie sich damit verletzt?«, fragte er leise und seine Stimme zitterte so sehr wie meine Hand.

Ich schüttelte den Kopf. »Gerade noch mal gut gegangen«, erwiderte ich ebenso leise. »Ich werde das jetzt wegwerfen und jemandem von der Security Bescheid geben, dass man den Schnee hier besser durchsuchen sollte. Wer weiß, was noch darin vergraben ist?«

»Danke«, stieß er erleichtert aus, schnappte sich Maya und drückte sie.

Mein Herz verkrampfte sich, als ich seinen angespannten Gesichtsausdruck bemerkte. Schnell wandte ich mich ab und ging zu einem Mann in Security-Uniform. Nachdem ich die Lage erklärt hatte, wurde sofort die Polizei verständigt und ein Band rund um den Schneehaufen aufgespannt.

Als ich mich nach Allister umsah, entdeckte ich ihn auf der Bank, auf der wir gerade noch nebeneinandergesessen hatten. Er drückte Maya an sich und hatte die Augen geschlossen.

Ich überlegte, ob ich einfach gehen sollte. Immerhin wollte ich eigentlich meiner Mutter und Rose helfen. Aber ich konnte ihn unmöglich ruhigen Gewissens so sitzen lassen. Also ging ich zu ihm.

»Allister?«, fragte ich leise und er öffnete die Lider einen Spalt breit. »Kann ich etwas für dich tun? Soll ich euch nach Hause bringen?« Seine Augen öffneten sich noch weiter und ich hüstelte. »Ich meine, ich bin nicht mit dem Auto hier, aber ich kann ein Taxi rufen oder deines fahren oder …«

»Zoo!«, rief Maya plötzlich laut und drehte sich in den Armen ihres Vaters um.

»Zoo?«, wiederholte ich ihr Wort und sah Allister an.

»Wir wollten nach dem Eislaufen in den Central Park Zoo gehen«, erklärte er mit belegter Stimme. »Maya liebt Tiere. Nur irgendwie fühle ich mich nicht danach …«

Die Kleine drehte sich wieder ihm zu und kniff die Augen zusammen. »Zoo!«, beharrte sie und verschränkte die Arme vor der Brust.

Ich konnte nicht anders, als zu kichern. Allister warf mir einen finsteren Blick zu, dann lächelte er ebenfalls.

»Sieht so aus, als wäre es eindeutig, wer bei uns zu Hause das Sagen hat.« Er schmunzelte und strich seiner Tochter über den Lockenkopf. »Würdest du uns begleiten?«

Die Frage ging eindeutig an mich, auch wenn er mich nicht dabei ansah. Was sollte ich tun? Mum und Rose versetzen? Das konnte ich nicht. Außerdem wollte ich ganz sicher keine Zeit mit Allister verbringen. Er war mein Boss, und selbst wenn er mir versichert hatte, der Kuss sei etwas Einmaliges gewesen, war ich mir nicht sicher, ob es für *mich* einmalig bleiben würde, wenn ich noch länger bei ihm war. Andererseits wirkte er so verletzlich, und ich wollte ihn jetzt nicht hängen lassen.

Ich hasste mich dafür, aber ich nickte. »Dann sage ich nur schnell meiner Mutter Bescheid. Ich mag Tiere nämlich auch total gerne.«

Er hob den Blick, und mein Herz setzte einen Schlag aus. Diese Augen und dieses Lächeln … Ich war einfach nur froh, dass seine Frisur so absolut fürchterlich war, sonst wäre ich vermutlich bei diesem Anblick geschmolzen.

Um den Moment nicht noch länger auszudehnen, räusperte ich mich. »Ich bin gleich wieder da.«

Mum hatte vollstes Verständnis, als ich ihr die Situation erklärte, und Rose zwinkerte mir zu. Natürlich wussten die beiden, wie meine Beziehung mit Daniel zu Ende gegangen war. Immerhin hatte Rose ihn nie gemocht, mir immer gesagt, ich könnte es besser treffen. Allerdings hatte sie mir seit meiner Trennung ständig in den Ohren gelegen, ich solle doch endlich wieder ausgehen.

»Ihr habt den Reserveschlüssel mit?«, fragte ich zur Sicherheit. Nicht dass ich vorhatte, lange wegzubleiben, aber ich wusste auch nicht, wann ich zurückkommen würde, und wollte nicht, dass die beiden in der Kälte auf mich warten mussten.

»Natürlich.« Rose zwinkerte und schob mich vom Stand weg. »Viel Spaß! Genieß den Tag! Denk nicht an uns!«

Ich schüttelte den Kopf und lächelte sie an, bevor ich zu Allister und Maya zurückging.

Der Zoo war zum Glück nicht weit entfernt. Ich kannte ihn nicht so gut, aber ich wusste, wie schön er besonders im Winter sein konnte. Obwohl ich ablehnte, bezahlte Allister den Eintritt für mich und schlenderte neben mir her. Maya lief von einem Gehege zum nächsten, während Allister sie mit Adleraugen beobachtete.

»Katzen!«, rief sie vor dem Gehege der Tiger und beobachtete die Tiere ausführlich.

Nach einiger Zeit machten wir bei einem Imbissstand im sogenannten ›Kinderzoo‹ eine Pause und Allister besorgte noch eine Runde Kaffee für uns und Tee für Maya. Sie ignorierte das Getränk allerdings und lief zwischen den Gehegen herum, während wir uns auf eine Bank setzten. Allister streckte die Beine aus und stützte seine Ellbogen auf den Oberschenkeln ab, bevor er das Kinn auf seine Hände legte. Sein Blick war angespannt auf seine Tochter gerichtet.

»Deswegen denkt meine Mutter, es wäre besser, ich würde für Maya ein Kindermädchen einstellen«, murmelte er.

»Allister, das war nicht deine Schuld«, erwiderte ich ruhig.

Sein Kopf fuhr herum und er funkelte mich an. »Nicht? Hast du mir nicht wenige Minuten davor gesagt, dass ich auf mein Kind aufpassen soll, wenn ich telefoniere, weil sie zu wer weiß wem hätte laufen können?«

»Das … das war nicht in Ordnung von mir«, stammelte ich, aber sein Blick blieb finster. »Ich war einfach zornig. Es tut mir leid.«

Er hob eine Augenbraue. »Hast du dich jetzt ernsthaft entschuldigt?«

»Ich bilde mir ein, nicht chinesisch mit dir gesprochen zu haben, als ich sagte, es tut mir leid«, brummte ich.

Er verzog einen Mundwinkel zu einem schiefen Grinsen. »Hätte ich dir nicht zugetraut«, meinte er und beobachtete wieder Maya.

»Und ich hätte dir nicht zugetraut, dass du Vater bist. Noch dazu ein guter.«

Er lachte leise. »Ich bin mir nicht sicher, ob das jetzt ein Kompliment war oder du mich beleidigt hast.«

»Es war eine Feststellung, aber ich bin positiv überrascht«, erklärte ich und er warf mir einen Blick von der Seite zu.

»Weil du gedacht hast, ich wäre einfach grundlos arbeitsfaul und würde dich alles alleine machen lassen?«

Voll ins Schwarze. Ich räusperte mich und schüttelte den Kopf. »Das würde ich nicht denken, es ist nur …«

»Schon in Ordnung, Leandra«, seufzte er und legte plötzlich seine Hand auf meine. »Ich weiß, wie es aussieht. Da hat man lange nach einem Nachfolger für die Abteilungsleitung gesucht und dann komme ich aus dem Nichts daher und arbeite mich noch nicht mal so gewissenhaft ein, wie ich sollte. Ich verstehe, dass du zornig gewesen bist.«

Das war so nicht ganz richtig. Ich war zornig, weil er statt mir zum Abteilungsleiter ernannt worden war. Nachdem ich bereits eine fixe Zusage gehabt hatte. Ob er das überhaupt wusste? Wenn er es wusste, dann verbarg er es gut.

Als ich ihn wieder ansah, hatte er den Blick nach vorne auf Maya gerichtet, aber seine Hand lag immer noch auf meiner. Sosehr ich es wollte, ich konnte sie nicht fortziehen. Also beobachtete ich ebenfalls die Kleine, die mittlerweile Steine sammelte, weil die Tiere sich nicht blicken lassen wollten.

Obwohl es schon recht kühl und dunkel war, wurde mir plötzlich ziemlich warm. Allister Fielding hielt meine Hand und meine ganze Vernunft verabschiedete sich. Es gefiel mir, in seiner Nähe zu sein. Schlimmer noch: Mein Herz schlug schneller und jene Stellen, wo sich unsere Hände berührten, prickelten.

»Warum denkt deine Mutter, du bräuchtest ein Kindermädchen für Maya?«, fragte ich nach einiger Zeit, als es mir zu still wurde. Ich hätte auch über die Farbe des Wassers sprechen können, aber ausgerechnet das kam aus meinem Mund. Dumm … einfach nur dumm.

Allister seufzte. »Weil meine Schwester und ich ebenfalls von Kindermädchen großgezogen wurden«, erwiderte er schließlich und sah mich wieder an, als Maya anfing ihre Steine auf einer Bank ein Stück entfernt zu stapeln. »Immerhin holt sie meine Tochter vom Kindergarten kurz nach Mittag ab. Wobei ihr die wenigen Stunden jeden Tag wohl schon zu anstrengend sind. Vielleicht liegt es daran oder sie denkt, es würde sich nicht schicken, wenn ein Mann sich um die Kindererziehung bemüht. Mein Vater hat sich auf seinen Job konzentriert und war nur bei Sportveranstaltungen anwesend gewesen. Ich habe trotzdem bessere Erinnerungen an ihn als an sie.«

Er lächelte, als Maya zu uns kam, um mir einen Stein zu geben, bevor sie wieder weglief und neue zu suchen begann. Allisters Hand lag immer noch auf meiner, ich hatte sie nicht weggezogen.

»Sie mag dich«, stellte er belustigt fest. »Nicht einmal mir schenkt sie ihre schönen Steine.« Ich wusste, dass er schmunzelte, aber ich starrte den Stein auf meinem Knie an, um ihn nicht ansehen zu müssen. Da ich nicht auf seine Bemerkung einging, fuhr er mit seiner Erzählung fort. »Außerdem möchte ich im Leben meiner Tochter eine Rolle spielen. Ich will nicht, dass sie eine tiefere Bindung zu fremden Menschen hat als zu mir. Es ist schon schlimm genug, dass ihre Mutter sie nicht mehr sehen wollte, seitdem wir uns getrennt haben.«

»Das kann ich nicht verstehen«, murmelte ich und merkte, wie meine Augenbrauen zuckten. »Sie ist ihre Mutter. Ich meine, ich kenne die genauen Gründe für eure Trennung nicht, aber dass sie sich ganz aus dem Leben des eigenen Kindes ausgrenzt? So etwas kann ich nicht nachvollziehen.«

Ich wandte mich ihm zu und schluckte, als ich sein trauriges Lächeln sah. »Du bist eine wunderbare Frau«, flüsterte er und hob seine Hand an meine Wange.

Mein Blick wanderte zu seinem Mund, dann wieder zu seinen Augen, die mich so intensiv musterten. Er bewegte sich nicht, also beugte ich mich nach vorn. Er hob seine Augenbrauen, als ich immer näher kam, wich aber nicht zurück. Diesmal würde nicht er mich küssen, sondern ich ihn. Ohne Alkohol. Weil ich es wollte. Weil ich herausfinden wollte, wie er schmeckte, sich anfühlte.

Unsere Lippen trafen fast aufeinander, als Maya freudig »Enten!« quietschte und ich wie vom Blitz getroffen zurückfuhr.

»Papa! Engel! Enten!«, rief das Mädchen und hüpfte winkend vor dem abgegrenzten See auf und ab.

»Engel?« Ich räusperte mich und Allister legte den Kopf schief.

»Die Flügel auf deinem Rücken?«

Ich verrenkte mir fast den Hals, bis mir klar wurde, dass ich immer noch diese blöden Dinger an meinem Rücken befestigt hatte. Irgendwo zwischen dem Eislaufplatz und hier hatte ich offenbar meinen Verstand abgegeben. Ich hatte vergessen, was ich trug, *und,* noch viel schlimmer, ich hätte meinen Boss fast geküsst. Jawohl, ich hatte ihn beinahe geküsst! Ich musste verrückt geworden sein.

»*Papa!*«, kreischte Maya und hüpfte noch zappeliger herum.

Allister lächelte entschuldigend. »Wir sollten jetzt wohl zu ihr, sonst zerrt sie uns zum Wasser.«

Er stand auf und seine Hand rutschte von meiner. Ich fühlte mich plötzlich leer und kalt, ohne seine Wärme. Deswegen war ich fast erleichtert, als er mir dieselbe Hand hinhielt, um mir beim Aufstehen zu helfen.

Aber dann ließ er mich endgültig los und wir gingen in einigem Abstand zu Maya, die am Ufer hockte und die Enten zählte. Sie schmiegte sich an ihren Papa, als er sich ebenfalls hinhockte und mit ihr auf das Wasser blickte.

Verflucht, ich wollte ihn dafür hassen, dass er meinen Job bekommen hatte. Das würde mir nach diesem Tag nicht mehr gelingen. Nicht nur, dass er sich wirklich bemühte und gute Ideen mitbrachte.

Nein. Er war nicht der arrogante Schnösel, für den ich ihn gehalten hatte.

Etwas in mir veränderte sich und ich fühlte, wie ich unruhig wurde. Ich sollte einfach gehen. Und doch wollte ich nicht. Ich wollte genau hier stehen und Maya zusehen, wie sie die Enten beobachtete und sich an Allister schmiegte.

Und ich wollte Allister weiterhin so lächeln sehen wie jetzt.

Mist, ich hatte meinen Verstand tatsächlich irgendwo verloren.

16

Allister

Sie ging mir nicht mehr aus dem Kopf. Nachdem sich die Enten wieder zurückgezogen hatten, hatten wir den Zoo verlassen und uns vor dessen Toren verabschiedet.

Ich hatte Maya auf dem Weg hinaus hochgehoben und sie war in meinen Armen eingeschlafen. Trotzdem stellte ich Leandra alle möglichen unbedeutenden Fragen, weil ich nicht wollte, dass sie sich verabschiedete.

Nur weil ich mich vor der Frage drückte, die ich ihr eigentlich stellen wollte, zu der mir allerdings der Mut fehlte. Ob sie mit uns Samstag oder Sonntag oder an beiden Tagen etwas unternehmen würde.

Als sie ging, wollte ich ihr nachrufen, doch ich konnte nicht.

Nachdem Maya zu Hause dann auch anfing, mich nach ›Engel‹ zu fragen, verfluchte ich mich endgültig dafür, so feige gewesen zu sein.

Aber was hätte ich machen sollen? Ich hätte sie beinahe schon wieder geküsst. Nein, falsch, *sie* hatte *mich* beinahe geküsst. Mir war klar, wenn wir wieder Zeit miteinander verbrachten, würde ich meinen Vorsatz brechen. Ich würde sie küssen. Würde sie bitten, mit mir auszugehen. Und dann müsste ich sie bitten, den Job zu wechseln. Oder ich wechselte. Beides eher schlechte Optionen. Für sie, weil klar war, dass sie diesen Job liebte. Für mich, weil ich nicht nach einer Woche einfach kündigen konnte.

Da durften keine Gefühle zwischen uns entstehen. Ich musste mich von ihr ablenken. Vielleicht sollte ich wirklich versuchen, zwanglosen Sex zu haben, und wenn es mit einer Frau wie Bonnie war. Einfach einen Abend mit Rob in den Pub gehen, jemanden aufreißen, zu ihr gehen, Dampf ablassen und mich anschließend anziehen und für immer verabschieden.

Aber so etwas wollte ich nicht. Dazu war ich nie der Typ gewesen und jetzt erst recht nicht mehr. Immerhin hatte ich eine Tochter und ich fand es nicht reizvoll, mit einer Frau zu schlafen, deren Namen ich nicht einmal kannte.

Ich wollte jemanden an meiner Seite haben, mit dem ich lachen und über alles reden konnte. Ich wollte eine Frau, die ich nicht hinauswarf, nachdem ich mit ihr geschlafen hatte, sondern die bei mir blieb und mit der ich gemeinsam mit meiner Tochter frühstücken würde. Ich wollte eine Frau wie Leandra Hemsworth. Nein, nicht wie sie. Genau *sie*.

Auch wenn ich immer noch nicht genau verstand, wieso. Aber da war diese Chemie zwischen uns, die selbst ihre anfängliche Ablehnung nicht zerstört hatte.

Hinter Leandras toughem Auftreten steckte etwas anderes. Ich hatte es gesehen, als sie sich um Maya gekümmert hatte. Meine erste

Einschätzung hatte mich nicht getäuscht. Sie hatte etwas im Kopf und sie war ein liebevoller Mensch. Warum wir uns auf dem falschen Fuß erwischt hatten, ging mir einfach nicht ein.

Das Wochenende hatte ich also mit sinnlosen Gedanken hinter mich gebracht und an diesem Montag war ich genauso ratlos wie am Freitagabend.

Ich fuhr mir durch das Haar und starrte mein unrasiertes Spiegelbild an. »Du bist ein Schwachkopf«, murmelte ich mir selbst zu. »Entweder gestehst du ihr, dass du herausfinden willst, ob ihr ein Paar sein könnt, oder du schlägst sie dir aus dem Kopf. Denn auf eine Affäre mit dir wird sie sich ohnehin nicht einlassen.«

Mein Spiegelbild starrte genauso blöd zurück, wie ich es anblickte. Ich stieß den Atem aus und begann, mich zu rasieren.

Hundertmal überschlug ich, was ich ihr sagen sollte, und verwarf es wieder. Entscheidungen zu treffen, war an sich meine Stärke, aber alles, wozu ich mich heute durchringen konnte, war, mich zu rasieren. Denn wenn ich schon stammelnd vor ihr stand, wollte ich zumindest gepflegt aussehen. Ich musste mich professionell verhalten. Zumindest bis ich wusste, was ich von ihr wollte. Oder den Mut hatte, es mir einzugestehen.

Das Handy klingelte und riss mich aus meinen Gedanken. »Guten Morgen, Mum«, sagte ich und wischte mir die Überreste der Zahnpasta, die ich gerade entdeckt hatte, aus dem Mundwinkel.

»Schätzchen, ich wollte dir nur mitteilen, dass du heute im Büro hohen Besuch erwarten darfst«, kam meine Mutter gleich zur Sache. Mit Höflichkeitsfloskeln hatte sie sich noch nie aufgehalten.

»Ach, du kommst mich besuchen?«, scherzte ich und wusste, dass sie gerade ihre Lippen zu schmalen Strichen zusammenpresste, weil sie meine Bemerkung nicht komisch fand. Das tat sie immer.

»Nein, Mr. Maison. Der Freund deines Vaters. Der, dem du den Job verdankst.«

»Ich weiß, wer Mr. Maison ist. Ich habe ihn zwar nur einmal gesehen, als ich fünf war, aber Dad spricht ständig von ihm.«

»Ja. Jedenfalls, mach mir keine Schande, mein Liebling, ja? Zieh dir einen schönen Anzug an und putz deine Schuhe.«

»Mutter, ich laufe für gewöhnlich nicht in schlampiger Kleidung herum. Ich trage immer Anzüge und saubere Schuhe.«

»Gib dir nur heute besonders Mühe.«

»Weil er auf Brautschau ist und mich begutachtet?«

Diesmal schnaubte sie undamenhaft. Den Humor hatte ich also nicht von ihr. »Allister Harold Fielding«, zischte sie in so frostigem Tonfall, dass ich hätte schwören können, mein Ohr, an das ich mein Telefon hielt, erstarrte bereits zu Eis. »Du wirst einen guten Eindruck auf diesen Mann machen und keine dummen Scherze reißen. Mr. Maison ist sehr wichtig und ich dulde nicht, dass du uns noch mehr Schande machst.«

»Noch mehr Schande machen, hm?«, flüsterte ich und Mum hielt einen Moment zu lange den Atem an.

»Wir sind stolz auf dich«, sagte sie schließlich lachend, aber es klang so gekünstelt, dass mir schlecht wurde. »Und ich will nur, dass du zeigst, was in dir steckt. Mr. Maison könnte deine Karriere noch mehr pushen.«

»Ich bin mit dem zufrieden, was ich jetzt habe …«

»Aber du könntest so viel mehr erreichen! Vielleicht würde dann auch Tiffany zu dir zurückkommen.«

»Ich lege jetzt auf, Mum. Schönen Tag.«

Das brauchte ich nach allem, was vorgefallen war, wirklich nicht. Tiffany hatte mich verlassen, weil sie keine Mutter sein wollte, nicht, weil sie der Meinung war, ich würde zu wenig verdienen oder den falschen Job haben. Die einzige Möglichkeit, um sie zu halten, wäre also gewesen, meine dreijährige Tochter loszuwerden. Das stand nicht zur Debatte. Deswegen hatte ich meiner Mutter ihrer Meinung nach Schande gemacht.

Außerdem war mir klar geworden, dass ich Tiffany nur geheiratet hatte, weil meine Mutter es wollte. Sie kam aus vornehmem Haus, wir passten optisch gut zusammen. Für Mum war die Welt untergegangen, als ich ihr eröffnete, dass ich mich scheiden lassen würde, nein, dass Tiffany unser Kind und mich verlassen hatte, um auf einer Party an der Côte d'Azur teilzunehmen. Einer Party, die mit Ende des Sommers begonnen und knapp vor Thanksgiving geendet hatte.

Kurz überlegte ich, heute in Jeans und Lederjacke zur Arbeit zu erscheinen, nur um Mutter zu ärgern. Aber das konnte ich nicht machen. Also zog ich einen dunkelblauen Anzug an, wählte allerdings ein hellrosa Hemd dazu aus. Einfach weil meine Mutter toben würde, wenn sie mich am Nachmittag darin sah, und weil sie die Krawatte dazu hasste.

Sie war in einem dunkleren Rosa gehalten und hatte dunkelblaue Streifen. Mildred, meine Schwester, hatte sie mir geschenkt. Mum hatte mich aufgefordert, sie wegzuwerfen oder zu verbrennen. Seitdem trug ich sie am liebsten dann, wenn wir zu förmlichen Feiern eingeladen waren. Ich war nie gut in offenem Widerstand gewesen, also trieb ich sie mit diesen kleinen Gesten in den Wahnsinn. Um mich direkt gegen sie zur Wehr zu setzen, fehlte mir irgendwie der Mut. Vielleicht auch, weil ich sie wegen Maya nicht zu sehr verärgern wollte.

Als ich das Büro betrat, war Leandra schon da. Natürlich war sie da. Trotzdem wurde mein Puls schneller, kaum dass ich sie sah. Sie hatte wieder ein figurbetontes Kleid in einem dunklen Blau an. Ihre Haare waren wie immer zu einem Dutt frisiert, an ihren Ohren hingen kleine Perlenohrringe, die zu der Kette passten, die sie am Hals trug. Dem Hals, der so verführerisch aussah.

Vielleicht gefielen mir ihre aufgesteckten Haare doch am besten. Denn so hätte ich freie Bahn, um mit den Fingern über ihre nackte Haut zu streichen, bevor ich die Stelle mit meinen Lippen nachfahren würde, um ihr einen heiseren Laut zu entlocken … Ob sie mich wegstoßen würde? Oder gingen ihr ähnliche Gedanken durch den Kopf?

Ich räusperte mich, wünschte ihr einen Guten Morgen und hoffte, dass ich es irgendwie schaffen würde, diesen Tag zu überstehen, ohne etwas Unpassendes zu machen. An ihrem Hals zu schnuppern etwa oder meine Hände an ihrem Körper entlanggleiten zu lassen.

Fast hätte ich die Krawatte gelockert, da klopfte es und Leandra trat ein. »Ich würde gerne ein paar Termine mit dir durchgehen«, verkündete sie, ohne von ihrem Notizbuch aufzusehen.

»In Ordnung«, entgegnete ich, räusperte mich erneut und stand auf, um mich mit ihr an den Tisch für Besprechungen zu setzen. »Welche Termine wären das?«

»Zunächst wäre da ein Gespräch mit Mr. Miller«, begann sie und schob mir den Ausdruck einer E-Mail hin. »Er möchte mit uns wegen der Präsentation und des anschließenden Dinners diese Woche in Philadelphia reden. Es geht um eine Art Pre-Roadshow für eine Anleihe. Da mehrere kleine Treffen mit Investoren geplant sind, kann er nicht alle abdecken und bittet die Abteilungsleiter um Hilfe.«

»Diese Woche«, wiederholte ich und sah auf den Kalender, der an der Wand hing. »Wann?«

»Donnerstagnachmittag ist ein Vorgespräch und Freitag die Präsentation. Das Dinner wäre ebenfalls Freitagabend. Ich werde ihm Vorschlagen, dass ich das Vorgespräch allein führe, damit du erst Freitag kommen musst.«

Ich sah sie verwirrt an, bis mir ein Licht aufging. »Das musst du nicht wegen Maya auf dich nehmen.« *Oder meinetwegen.* »Aber danke.«

Ihre Miene verfinsterte sich ein wenig und sie biss sich auf die Unterlippe. Ich legte meine Hand auf ihren Unterarm und sie starrte darauf, als wäre es ein Tentakel oder etwas anderes Ekelhaftes, also zog ich sie zurück.

»Ich bin sicher, dass du das allein perfekt meistern wirst, daran liegt es nicht«, erklärte ich und versuchte, ihrem Blick, den sie mir zuwarf, standzuhalten. »Und ich bin dir wirklich dankbar, dass du das für mich machen willst. Doch ich weiß auch, was von mir erwartet wird, und es wäre nicht fair, dich allein dorthin zu schicken.« Ich lächelte und sie atmete durch. »Bitte glaube mir, ich bin dir mehr als dankbar, dass du es überhaupt in Erwägung gezogen hast.«

»Keine Ursache«, murmelte sie und schob ihre Unterlagen zusammen. »Dann werde ich mit unserem Reisebüro sprechen und Flüge und Unterkunft reservieren.«

Ich wollte ihr auch dafür gerade danken, als polternde Schritte in mein Büro stapften und ein Mann um die sechzig mit schmierigem Grinsen in der Tür stand. Ich hatte ihn nur einmal als Kind persönlich gesehen, weil er fast nie Einladungen meiner Eltern folgte. Aber ich wusste, dass es sich nur um Mr. Maison handeln konnte.

»Allister, mein Junge«, begrüßte er mich, als wären wir alte Freunde. Er reichte mir die Hand, Leandra allerdings nicht. Stattdessen betrachtete er sie, als wäre sie ein Stück Fleisch auf einem Büffet. Mir wurde übel, als er die Augenbrauen hob und grinste, bevor er sich mir zuwandte. »Ich hoffe, Sie haben sich schon eingelebt und Ihre Assistentin gefällt Ihnen«, meinte er und es dauerte einen Moment, bis ich verstand, dass er dabei von Leandra sprach.

»Ms. Hemsworth ist nicht meine Assistentin«, versuchte ich zu erklären, aber er winkte ab.

»Dann eben Sekretärin, ich habe ohnehin nie verstanden, warum man dieses Wort nicht gebrauchen sollte. Immerhin sind Frauen doch kaum fähig, mehr zu machen, als Termine einzutragen und Memos mit Rechtschreibfehlern abzutippen, oder? Deswegen sollten sie nie in Führungspositionen sein, das übersteigt ihre Möglichkeiten bei Weitem.« Er lachte und ich merkte, wie ich meine Hände zu Fäusten ballte.

Wie konnte er so etwas denken?

»Sir, Sie verstehen nicht«, sagte ich schärfer, doch er ließ mich nicht ausreden.

»Jedenfalls hoffe ich, es gefällt Ihnen hier und Sie finden alles zu Ihrer Zufriedenheit vor. Falls dem nicht so ist, können Sie sich jederzeit bei mir melden, mein Junge. Das schulde ich Ihrem alten Herrn.« Er griff nach meiner Hand und schüttelte sie. »Ich erwarte Großes von Ihnen.« Er grinste und verließ mein Büro grußlos. Mir war wirklich nicht klar, warum er überhaupt gekommen war, aber offenbar dachte er, er müsse mir seine Unterstützung so demonstrieren.

Ich brauchte Leandra nicht anzusehen, um zu wissen, dass sie zornig war. »Dann wird deine Assistentin mal die Reservierungen für den Flug nach Philadelphia und ein Hotel veranlassen«, murmelte sie. Zu meiner Überraschung klang sie nicht wütend, sondern verletzt.

»Leandra«, hauchte ich und fasste nach ihrem Handgelenk, bevor sie hinausstürmen konnte.

»Lass mich bitte los«, flüsterte sie und wandte den Blick ab. Ihre Stimme zitterte fast genauso wie ihre Hand.

Ich wollte in dem Moment nichts mehr, als sie in meine Arme zu ziehen und einfach nur zu halten. Diese Art von Behandlung hatte sie nicht verdient. Von niemandem.

»Er ist aus einer Generation, in der Frauen an den Herd gedrängt wurden«, redete ich beruhigend auf sie ein. »Er hat kein Verständnis dafür, dass eine Frau mindestens so gut in einem solchen Job ist wie ein Mann. Vielleicht sogar besser.«

Sie schwieg und drehte ihr Gesicht noch weiter weg.

»Außerdem ist es egal, was er denkt. Weil ich nicht so denke. Du wirst nie meine Assistentin sein. Niemals. Jeder weiß das, die ganze Firma respektiert dich. Vergiss, was er gesagt hat. Bitte.«

»Bist du fertig?«, fragte sie, ohne mich anzusehen. »Dann würde ich jetzt gerne gehen.«

»Bitte, Leandra … Ich weiß, seine Worte waren hart und unangebracht. Aber du machst deine Arbeit großartig. Zweifle wegen ihm nicht an dir. Das ist er nicht wert.«

»Er ist einer der Mitgründer dieser Firma«, zischte sie und riss sich los. »Verzeih mir, wenn ich nicht vor Freude springe, wenn er mir quasi ins Gesicht sagt, dass ich selbst für einfache Arbeiten zu dumm wäre und nicht wirklich Aufstiegschancen habe.«

Bevor ich auch nur die Gelegenheit zu einer Erwiderung hatte, stürmte sie aus meinem Büro und ich wusste nicht, was ich tun sollte.

Ich hätte doch in Jeans und Lederjacke in die Firma kommen sollen. Dann hätte ich zumindest nicht das Gefühl gehabt, einem Mann imponieren zu wollen, der so respektlos mit anderen Menschen umging. Vielleicht hätte ich mich nicht geschämt, diesen Job ihm zu verdanken.

17

Leandra

Nur mit Mühe schaffte ich es, die Tür zur Toilette hinter mir zu versperren, bevor ich schluchzend auf dem zugeklappten Sitz niedersank.

Die Worte von Mr. Maison trafen mich bis ins Mark und erinnerten mich an meine Kindheit. Damals, in der Junior High, hatte ich mich bei einem Lehrer, zu dem ich aufsah, für ein Projekt beworben. Er hatte mich mit den Worten »Bei deiner Herkunft würde es mich wundern, wenn du überhaupt einen Schulabschluss schaffst« abgelehnt.

Ich glaubte, dass ich, nachdem ich durch den Trost meiner Familie wieder stark genug war, genau wegen dieser Worte so ehrgeizig geworden war. Ich hatte die Uni mit Auszeichnung abgeschlossen und mich in dieser Firma hochgearbeitet. In jener, die Mr. Maison mitbegründet hatte …

Er war hier eine Legende. Die wichtigsten Patente und Entwicklungen, mit denen der Erfolg geschaffen wurde, hatte er eingereicht. Niemand konnte eine Entscheidung treffen, ohne seine Zustimmung einzuholen. Und allein dafür hatte ich ihn verehrt, ohne ihn je kennengelernt zu haben.

Ausgerechnet *er* musste ein Arschloch sein. Ein frauenverachtendes Arschloch. Ich schnappte mir eine Rolle Klopapier und riss mehrere Blätter ab, bevor ich mich lautstark schnäuzte. Niemand außer mir befand sich hier und selbst wenn, wäre es mir in dem Moment egal gewesen.

Er hatte Allister eingestellt, obwohl Mr. Miller bereits mich für den Posten vorgesehen hatte. Damit machte alles Sinn. Warum ich nicht informiert wurde, warum es so überraschend kam. Aber eines wurde mir dadurch auch klar: Allister konnte nicht gewusst haben, dass er mir den Job weggenommen hatte.

Wie er sich vorhin verhalten hatte, wie er versucht hatte, Mr. Maison zu korrigieren. Was er zu mir gesagt hatte … Mein Herz schlug so laut, dass ich fast nicht gehört hätte, wie die Tür zum Waschraum aufging. Das Klopfen gegen meine Tür konnte ich allerdings nicht überhören.

»Lea?« Es war Mira, die besorgt klang.

»Was machst du hier?«, schniefte ich.

»Mr. Fielding hat bei uns angerufen und durchgefragt, mit wem du befreundet bist«, erklärte Mira leise. »Als er mich am Apparat hatte, bat er mich, nach dir zu sehen. Er würde ja selbst kommen, aber er dachte, das wäre dir vermutlich nicht recht …«

Allister hatte Mira angerufen und hergebeten. Sorgte er sich etwa um mich?

»Er hat mir erzählt, was Mr. Maison gesagt hat.«

»Ich werde in dieser Firma niemals aufsteigen, solange er da ist. Und er wird immer da sein. Er ist sozusagen die wichtigste Person hier.«

»Das weißt du doch nicht«, meinte meine Freundin beschwichtigend. »Würdest du bitte rauskommen? Ich schmuggle dich in dein Büro und wir schließen uns dort drinnen ein.«

»Das Zimmer hat nur außen ein Schloss«, jammerte ich. »Es war doch mal das Archiv! Das muss man nicht von innen versperren!«

»Dann schiebe ich einen Schrank davor«, schlug Mira vor. »Solange wir nicht hier herumstehen. Obwohl diese Toilette schöner eingerichtet ist als die bei unseren Büros.«

Ich kicherte und schnäuzte mich, bevor ich die Tür entriegelte und es vermied, mich im Spiegel zu betrachten.

»Okay, es ist schlimmer, als ich gedacht habe.« Meine Freundin grinste. »Aber das kriegen wir hin. Hier.« Sie drückte mir eine Unterschriftenmappe in die Hand. »Halt die vor deine Nase, ich führe dich zu deinem Büro.«

»Danke«, schluchzte ich und ließ mich wie jemand, der gerade eine Augenoperation hinter sich hatte, durch die Abteilung bugsieren.

Mira schloss die Tür hinter uns und schob einen Schreibtischstuhl vor. »Sollte für den Anfang reichen. Falls jemand stört, muss ich doch den Schrank stemmen.«

Sie setzte sich mir gegenüber auf einen Stuhl und musterte mich. »Zumindest weißt du jetzt, wer dir diesen Mr. Fielding vorgesetzt hat.«

»Ja, das weiß ich jetzt«, stimmte ich zu. »Aber ich glaube fast, dass Allister nicht gewusst hat, dass ich eigentlich für den Job vorgesehen gewesen wäre.«

»Allister?«, fragte Mira, zog eine Augenbraue hoch und hob dann das Kinn. »Ihr seid beim Vornamen? Nach gerade mal einer Woche?«

Ich hatte meiner Freundin bisher nicht erzählt, dass ich meinen neuen Boss in dem Pub, in dem sie mich sitzen ließ, geküsst hatte. Am selben Tag, als er mein Vorgesetzter geworden war. Oder dann am Freitag, nachdem sie mit ihrem Lover abgerauscht war, beinahe wieder. Da ergab sich ein Muster …

»Er hat mir das Du schon letzte Woche angeboten, als er vorgestellt wurde.«

»Aha.« Mira stützte ihr Kinn auf ihre Hände. »Und du magst ihn.« Es war eine Feststellung, keine Frage. Ich setzte zu einer Erwiderung an, da meinte sie: »Und er mag dich ganz offensichtlich auch.«

Ich wusste nicht, was ich dazu sagen sollte, zumal ich überlegte, was ich schlimmer fand. Dass Mira wusste, wie sehr ich Allister trotz allem mochte, oder dass sie davon ausging, es beruhe auf Gegenseitigkeit. Mir war klar, er konnte nicht uninteressiert sein. Immerhin hatte er mich geküsst. Und wie er sich vorhin verhalten hatte … Er hätte nichts sagen müssen, es hätte ihm gleichgültig sein können, dass ich verletzt war. Aber das war es nicht.

»Oh, verdammt«, flüsterte ich und Mira grinste.

»Also dein Boss und du? Das hätte ich dir nie zugetraut! Ihr wart vermutlich schon im Bett miteinander?«

»Nein, nicht das … Ich muss noch Flüge für Donnerstag buchen und ein Hotel.«

Falls das überhaupt möglich war, grinste sie noch breiter. »Für dich und Allister? Macht ihr euch ein langes Wochenende?«

»Mira, verflucht, er ist mein Boss! Ich finde es schon schlimm, mit jemandem eine Beziehung zu haben, der im selben Gebäude arbeitet. Dieselbe Abteilung wäre noch schlimmer, aber mit dem Boss zu schlafen? Das ist hirnrissig!«

»Ja, vielleicht«, stimmte sie ein wenig zurückhaltender zu, obwohl sie immer noch schmunzelte. »Du kannst allerdings nicht abstreiten, dass er gut aussieht.«

»Mira!«, fauchte ich. »Das ist eine Geschäftsreise und ich muss unserer Betreuerin im Reisebüro mitteilen, dass wir fliegen und ein … zwei Zimmer brauchen.«

Sie lachte, während ich mir die Nase putzte und überlegte, wie ich aus der Sache wieder rauskam. »Gib mir die Unterlagen«, forderte sie mich auf. »Ich schicke es dem Reisebüro. Du nimmst dir den Rest des Tages frei.«

»Ach, und du gibst mir frei?«

»Nein, dein Vorgesetzter. Er meinte, ich solle dich aufmuntern und dich anschließend nach Hause schicken.« Sie hob den Zeigefinger. »Und egal was du sagst, ich solle dafür sorgen, dass du wirklich gehst, und deinen Laptop konfiszieren, damit du nicht vom Sofa aus arbeitest. Das Handy soll ich dir allerdings lassen, weil er dich noch anrufen wollte.« Sie schlug sich mit der Hand auf die Stirn. »Ups, das hätte ich dir gar nicht sagen sollen. Egal, jetzt ist es raus. Also er ruft dich dann nachher an.«

Mein Herz raste plötzlich wieder. Allister Fielding war kein übler Kerl. Nein, er war tatsächlich nett. Er sorgte sich um mich. Ich war ihm nicht egal. Scheiße. Das würde vermutlich nicht gut enden.

»Leaaaaaa!«, rief Mira und wedelte mit ihrer Hand vor meinem Gesicht herum. »Komm schon, gib mir die Unterlagen fürs Reisebüro, ich erledige das und du gehst heim. Aber zuerst müssen wir die Mascarareste aus deinem Gesicht bekommen. Du siehst aus wie ein Clown.«

Ich ließ zu, dass meine Freundin mir im Gesicht herumwischte, versuchte erst gar nicht, den Laptop einzupacken, und huschte dann zum Lift. Vielleicht war ein freier Tag keine schlechte Idee. Und die Vorstellung, mit Allister zu telefonieren, gefiel mir irgendwie richtig gut.

Die kalte Luft auf dem Weg zur U-Bahn fühlte sich belebend an und half mir, denn mein Magen spielte gerade genauso verrückt wie meine Gedanken. Ich freute mich wirklich darauf, von Allister angerufen zu werden. Ich war doch einfach nur bescheuert. Und trotzdem konnte ich nicht aufhören, bei dem Gedanken daran zu grinsen.

Bis mir wieder schlecht wurde wegen dem, was vorhin geschehen war. Mein Leben war ein Scherbenhaufen, aber ich lächelte, weil ein Mann, mit dem ich nicht zusammen sein durfte, mich anrufen wollte. Wunderbar. Viel schlimmer konnte der Tag eigentlich nicht mehr werden.

18

Allister

Mira hatte mir, wie besprochen, Bericht erstattet, nachdem sie Leandra heimgeschickt hatte. Sie bestätigte mir auch, dass Leandra ihren Laptop nicht mitgenommen hatte, ihr Handy aber schon. Außerdem versprach sie, sich um die Flüge und Hotelzimmer für Donnerstag und Freitag zu kümmern.

Ich wusste, dass sie noch etwas auf dem Herzen haben musste, weil sie nach ihrem Bericht immer noch vor mir stand und keine Anstalten machte, zu gehen.

»Ist noch etwas?«, fragte ich deswegen, weil sie ebenso keine Anstalten machte, etwas zu sagen.

»Wissen Sie, es geht mich ja eigentlich nichts an«, begann sie und wirkte unerwartet verlegen.

Ich bereitete mich innerlich auf eine Standpauke vor. Sie war Leandras Freundin. Wusste sie von dem Kuss? Wollte sie mir erklären, wie unpassend sie das von mir fand?

Da ich an der Kante des Tisches lehnte, verschränkte ich die Arme und wartete darauf, dass sie ihre Vorwürfe vorbrachte.

»Lea ist manchmal etwas schwierig«, sagte sie und ich hob die Augenbraue. »Seitdem sie hier ist, hat sie wie eine Wahnsinnige gearbeitet. Ihre Familie war nie reich und sie musste sich das Studium hart erkämpfen. Sie hat immer ihr Bestes gegeben und alles getan, um voranzukommen. Deswegen ist es für sie schwer, irgendetwas anderes als den Job zu sehen. Das heute hat ihr aus genau diesem Grund ziemlich zugesetzt.«

»Ich verstehe«, murmelte ich. »Sagen Sie mir, was ich machen kann, um ihr zu helfen.«

Nun hob Mira eine Augenbraue. »Sie wissen es gar nicht, oder?«

»Was weiß ich nicht?«, stellte ich die Gegenfrage und beobachtete, wie sich in ihrem Gesicht alle möglichen Regungen spiegelten.

»Sie wird mich umbringen«, meinte Mira und räusperte sich. »Wussten Sie, dass es bis vor zwei Wochen den Posten des stellvertretenden Abteilungsleiters der M&A-Abteilung gar nicht gab?«

Woher hätte ich das wissen sollen? Und wieso hatte man diese Stelle mit Leandra besetzt, wenn es vorher keinen Stellvertreter gab?

»Worauf wollen Sie hinaus?«

»Es ist so«, druckste Mira herum und zerknitterte die Papiere in ihrer Hand. »Also … wie sage ich das …?«

»Einfach heraus, Mira«, ermunterte ich sie.

»Gut, ich habe angefangen, jetzt kann ich es Ihnen auch erzählen«, seufzte sie und schloss die Augen. »Lea hätte Abteilungsleiterin werden sollen. Sie hätte letzte Woche offiziell vorgestellt werden sollen. Nur dass nicht ihr Name genannt wurde, sondern Ihrer.«

Ich rutschte fast von der Schreibtischkante ab, konnte mich zum Glück gerade noch halten. »Was?«, keuchte ich und starrte Mira, die ihre Lider wieder geöffnet hatte, fassungslos an.

»Ja, es ist so. Lea wurde von Mr. Miller informiert, dass ihr ehemaliger Chef sie für die Position vorgeschlagen hatte und sie angenommen wurde. Ich war die Einzige, der sie es erzählt hatte. Bei dem Meeting letzten Montag sollte es offiziell gemacht werden. Aber dann hat Mr. Miller verkündet, dass Sie diese Stelle bekommen haben und Lea Ihre Stellvertreterin wird. Eine Position, die es bis dahin nicht gab.«

Ich fuhr mir über den Nacken. »Das würde ihre Ablehnung mir gegenüber erklären …«, dachte ich laut.

»Bitte, erzählen Sie ihr nicht, dass ich es verraten habe. Nur … wenn Sie ihr wirklich helfen wollen, sollten Sie das wissen. Es könnte sonst schwer werden, nicht etwas zu sagen, das sie denken lässt, Sie hätten ihr den Job weggenommen. Bewusst, meine ich.«

Ich stieß den Atem aus. Natürlich. Warum hätte sie sich nicht für meinen Posten bewerben sollen? Ich hatte so etwas schon vermutet, aber es jetzt zu hören, war doch etwas ganz anderes. Leandra hatte das nicht verdient. Ganz und gar nicht.

»Ich danke Ihnen für Ihr Vertrauen, Mira. Falls Sie also eine Idee haben, wie ich das irgendwie wieder geradebiegen kann, sagen Sie es mir.«

Sie presste das Papier zwischen ihren Händen noch fester zusammen. Es glich nun einer Ziehharmonika, nicht mehr einem Blatt mit Informationen. »Also, ich denke, es gibt beruflich nicht viel, was Sie für sie tun könnten«, stammelte sie und mied meinen Blick. »Selbst wenn Sie kündigen würden, denke ich nicht, dass sie nachrücken würde. Wir alle wissen, dass die endgültige Entscheidung von Mr. Maison abgesegnet werden muss, und er wollte nun einmal Sie.«

Ja, da hatte sie vermutlich recht. Er würde Leandra nicht auf dieser Position akzeptieren. Er hatte sehr klar gemacht, was er von Frauen im Allgemeinen hielt, und ich bezweifelte, dass er zustimmen würde, wenn man ihm erzählte, dass ich gekündigt hatte und meine ›Assistentin‹ nachrücken sollte.

»Aber eventuell können Sie ihr auf persönlicher Ebene ja helfen«, nahm Mira das Gespräch wieder auf.

Diese Worte ließen mich hochschrecken und ich rutschte fast erneut von der Schreibtischkante. »Wie meinen Sie das?«

Wusste sie doch von dem Kuss und dem Beinahe-Kuss?

Ein seltsames Lächeln spielte um ihre Lippen. »Also, wenn Sie das nicht wissen, dann sollte nicht ich diejenige sein, die es Ihnen erklärt.« Sie fächerte das Blatt in ihren Händen wieder auf. »Wenn Sie mich entschuldigen, ich sollte mich um eine Reisebuchung kümmern. Ich schicke Ihnen alles zu, sobald ich es habe, ja?«

»Warten Sie, Sie können doch nicht einfach etwas andeuten und dann gehen!«

Sie lächelte noch breiter. »Doch. Und Sie sind nicht mein Boss, also muss ich Ihnen auch nichts weiter sagen. Schönen Nachmittag, Mr. Fielding.«

Damit verließ sie mein Büro und ich blieb verwirrt zurück.

Wie hatte sie das gemeint?

Ich hätte gerne darüber nachgedacht, aber ich hatte noch viel zu erledigen. Zuerst musste ich für die Dauer der Reise etwas für Maya organisieren. Meine Mutter würde toben, wenn sie die Kleine zwei Tage beaufsichtigen musste. Also blieb eigentlich nur meine

Schwester Mildred, die ich um diesen Gefallen bitten konnte. Vielleicht gab es eine Möglichkeit, dass sie ihren Dienst im Krankenhaus kurzfristig verschieben konnte. Ich hoffte es zumindest.

Mum musste ich dennoch darum bitten, Maya heute länger zu betreuen. Denn ich sollte mit der Präsentation beginnen und außerdem wollte ich mich nach Leandra erkundigen. Am liebsten hätte ich sie als Erstes angerufen, aber das durfte ich nicht. Sie war gerade einmal eine Stunde aus dem Büro fort. Das wirkte sonst fast wie ein Kontrollanruf, und genau das sollte es nicht sein. Ich würde sie erst anrufen, kurz bevor ich nach Hause aufbrach.

Obwohl ich also mehr als genug zu regeln hatte, gingen mir Miras Worte nicht aus dem Kopf und ich überlegte, wie ich Leandra helfen und was ihre Freundin gemeint haben könnte.

19

Leandra

Ich hatte eigentlich gedacht, mein Tag könnte sich nicht noch schlimmer entwickeln. Falsch gedacht.

Kaum hatte ich meine Wohnung betreten, rebellierte mein Magen und ich schaffte es gerade noch auf die Toilette. Ich dachte erst, dass es vielleicht die Aufregung war. Aber nachdem ich mich noch dreimal übergeben hatte, obwohl sich garantiert nichts mehr in meinem Bauch befand, und immer noch würgte, war mir klar, dass es wohl etwas anderes sein musste.

Einen Besuch beim Arzt und zweimal Erbrechen später hatte ich die Gewissheit, dass ich mir irgendwo eine Magen-Darm-Grippe eingefangen hatte. Lief also. Noch nicht einmal Wasser konnte ich bei mir behalten. Das würde noch spaßig werden. Außerdem fühlte ich mich, als hätte mich jemand ausgelutscht und danach an die Wand geklebt. Ich hasste es, krank zu sein.

Ich schleppte mich auf das Sofa, wickelte mich in eine Decke ein und döste fiebrig vor mich hin, bis ich den winzigen Schluck Wasser, den ich testweise zu mir genommen hatte, ausspucken musste.

Mir war eiskalt und im nächsten Moment hätte ich mich am liebsten aus dem Fenster in den Schnee gestürzt. Falls ich die Kraft aufgebracht hätte, es zu öffnen. Was ich gerade bezweifelte.

Ich schloss die Augen, zog die Decke enger um mich, weil mir erneut eiskalt war, und döste wieder vor mich hin. So schnell hatte ich noch nie so hohes Fieber bekommen. Was auch immer ich erwischt hatte, es schien bestrebt zu sein, mich möglichst schnell umzubringen. Zumindest würde sich auf diese Weise mein Problem mit Allister lösen, an den ich schon wieder denken musste.

»Jetzt sterbe ich, ohne mit ihm geschlafen zu haben«, laberte ich und grinste. »Ich hätte ihm die Frisur natürlich zuerst vollkommen zerstören müssen. Aber dann …«

Ich würgte, was nicht an dem Gedanken an Sex mit Allister Fielding lag. Zum Glück übergab ich mich nicht, schob meine wirren Fantasien auf das Fieber und schloss die Augen, um wieder zu schlafen.

Als das Handy klingelte, dachte ich zuerst, mein Fieberwahn würde mich Dinge hören lassen, die es gar nicht gab. Bis ich realisierte, dass wohl tatsächlich jemand anrief.

Verwirrt griff ich erst sehr spät nach dem Telefon, sah nicht auf das Display, sondern hob einfach ab.

»Hallo?«, stöhnte ich in den Hörer.

»Leandra? Geht es dir gut?«, fragte mein Gesprächspartner.

Diese Stimme … Oh, verdammt! Ich hielt das Handy von meinem glühenden Ohr weg und starrte auf den Namen ›Allister Fielding‹. Mist!

»Leandra?«

»Ja, ich bin noch da«, versuchte ich so wenig gequält wie möglich zu entgegnen.

»Du klingst nicht gut.«

Die Untertreibung des Jahrhunderts, ach was, des Jahrtausends. »Ich bin nur … warte«, keuchte ich, drückte das Handy auf stumm – zumindest hoffte ich das – und hastete zur Toilette.

Auch der Tee, den ich vor meinem Schlaf löffelweise zu mir genommen hatte, wollte nicht in mir drinnen bleiben.

Ich drückte wieder auf das kleine Mikrofon und sagte: »Jetzt geht es wieder.«

»Was ist los mit dir?« Er klang besorgt. Irgendwie fand ich das süß. Musste am Fieber liegen.

»Alles halb so wild, ich habe wohl eine Magengrippe erwischt.«

Ja, Fieber führte vermutlich dazu, dass man auch nicht so schöne Wahrheiten aussprach. Hätte ich nicht sagen können, dass ich mich betrunken hatte und jetzt flach lag? Musste ich ihm mitteilen, was mir fehlte?

Aber das lag einfach an meinem allgemeinen Zustand und an der Tatsache, dass ich gerade nicht wirklich logisch denken konnte. Obwohl ich immer noch ziemlich sicher war, dass ich den Verstand seit letztem Freitag verloren hatte.

»Ich bin gleich bei dir.«

»Allister, du musst nicht …«

Da hatte er jedoch schon aufgelegt. Das hatte er aber nicht ernst gemeint, oder doch? Wusste er überhaupt, wo ich wohnte? Und wenn ja … würde er tatsächlich herkommen?

Ich starrte an mir herab. Ich trug einen recht vorzeigbaren Pyjama. Also einen in hellem Blau ohne Flecken, Löcher oder Muster. Aber ich wollte trotzdem nicht, dass er mich darin sah.

Das war nur ein Fiebertraum, genauso wie meine Vorstellung, mit ihm Sex zu haben. Ja, das musste es gewesen sein. Wieso sollte Allister Fielding, mein Vorgesetzter, mich anrufen und so hirnrissig sein, zu mir zu kommen, wenn ich ihm quasi erklärt hatte, dass ich alles, was ich zu mir nahm, wieder ausspuckte?

Ich kroch zu meiner Couch zurück und hievte mich darauf, als es an der Tür klingelte. »Bitte lass es den Postboten sein«, murmelte ich und rollte mich schwerfällig vom Sofa.

Mit mulmigem Gefühl schleppte ich mich zur Tür und öffnete sie.

»Allister«, hauchte ich und hielt mich am Türrahmen fest.

Verdammt, er sah gut aus in diesem dunkelblauen Anzug und dem rosa Hemd. Nicht viele Männer konnten so etwas tragen, er schon. Die Krawatte hatte er abgenommen, also stand sein Kragen etwas ab und er hatte zwei Knöpfe geöffnet. Wenn mir nicht so schlecht gewesen wäre, hätte ich ihn am Hemd gepackt, hereingezogen und ihn angefleht, mich zu küssen und ins Bett zu tragen.

Fieber. Das musste das Fieber sein.

Ich lehnte meinen Kopf an das kühle Holz der Tür. »Du hast es doch ernst gemeint und es war kein Fiebertraum«, brachte ich hervor und schloss die Augen. »Wieso bist du hier?«

»Weil du krank bist und furchtbar geklungen hast.«

Ich öffnete die Lider flatternd und sah ihn an. Sein Blick verriet mir, dass ich wohl mindestens so übel aussah, wie ich mich fühlte. Der Tag wurde immer ›besser‹, viel peinlicher ging es kaum noch. Höchstens, wenn ich ihm auf die Schuhe spucken würde.

»Ja, darum sollte ich mich hinlegen«, murmelte ich, ließ die Tür los und schwankte einen Schritt.

Seine Arme umfassten mich und sein Gesicht war viel zu nah. Doch, es konnte noch peinlicher werden! Mein Atem roch bestimmt fürchterlich und seine Lippen berührten meine beinahe.

»Du solltest dich unbedingt hinlegen«, verkündete er und ich fragte mich, ob er mich immer noch küssen wollte.

Ich hätte ihn sofort geküsst, aber ich hatte ja auch Fieber.

Er half mir auf die Couch zurück, weil ich ihm irgendwie erklären konnte, dass es einfacher war, als vom Bett aufzuspringen, wenn ich ins Bad musste. War ja eigentlich schon egal. Entweder war er ein Produkt meiner Fantasie oder ich hatte mich ohnehin schon bis auf die Knochen blamiert.

»Warst du schon beim Arzt?«, wollte er wissen, als er mich zudeckte.

Ich ließ es zu, und auf seltsame Weise war es schön, wenn auch sinnlos. In wenigen Minuten würde ich mich entweder wegen der aufsteigenden Hitze abdecken oder weil ich mich übergeben musste.

»Ja, schließlich brauchte ich auch ein Attest.«

»Was hat er dir verschrieben?«, hakte er nach.

»Nichts, es würde ohnehin nicht drinnen bleiben«, murmelte ich und fühlte, wie meine Augenlider schwer wurden.

»So schlimm, hm?«, flüsterte er und strich mir die verklebten Haare aus der Stirn.

»Allister, wieso bist du hier?«, nuschelte ich und war froh, dass meine Augen geschlossen waren.

»Weil du krank bist.«

»Du musst dir keine Sorgen machen, ich bin morgen im Büro …« Das hatte ich tatsächlich vor, obwohl ich mir nicht vorstellen konnte, wie das gehen sollte.

»Das bist du ganz sicher nicht, Leandra. Du glühst und du siehst so grün aus, dass du als Zimmerpflanze durchgehen könntest.«

»Du hast Glück, dass ich dich gerade nur hergeträumt habe«, brabbelte ich. »Wenn du wirklich hier wärst, würde ich jetzt vermutlich mit irgendetwas werfen.«

Er schwieg einen Moment und ich hatte schon Angst, dass der Traum zu Ende war, als er zu glucksen begann. Ich riskierte einen Blick und stellte fest, dass er gerade damit beschäftigt war, ein Lachen zu unterdrücken.

»Du kannst kaum selbst stehen, aber du willst mit etwas nach mir werfen? Das möchte ich sehen.« Er lachte und ich brummte als Antwort. »Jetzt wieder ernsthaft. Wann hast du das letzte Mal etwas im Magen behalten?«

»Geht dich nichts an«, schmollte ich und hoffte inständig, dass er wirklich nur ein Traumbild war. Meine Gedanken schmolzen gerade irgendwie im Fieber dahin.

»Okay, dann werde ich jetzt trotzdem für dich einkaufen gehen und dir eine Magengrippen-Notausrüstung holen.« Er stand auf und ich schloss meine Augen wieder. »Darf ich mir deinen Schlüssel mitnehmen, damit du nicht wieder aufstehen musst?«

»Nur zu, da du eh nicht hier bist, ist er morgen dort, wo ich ihn gelassen habe …«

Seine Erwiderung verschwamm in wirren Träumen, denn ich döste gerade weg.

Ich hörte allerdings, wie die Tür geschlossen und gleich darauf wieder aufgesperrt wurde.

Es hätten aber auch zwei Tage dazwischenliegen können, ich war mir nicht sicher.

Allister sagte meinen Namen, stellte eine Tasche auf dem Boden ab und legte seine Hand auf meine Stirn, bis ich die Augen aufschlug. Es fühlte sich angenehm kühl an.

»Geh bitte nie wieder weg, halt deine Hand für immer da hin!«, stöhnte ich und genoss die willkommene Abkühlung.

Leider nahm er sie doch weg. »Es geht dir gleich besser«, erklärte er und stellte eine Flasche Cola auf den Wohnzimmertisch.

Er öffnete sie und ließ sie so stehen, ohne etwas einzuschenken. Dazu gesellten sich noch eine weitere Flasche Cola, eine Teepackung, Zwieback und Salzstangen.

»Abgesehen vom Tee sieht das nach Party aus«, meinte ich und sah ihm zu, wie er Tabletten aus einer Packung holte. Die Packung kam mir bekannt vor, hätte Mexalen oder sonst was Fiebersenkendes sein können. »Falls du mir das einwerfen willst, es wird nicht drinnen bleiben.«

Er ignorierte meinen Einwand, drückte eine Tablette raus und legte sie auf einen Suppenlöffel. Wo der hergekommen war, musste ich verschlafen haben oder er hatte ihn aus der Tasche gezaubert. Mit einem Teelöffel presste und rieb er auf der Tablette herum, bis nur noch feines Pulver übrig war. Fasziniert beobachtete ich ihn dabei.

»Maya musste einmal eine Tablette nehmen«, erklärte er, als er meinen Blick zu bemerken schien. »Versuch mal eine ganze Tablette in einen Kindermund zu bekommen und das dazugehörige Kind dazu zu bringen, sie hinunterzuschlucken.« Als er zufrieden war, legte er den Löffel hin und schenkte ein Glas Cola ein. Es zischte immer noch, obwohl sie die ganze Zeit offen gestanden hatte.

»Willst du die Flasche nicht zumachen?«

Er schmunzelte. »Eines meiner Kindermädchen schwor bei Magengrippe auf ausgerauchte Cola.«

»Das ist ekelhaft«, erwiderte ich und schüttelte mich.

»Darum habe ich eine zweite Flasche gekauft, die kannst du vermutlich ab morgen trinken. Aber heute gibt es nur ausgerauchte Cola.«

Statt der Cola träufelte er Wasser auf den großen Löffel und rührte mit dem kleinen darin herum.

»Kannst du dich aufsetzen?«, wollte er wissen.

»Ehrlich gesagt, keine Ahnung.« Ich grinste. »Immerhin träume ich das.«

Er schmunzelte wieder. »Du brauchst dringend Schlaf.«

Irgendwie schaffte er es, mir hochzuhelfen, ohne den Inhalt des Löffels auszukippen. Konnte also wirklich nur ein Traum sein. Ich schlürfte die Flüssigkeit hinunter. Sie schmeckte bitter und ich verzog das Gesicht.

Allister tauchte den Löffel in die Cola und hob ihn an meinen Mund. Die Süße milderte das Bittere.

Behutsam legte er mich wieder zurück. Er strich über meine Stirn, sein Blick immer noch besorgt. »Du solltest jetzt schlafen …«

»Das mache ich doch«, erwiderte ich und er lächelte wieder. »Mir ist nur nicht klar, warum ich dich erträume, aber deine Frisur nicht ändere.«

Das Lächeln verschwand. »Was hast du gegen meine Frisur?«

»Sieht spießig aus. Der Seitenscheitel, das Gel, die Koteletten … Irgendwie komisch. Obwohl es dir auf eine seltsame Art steht.«

»Hm, wenn ich meine Haare nicht gele, stehen sie in alle Richtungen, weißt du? Ich sehe dann aus wie jemand von den kleinen Strolchen.«

»Ist bestimmt süß.«

»Wenn man zehn ist, vielleicht, nicht wenn man Anfang dreißig und in einem Meeting ist.« Er klang ein wenig genervt, lächelte aber wieder. »Ich finde dich mit offenen Haaren übrigens auch besser als mit dem Dutt. Er lässt dich strenger wirken, als du bist.«

»Hmmmm …«, machte ich und meine Augen fielen zu. »Ich bin nur froh, dass das hier nie passiert ist. Sonst könnte ich dich vielleicht nie wieder ansehen. Besonders nicht, wenn ich dir erzähle, was ich sonst noch von dir träume.«

»Jetzt bin ich neugierig«, hörte ich ihn von weit weg sagen. »Was träumst du denn für gewöhnlich von mir?«

»Das weißt du doch«, brabbelte ich und es fiel mir immer schwerer, zu sprechen. »Schließlich bist du dabei.«

Ob er etwas erwiderte, nahm ich nicht mehr wahr, denn ich glitt immer mehr in den Schlaf hinein.

Deswegen wünschte ich mir einen Gutenachtkuss.

Und weil das mein Traum war, landeten Allisters Lippen auf meiner glühenden Stirn, hinterließen allerdings eine noch heißere Spur darauf, als er sie küsste und ein »Schlaf gut, Leandra« flüsterte.

20

Allister

Ich wäre gerne geblieben, denn sie sollte nicht allein sein. Aber meine Mutter rief ab sieben im Minutentakt an und ich konnte nicht länger so tun, als würde ich es nicht bemerken. Leandra schlief ohnehin, und damit sie wusste, dass sie nicht geträumt hatte, schrieb ich ihr einen Zettel und nahm mir vor, gleich in der Früh bei ihr anzurufen. Ich schätzte, dass sie vor mir wach sein würde, denn sie hatte ihren Wecker bestimmt nicht abgedreht, weil sie vorhatte, arbeiten zu gehen. Ich würde ihr klarmachen, dass ich sie persönlich wieder heimbringen würde, wenn ich sie im Büro antraf.

Die ganze Nacht über fragte ich mich, ob es ihr gut ging. Sie hatte so dermaßen geglüht, dass ich nur hoffen konnte, die Tablette blieb lange genug in ihrem Magen, um ihr zu helfen. Und obwohl sie wirklich grün aussah und ihre Haare verklebt waren, hatte ich trotzdem ständig nur daran denken können, wie es wäre, neben ihr zu liegen und sie in den Armen zu halten.

An Sex hatte ich dabei nicht gedacht, ich wollte ihr einfach nahe sein. Es war ziemlich hoffnungslos mit mir. Wem wollte ich etwas vormachen? Falls ich sie nicht bereits gehabt hatte, entwickelte ich gerade Gefühle für sie. Und das, obwohl sie meine Frisur furchtbar fand.

Ein Lächeln schlich sich auf mein verschlafenes Gesicht, als ich in den frühen Morgenstunden überlegte, welche Träume sie wohl von mir haben mochte. Und ob sie mir je davon erzählen würde. Denn ich hoffte insgeheim, dass sie genauso erotische Fantasien von mir entwickelt hatte wie ich von ihr.

Nachdem ich Maya geweckt und mit Frühstück versorgt hatte, nahm ich mit schweißnassen Händen mein Telefon und wählte ihre Nummer. Es dauerte nicht lange, da ging sie ran.

»Allister?«, gähnte sie, klang immer noch schwach, aber deutlich besser als am Vorabend.

»Ich wollte nur nachfragen, wie du dich fühlst«, meinte ich lässig, obwohl alles in mir kribbelte. »Und sichergehen, dass du heute und morgen wirklich daheimbleibst, wie wir gestern besprochen haben.«

»Gestern?«, wisperte sie und ich hätte schwören können, dass sie schluckte.

Ich stellte mir vor, wie sie sich aufsetzte, auf den Tisch starrte, sich fragte, wo alles, was dort stand, hergekommen war. Wie sie den Zettel fand, ihn las, nochmals schluckte und darüber nachdachte, was sie ihrem vermeintlichen Fiebertraum erzählt hatte.

Ein Grinsen huschte über mein Gesicht, als ich daran dachte, wie ihre Augenbrauen gerade zuckten und sie rot anlief.

»Ja, gestern«, stichelte ich, weil sie kein Wort von sich gab.

»Oh mein Gott«, keuchte sie. »Du warst wirklich da? Du hast mich im Pyjama gesehen und in … na ja, diesem Zustand?«

Ich konnte mir ein Lachen nicht verkneifen, besonders, als sie ein seltsames Quietschen von sich gab.

»Ich habe mir einfach Sorgen gemacht«, erklärte ich so ruhig wie möglich, sobald ich mich wieder im Griff hatte. »Du hast fürchterlich geklungen, als ich angerufen habe, um zu erfahren, wie es dir nach dem gestrigen Tag geht.« Sie schwieg immer noch und ich war mir nicht sicher, ob das ein gutes oder ein schlechtes Zeichen war. »Leandra, ich würde gerne heute wieder vorbeikommen.« Alles, was sie von sich gab, war wieder dieses Quietschen, deswegen sprach ich hastig weiter. »Ich bringe dir Suppe mit. Ich möchte mich nur vergewissern, dass es dir besser geht.«

»Allister, du musst nicht …«

»Dass ich nicht muss, weiß ich«, unterbrach ich sie schnell. »Aber ich will das machen.«

Wieder schwieg sie und ich wollte schon fragen, ob sie noch da war, da räusperte sie sich.

»Danke«, flüsterte sie und sagte etwas lauter: »Bringst du mir dann meinen Laptop mit, damit ich die Präsentation vorbereiten kann?«

»Leandra«, brummte ich. »Du bist krank und ruhst dich aus. Um die Präsentation kümmere ich mich. Glaub mir, ich bekomme das hin.«

Sie schwieg einen Moment. »In Ordnung«, erwiderte sie und ich wusste, dass es ihr richtig schlecht gehen musste, wenn sie so schnell klein beigab.

Oder sie hatte endlich eingesehen, dass ich nicht vollkommen unfähig war, wobei ich eher glaubte, dass es an ihrem Zustand lag.

Trotzdem grinste ich, weil ich mich wirklich freute, sie zu sehen.

»Bis später!«, verkündete ich und legte auf, bevor sie doch noch versuchte, es mir auszureden.

Der Tag zog sich. Da meine Mutter kein Verständnis hatte, dass ich kein Kindermädchen einstellte, war meine Schwester so nett, sich heute um Maya zu kümmern. Ich konnte mein Glück kaum fassen, als sie meinte, sie hätte diese Woche spontan freibekommen, weil sie Überstunden abbauen musste.

Das verschaffte mir erstens die Möglichkeit, Leandra zu besuchen, und zweitens wusste ich, dass Maya am Donnerstag und Freitag gut versorgt war. Bei Mum war sie das auch, aber ich wusste längst, dass meine Mutter wirklich ungern auf meine Tochter aufpasste. Als Mildred mir vorschlug, die Kleine auch noch am Wochenende zu behalten, damit ich mal ein wenig durchschnaufen konnte, wäre ich ihr am liebsten um den Hals gefallen. Ich liebte es, Zeit mit meiner Tochter zu verbringen, aber ich hatte kaum die Möglichkeit, einmal abzuschalten. Und gerade nach der Reise mit Leandra würde ich Zeit für mich brauchen, um meine Gedanken zu sortieren, da war ich sicher.

Da ich Leandra nicht noch mal anrufen wollte, damit sie mir vielleicht erklärte, dass sie mich eigentlich nicht zu sehen wünschte, besorgte ich einfach auf Verdacht noch eine Packung Zwieback und Salzstangen und holte eine klare Brühe aus meinem Lieblingsrestaurant, obwohl das ein ziemlicher Umweg war, trotzdem wollte ich sichergehen, dass die Suppe gut war. Immerhin wohnte ich in der

Upper East Side, also quer durch die Stadt hinauf, um dann wieder zurück zum Büro und Richtung Brooklyn zu fahren.

Ich verstand, dass Leandra dort wohnte. Es war günstiger und gerade für sie praktisch. Mit der Metro war sie schnell in der Nähe des Büros. Außerdem war die Gegend ruhig und das Haus gepflegt.

Im Verkehr zu stehen, war allerdings zermürbend, besonders weil ich zu ihr wollte. Ja, ich wollte zu ihr. Sie an diesem Tag nicht im Büro um mich gehabt zu haben, hatte sich seltsam angefühlt.

Nach endlosem Stau erreichte ich endlich die Straße, in welcher das Wohnhaus stand, in dem sie eine Wohnung besaß. Überall waren die Fenster weihnachtlich geschmückt. Sogar bei ihr. Ich hingegen hatte bisher keine Dekoration angebracht. Das sollte ich auf jeden Fall noch nachholen, denn Maya liebte Weihnachtslichter.

Als Leandra die Tür öffnete, stand sie in einem anderen Pyjama und mit Morgenmantel vor mir. Ihr Gesicht war immer noch bleich, aber sie wirkte weniger grün als am Vorabend.

»Allister«, sagte sie und ein schwaches Lächeln huschte über ihr Gesicht, das gleich von einer vertrauten Röte abgelöst wurde. »Komm doch rein.«

Sie trat beiseite und ließ mich in die Wohnung. Ich wartete, bis sie die Tür geschlossen hatte und vor mir in das Wohnzimmer ging, bevor ich meine Schuhe auszog und ihr folgte.

»Du siehst besser aus als gestern«, stellte ich fest und entdeckte die halb leere Colaflasche auf dem Tisch. »Ich habe dir Suppe und noch Zwieback und Salzstangen mitgebracht.«

»Danke«, murmelte sie und setzte sich auf das Sofa. »Das hättest du aber wirklich nicht tun müssen.«

Sie vergrub ihr Gesicht in den Händen. Ihre dunklen Haare waren offen und fielen ihr über den Rücken. Ich stellte die Suppe auf dem Tisch ab und setzte mich auf einen Sessel, der neben ihrem Sofa stand.

»Ich hoffe, ich habe mich gestern nicht zu sehr gehen lassen«, meinte sie schließlich und sah mich über ihre Fingerkuppen an.

»Du hattest Fieber und nein, du hast dich nicht gehen lassen«, erwiderte ich und schob ihr die Suppe hin. »Iss das bitte, solange es noch heiß ist.«

Sie stand auf, holte einen tiefen Teller und Löffel und schüttete vorsichtig etwas von der Brühe hinein. Fast widerwillig aß sie davon und stellte den Teller nach fünf Löffeln hin.

»Nicht gut?«, wollte ich wissen.

»Doch, aber ich … ich kann irgendwie nichts essen«, erklärte sie und seufzte. »Es ist besser als gestern. Etwas zu mir zu nehmen, ist allerdings immer noch die reinste Qual. Besonders die ausgerauchte Cola.« Sie sah mich verstohlen von der Seite an. »Du warst gestern wirklich da, oder?«

»Ja, und ich habe dir die Cola ausrauchen lassen.« Ich schmunzelte. »Iss bitte noch ein wenig. Sonst nehme ich dich Donnerstag nicht mit.«

Sie riss den Mund auf und funkelte mich an. »Das ist Erpressung!«

»Und ich tue es nicht gerne«, versuchte ich es erneut. »Aber du solltest zumindest noch etwas Suppe essen. Ich mache dir inzwischen Tee. Wenn ich wiederkomme, ist der Teller leer.« Ich stand auf und nahm die Verpackung der Brühe mit. »Nur damit du nicht auf die Idee kommst, es einfach wieder zurückzuschütten.«

Sie knurrte etwas Unverständliches, bevor ich hörte, wie ihr Löffel auf dem Teller klapperte. Ich schüttelte grinsend den Kopf und begab mich in der Küche auf die Suche nach einer Tasse, während ich den Wasserkocher anstellte.

Mein Blick fiel auf einen Mistelzweig, der vollkommen verloren auf der Anrichte lag. Sofort musste ich an unseren Kuss im Pub denken und stieß den Atem aus.

Hätte ich es nicht besser gewusst, hätte ich gesagt, sie wollte mich quälen. Aber ihre ganze Wohnung war weihnachtlich dekoriert, genau wie gestern schon. Also hatte sie ihn nicht erst heute herausgesucht, um mich zu ärgern.

Ich verdrängte die Erinnerung an diesen Moment vor einer Woche und kehrte mit dampfender Tasse zu ihr zurück. Zufrieden stellte ich fest, dass sie gerade den letzten Löffel aß. Trotzdem ließ ich meinen Blick durch das Zimmer schweifen.

»Hast du die Suppe gegessen?«, wollte ich wissen und sah sie ernst an. »Oder hast du die Pflanze da hinten damit gegossen?«

»Darauf hätte ich kommen sollen«, stöhnte sie und sank zurück auf die Couch.

Ich konnte nicht anders, ich musste lachen. Zuerst warf sie mir einen ungläubigen Blick zu, dann lachte auch sie. Es klang richtig gelöst und mir wurde erst bewusst, dass ich aufgehört hatte und sie anstarrte, als sie ebenfalls aufhörte.

»Allister?«, fragte sie unsicher.

Ich blinzelte. »Entschuldige«, sagte ich und räusperte mich.

Dann wurde es still. Sie legte den Kopf schief und musterte mich. »Musst du nicht Maya abholen?«

»Meine Schwester passt auf sie auf«, erklärte ich und überlegte, ob Leandra es zulassen würde, wenn ich mich neben sie setzte und über ihren Kopf strich. »Aber wenn du möchtest, dass ich gehe …«

Ich musste an den Moment am gestrigen Abend denken, als sie sich an meine Hand geschmiegt und mich gebeten hatte, niemals zu gehen.

»Nein, ich … Du kannst gerne bleiben. Blamiert habe ich mich ja schon vor dir und ich …« Sie ließ den Satz unvollendet stehen und sagte plötzlich: »Du hättest meinen Laptop mitbringen sollen, damit ich heute mit der Präsentation anfangen kann. So muss ich das morgen nachholen.«

»Du wirst morgen nicht ins Büro kommen«, schnaubte ich. »Wenn doch, fahre ich dich persönlich zurück. Mira wird mir da übrigens helfen.«

»Aber …«

»Leandra«, unterbrach ich sie schon im Ansatz und hob meine Hand. »Es gibt mindestens zwei Dinge, die immer vor dem Job kommen sollten. Erstens die Familie und zweitens die eigene Gesundheit. Oder siehst du das anders?« Sie schüttelte den Kopf. »Also bleibst du morgen zu Hause?«

»Aber ich habe kein Fieber mehr!«

Ich grunzte. »Du bist wirklich ein hoffnungsloser Fall«, sagte ich, beugte mich nach vorn und legte ihr den Handrücken auf die Stirn, bevor sie zurückweichen konnte.

Sie hielt den Atem an und starrte mir ins Gesicht, bis ich die Hand wegzog. Dann tat sie allerdings etwas, mit dem ich nicht gerechnet hatte: Sie griff mit beiden Händen nach meinen Fingern und hielt sie fest. Fast zärtlich strich sie darüber. Mir war nie aufgefallen, wie zierlich ihre Hände im Vergleich zu meinen waren.

»Ich weiß nicht, warum du so nett zu mir bist«, murmelte sie, ohne mich anzusehen. »Ich meine, ich habe mich ziemlich ablehnend benommen.«

Ob ich ihr sagen konnte, dass ich wusste, wer für meinen Job wirklich vorgesehen war? Ich entschied mich für etwas Unverfänglicheres. »Du hast jemanden vorgesetzt bekommen, der auf dich angewiesen ist«, erklärte ich deswegen. »Ich wäre an deiner Stelle vermutlich auch eher sauer gewesen. Und dann kommt der Mann, der mir diesen Job gegeben hat, und behandelt dich auf eine Art, die mich zum Kochen gebracht hat. Du musst mich doch hassen!«

»Allister«, flüsterte sie und sah mich nun doch an.

Ihre Augen glänzten und bevor ich darüber nachdachte, saß ich neben ihr und zog sie an mich. Sie vergrub ihr Gesicht an meiner Schulter und ihr Körper bebte.

»Ich hasse dich nicht!«, schluchzte sie.

Ich strich ihr über den Kopf. »Ich weiß«, redete ich beruhigend auf sie ein.

Ihre Finger fuhren über meine Arme und sie klammerte sich an meinem Hemd fest. Allein bei dieser Berührung hätte ich am liebsten alles vergessen und sie gefragt, ob sie zumindest in Betracht ziehen könnte, mit mir auszugehen. Mein Körper reagierte bereits auf eine Art auf sie, die man vermutlich sehen konnte.

Aber da sagte sie plötzlich: »Ich denke, ab jetzt könnten wir so was wie Freunde sein.«

Verfluchter Mist, das tat weh. Als hätte jemand eine Glasscheibe in meinem Inneren zerschlagen, sickerte die Erkenntnis schmerzhaft in meine Gedanken. Sie mochte mich nicht auf dieselbe Art wie ich sie. Vermutlich träumte sie nachts davon, mich zu lynchen, nicht, sich mit mir auf den Laken zu wälzen, wie ich es tat.

Ich wollte sie nicht nur als Freundin. Trotzdem nickte ich und strich ihr weiter über den Kopf.

Was hatte ich auch erwartet? Solange ich ihr Vorgesetzter war, würde sie vermutlich nicht einmal in Betracht ziehen, mehr Zeit als nötig mit mir zu verbringen, geschweige denn mit mir auszugehen.

»Ich sollte langsam gehen«, meinte ich deswegen und sie löste sich von mir und wischte sich mit dem Ärmel ihres Morgenmantels über das Gesicht. »Ich verspreche, ich komme morgen nach dem Büro wieder mit Suppe und wir entscheiden gemeinsam, ob du übermorgen tatsächlich fliegen solltest.«

»Ich will jetzt wirklich nicht unvernünftig klingen, aber …«

»Dann lass es.« Ich zwinkerte und stand auf.

Sie folgte mir, als ich hinausging und meine Schuhe anzog, lehnte sich an den Türrahmen und legte den Kopf schief.

Am liebsten wäre ich geblieben. Doch sie hatte recht. Wir sollten höchstens Freunde sein.

»Ruh dich aus, Leandra. Wir sehen uns morgen.«

»Komm gut nach Hause«, sagte sie und hielt mir die Hand hin. Ich hätte sie lieber noch einmal in den Arm genommen, aber was sollte ich machen … »Gute Nacht, Allister.«

»Gute Nacht.«

Als ich ihre Wohnung verließ, war mir klar, dass ich in dieser Nacht auch nicht viel schlafen würde. Und wenn, würde ich von ihr träumen.

21

Leandra

Er hatte so gut gerochen. Wieso war mir sein Parfum bisher immer negativ aufgefallen? Es war genauso wenig aufdringlich wie er und passte perfekt zu ihm. Nachdem er mich in seine Arme gezogen hatte, weil ich im Begriff war, wie ein kleines Kind zu heulen, war es sowieso um mich geschehen.

Er dachte, ich würde ihn nie leiden können. Aber nach allem, was in den letzten Tagen geschehen war … Nachdem ich gesehen hatte, wie rührend er sich um seine Tochter kümmerte. Wie er sich sogar um mich kümmerte, weil er wusste, dass es mir nicht gut ging. Wie könnte ich ihn da nicht doch mögen?

Ich hatte gewollt, dass er mich nie wieder losließ. Meine Hände hatten sich schon selbstständig gemacht und waren über seine Arme gewandert. Da verstand ich es. Mir wurde klar, dass ich ihn berühren wollte. Dass ich, obwohl ich mich elend fühlte, nichts mehr ersehnte, als ihm das Hemd auszuziehen, mich an ihn zu schmiegen und zu küssen.

Aber dann kam die Vernunft zurück. Wie ein Brecheisen befreite sie meinen Verstand wieder aus seinem Dämmerzustand. Deswegen verkrampfte ich meine Finger um den Stoff, damit ich wieder zur Besinnung kommen konnte. Und dann sagte ich es: »Ich denke, ab jetzt könnten wir so was wie Freunde sein.«

Noch nie waren mir Worte so schwer gefallen. Alles in mir schrie, dass ich eine Lügnerin war. Ich wollte nicht mit ihm befreundet sein. Ich wollte herausfinden, wie es sich anfühlte, ihn zu küssen. Ob er mit meinen Erwartungen aus meinen Träumen mithalten konnte. Wobei ich sicher war, dass er das können würde. Er war … fast zu gut, um wahr zu sein.

Denn ich konnte es nicht leugnen: Allister Fielding mochte wie ein Schnösel aussehen und sich manchmal sogar so verhalten, aber das war er nicht. Er war einfach schüchtern, doch dahinter war er fürsorglich, höflich, klug und er sah gut aus. Ich hätte mich sogar mit dieser Frisur anfreunden können.

All das durfte nicht sein! Ich hatte Mira gesehen, als sie sich auf Jack eingelassen hatte. Sie hatte sich wie ein liebestrunkener Teenager verhalten, und als es zu Ende war, litt die gesamte Abteilung darunter. Allister war mein Vorgesetzter. Wenn das mit uns schiefging …

Nein, ich musste versuchen, meinem Verstand zu folgen, nicht meinem Herzen. Obwohl der Verstand in dem Moment auch gefragt hatte, was mit mir nicht stimmte. Verdammt, alles in mir wollte ihn, und das nicht nur fürs Bett. Ich hatte den Nachmittag mit ihm und

Maya im Zoo wirklich genossen und mich dabei ertappt, wie ich überlegte, das bei Gelegenheit zu wiederholen.

An dem Wochenende wäre es nicht möglich gewesen, weil ich Mum und Rose helfen wollte. Aber es wäre ja auch zu einem anderen Zeitpunkt gegangen.

Allerdings verwarf ich die Idee schnell. Herrgott, wir hatten uns beinahe im Zoo wieder geküsst! Eine Beziehung, und wenn es nur eine sexuelle war, kam mit einem Kollegen nicht infrage. Schon gar nicht mit dem Boss. Deswegen hatte ich es beenden müssen. Sofort.

Sein Blick hatte mir dann aber endgültig das Herz gebrochen. Trotzdem musste ich stark bleiben. Das mit uns hätte ohnehin nie eine Chance. Er hatte eine Tochter und ich … ich war schwierig, das wusste ich selbst. Außerdem hatte ich mich wie eine Zicke verhalten. Das würde er doch nie vergessen können!

Als er dann in der Tür gestanden und sich verabschiedet hatte, wollte ich ihm um den Hals fallen, ihn bitten, nicht zu gehen. Dennoch gelang es mir vollkommen steif, ihm meine Hand zu reichen, die er zögerlich ergriffen hatte, bevor er gegangen war.

Nachdem die Tür zu war, sank ich mit dem Rücken dagegen gelehnt auf den Boden. Hätte er nicht einfach der arrogante Schnösel bleiben können, für den ich ihn gehalten hatte? Musste er fürsorglich und nett sein?

Ich schlug mir mit der Hand auf die Stirn und bemühte mich, meinen Atem zu beruhigen. Meine Beziehungen zu Männern waren alle eher zufällig entstanden. Meistens hatten wir uns über Freunde kennengelernt, waren ausgegangen. Sie hatten sich um mich bemüht, versucht, Verständnis für mich aufzubringen, bis es ihnen zu dumm wurde.

Daniel war das beste Beispiel. Er hatte mich umworben, mir jeden Wunsch von den Augen abgelesen. Er nannte mich seine Muse und wenn wir Sex hatten, war er nicht selbstsüchtig, sondern ließ sich Zeit, um mir Vergnügen zu bereiten.

Aber nach drei Monaten schien es ihm nicht mehr zu genügen, mich abends zu nehmen. Er rief ständig an, fragte, wann ich endlich heimkam. Ich hätte schon damals wissen müssen, dass er fremdgehen würde. Er war eben in gewisser Weise eine Diva.

Natürlich hatte ich mich zu Daniel hingezogen gefühlt. Er war charmant, gut aussehend ... und doch ... ich hatte nie ein derartiges Gefühl gehabt wie bei Allister. Ich hatte es erst auf den Alkohol geschoben, dann auf das Fieber. Aber jetzt konnte ich es höchstens auf die Schwächung schieben. Und ich wusste, dass es gelogen gewesen wäre.

So durfte das nicht weitergehen! Ich hatte die schlimmsten Befürchtungen für unsere Geschäftsreise übermorgen. Wir würden beide Abende vermutlich zusammen verbringen. Freitag bestimmt, da wir mit den Investoren essen würden. Donnerstag war es theoretisch möglich, dass wir getrennte Wege gingen, aber ich bezweifelte es.

Das Einzige, was ich hätte tun können, wäre, wieder zur Eiskönigin zu werden und ihn abzublocken. Das hatte er nicht verdient und wirklich abgeschreckt hatte es ihn ja auch nicht.

Ich konnte seinen Blick vorhin nicht vergessen. Er war zu mir gekommen, als es mir schlecht ging, hatte sich um mich gekümmert. Und ich hatte ihm erklärt, dass wir von nun an Freunde sein könnten, obwohl ich mir ziemlich sicher war, dass auch er sich zu mir hingezogen fühlte.

Mein Magen rebellierte schon wieder. Also schloss ich die Augen und lehnte den Kopf gegen die Tür. Ich musste mich den Tatsachen stellen:

Ich mochte Allister Fielding.

Er war mein Boss.

Ich war eine Niete in Beziehungen, die über Freundschaften oder meine Familie hinausgingen.

Er hatte eine Tochter.

Ich mochte Kinder, aber ob ich damit umgehen konnte?

Mira hätte mir vermutlich gesagt, ich sollte es einfach ausprobieren. Auch Rose hätte mir gesagt, ich würde erst wissen, ob es mit uns klappt, wenn ich es versucht hatte. Mira verlor ihr Herz ständig und rappelte sich meistens recht schnell wieder auf und Rose war seit Jahren in einer festen Beziehung mit Jeff, den sie vermutlich irgendwann heiraten würde. Davor hatte sie allerdings um ihre Beziehung kämpfen müssen, denn Jeff war ein netter Kerl, aber er wollte sich nie binden. Bis Rose ihm klargemacht hatte, dass sie ihn ganz oder gar nicht wollte.

Ich beneidete sie beide dafür, dass sie so viel riskierten. Mira beteuerte immer, dass sie es nicht bereuen würde, selbst wenn ihr Herz brach. Und Rose? Die hatte ihr Happy End, natürlich bereute sie nichts.

Ob ich es bereuen würde, wenn ich meine Chance bei Allister verspielte?

Irgendwie befürchtete ich es. Vielleicht sollte ich es riskieren … Immerhin war es ohnehin fraglich, wie es beruflich in dieser Firma weitergehen würde. Wollte ich auf der Position bleiben, die es eigentlich nicht gab, nur weil der Finanzvorstand eventuell Sorgen hatte, dass ich sonst ging? Aufstieg war das keiner und ich würde vermutlich auch nie mehr sein können als das, was ich jetzt eben war.

Wäre es mir das wert? Sollte ich den Versuch wagen, Allister näherzukommen, und meinen Job dafür riskieren?

Ich schob die Gedanken hin und her, während ich mich ins Bett quälte. Dort legte ich mich auf den Rücken und starrte die dunkle Zimmerdecke an.

Was sollte ich nur machen?

22

Allister

Mittwoch war Leandra schon fast wieder sie selbst. Ich hatte zwar immer noch Bedenken, ob die Geschäftsreise nicht zu viel für sie würde, aber sie hätte sich niemals davon abbringen lassen. Immerhin hatte ich ihr den Laptop nicht mitgebracht, was sie mir übel zu nehmen schien. Ihre Augenbrauen zuckten wieder und sie verschränkte die Arme, als ich mich ihr gegenüber hinsetzte.

Abgesehen davon wirkte sie gelöst und lächelte einige Male. Sie aß sogar die Suppe fast vollständig auf, während wir miteinander plauderten: über unsere Familien und unsere Schulzeit.

»Du warst wirklich im Basketballteam?«, fragte ich ungläubig, als wir von unseren sportlichen Erfolgen zu sprechen begannen, nachdem ich uns Tee gemacht hatte.

»Ja, und ich war, trotz meiner Größe, ziemlich gut.« Sie kicherte. »Ich muss allerdings zugeben, dass die anderen Mädchen damals auch kaum größer waren als ich. In der letzten Saison war ich sogar Team-Captain.«

Ich nickte anerkennend. »Alles andere hätte mich bei dir gewundert, aber dennoch, Respekt, Leandra. Ich bin sicher, du warst gut.«

Sie schmunzelte und legte den Kopf schief. »Du hast vermutlich Hockey gespielt.«

Ich verschluckte mich fast an meinem Tee. »Wie kommst du darauf?«

Sie betrachtete meinen Oberkörper und fuhr sich mit der Zunge wieder über die Lippen. Wie mich diese Geste um den Verstand brachte! Ich war froh, zu sitzen und meine Beine überschlagen zu haben. Sonst hätte sie gesehen, welche Wirkung sie auf mich hatte.

»Na ja, deine Schultern sind breit und irgendwie habe ich das Gefühl, dass du auf dem Wollman Rink nicht dein ganzes Können unter Beweis gestellt hast.« Sie hob einen Mundwinkel. »Vermutlich warst du auch der Team-Captain.«

Ich stellte meine Tasse ab und schüttelte den Kopf. »Ich war weder in einem Team, noch war ich ein Captain.«

»Was?« Sie lachte und wurde ernst, als ich nicht einstimmte.

»Es ist so. Ich war noch nicht mal im Schachclub. Mit Sport, besonders in einer Mannschaft, konnte ich nie viel anfangen. Du siehst, ich war schon immer ein Langweiler und Einzelgänger. Es fällt mir nicht leicht, mich für Menschen zu öffnen oder mit ihnen so ungezwungen umzugehen wie du.« Ich stieß den Atem aus. »Ich hätte es klasse gefunden, wenn mich jemand Captain genannt und zu mir aufgeschaut hätte.«

»Ach, Allister.« Sie seufzte und griff nach meiner Hand. »Wenn du mir die Bemerkung erlaubst: Für deine Tochter bist du ein Held. Sie sieht zu dir auf und das sagt viel mehr über dich aus, als wenn du ein Team-Captain gewesen wärst. Und abgesehen davon bist du nicht so langweilig, wie du jetzt vielleicht denkst.«

Ich schmunzelte und drückte ihre Hand, konnte aber nichts erwidern, obwohl das wohl das größte Kompliment war, das sie mir je gemacht hatte. Als ihr bewusst wurde, was sie getan hatte, ließ sie mich los und richtete sich auf.

»Vielleicht solltest du nach Hause fahren«, murmelte sie. »Immerhin wirst du Maya jetzt drei Abende nicht sehen.«

»Ja«, hauchte ich und betrachtete sie.

Sie trug kein Make-up, aber das brauchte sie auch nicht. Sie war wunderschön. Ich wollte nicht gehen, ich wollte hierbleiben, bei ihr. Mich neben sie setzen und sie wieder halten wie gestern Abend. Nur würde ich sie diesmal nicht loslassen. Vielleicht würde ich das nie wieder …

»Allister?«, fragte sie und musterte mich verwirrt.

Ich räusperte mich. »Entschuldige, ich war in Gedanken.« Widerwillig stand ich auf. »Wir sehen uns also morgen im Büro?«

»Ich werde da sein«, versprach sie und begleitete mich zur Tür.

Wie jeden Abend reichten wir uns die Hand, obwohl ich sie diesmal länger festhielt, als nötig gewesen wäre, und sie es zuließ.

Na los, zieh sie an dich heran, küss sie und bitte sie, bei ihr bleiben zu können, feuerte ich mich selbst in Gedanken an.

Noch einmal räusperte ich mich. »Gute Nacht«, brachte ich heraus und zog die Hand zurück.

»Bis morgen«, erwiderte sie, dann schloss sich ihre Tür vor meiner Nase und ich ließ den Kopf sinken.

Es war doch einfach hoffnungslos mit mir. Selbst wenn sie dasselbe Interesse an mir hatte wie ich an ihr … sie war vernünftiger als ich. Solange Leandra nicht den ersten Schritt tat, würde ich mich zurückhalten. Ich wollte unser freundschaftliches Verhältnis nicht gefährden.

Ich ballte meine Fäuste. Wie sollte ich die nächsten zwei Tage in ihrer Nähe überstehen?

Ich hatte kaum geschlafen und der Abschied von Maya war tränenreich gewesen. Sie schien zu fühlen, dass ich länger wegbleiben würde, und klammerte sich an mich.

Meine Stimmung hellte sich erst auf, als ich das Büro betrat und Leandra bereits auf mich wartete.

»Guten Morgen.« Sie lächelte mich an.

Ich starrte sie vermutlich eine ganze Weile an, bevor ich den Gruß erwiderte. Sie war noch immer ein wenig blass um die Nase, aber sie sah wunderschön aus und strahlte, wie ich es noch nie erlebt hatte.

Ihr Lächeln verschwand plötzlich. »Ist etwas nicht in Ordnung?«, wollte sie wissen und stand auf.

Das dunkelblaue Kleid mit der Schleife an der Taille betonte ihre Figur und ließ mich endgültig um Fassung ringen. Meine Hand lag an der Türklinke zu ihrem Büro. Ich müsste nur die Tür schließen, sie an mich ziehen und …

»Das Taxi wird gleich da sein«, meinte sie und musterte mich prüfend. »Bist du nervös?«

Ja, aber nicht wegen dem, was du jetzt glauben musst, dachte ich und sagte laut: »Nein, ich bin sicher, die Präsentation ist gelungen, weil du bestimmt seit Stunden darüber brütest, obwohl du das nicht hättest tun müssen.«

Ein Lächeln umspielte wieder ihre Lippen. »Entschuldige, Macht der Gewohnheit. Aber sie war schon nahezu perfekt. Ich habe kaum etwas geändert.«

»Sieh an«, erwiderte ich ehrlich überrascht. »Das war ja beinahe ein Kompliment.«

»Ja.« Sie lächelte und wandte sich mit leicht geröteten Wangen ab, als ihr Telefon klingelte. »Das Taxi ist da«, sagte sie, nachdem sie wieder aufgelegt hatte.

Ich nahm ihr den kleinen Koffer ab und ging hinter ihr her. Ihr Parfum stieg mir in die Nase und es kostete mich Mühe, nicht den Lift anzuhalten, sie gegen die Wand zu drücken und an ihrem Hals zu riechen, bevor ich ihren Rock hochschob und sie zu streicheln begann, wie ich es mir ständig ausgemalt hatte.

Im Taxi saß sie mir viel zu nah. Ihr Knie berührte meines und sandte heiße Schauer durch meinen Körper. Beinahe legte ich meine Hand auf ihren Oberschenkel. Aber ich wusste, sie hätte die falschen Schlüsse gezogen. Nein, sie hätte die richtigen Schlüsse gezogen, nur wäre das fast noch schlimmer gewesen.

Deswegen starrte ich aus dem Fenster und betrachtete die Auslagen der Geschäfte. Ich brauchte noch Weihnachtsgeschenke für Maya und meine Schwester. Meinen Eltern würde ich nichts schenken, weil sie sich ohnehin kauften, was sie wollten, und Mum nur mit materiellen Dingen etwas anfangen konnte. Dad wollte ich ein gerahmtes Familienfoto von seiner Geburtstagsfeier schenken, das wäre allerdings erst nach Weihnachten möglich.

»Warst du dieses Jahr schon bei Macy's?«, fragte Leandra plötzlich und ich wandte mich ihr schweigend zu. »Wegen Maya. Ich finde, die Auslage, die sie jedes Jahr machen, ist einfach magisch. Als Kind war das immer mein Highlight, wenn wir für Weihnachtseinkäufe nach Manhattan gefahren sind.«

»Nein, wir waren noch nicht da«, gestand ich und musste an das riesige Einkaufshaus in der 34th Street denken. Ich hatte nur Fotos gesehen von dem Schriftzug, den sie über die vierte Etage gehängt hatten. ›Believe‹ stand in glitzernden Lichtern dort. Die weihnachtliche Auslage wurde jedes Jahr mit großem Tamtam enthüllt und galt als eine der schönsten der Welt. Ich war sicher, Maya würde es gefallen. »Offen gesagt, haben wir keine wirklichen Weihnachtstraditionen. Das war meiner Mutter nie wichtig und ich habe mir nie Gedanken darüber gemacht.«

Sie zwinkerte mir zu. »Noch kannst du es ändern.«

Ein Lächeln stahl sich auf meine Lippen. »Ja, das werde ich.«

Zum Glück war der Verkehr nicht so dicht, wie ich erwartet hatte, und wir erreichten den Flughafen ziemlich früh. Da wir bereits online eingecheckt hatten, blieb uns genug Zeit, die Folien durchzusprechen und festzulegen, wer welchen Teil vortragen würde.

Anfangs war Leandra nur zurückhaltend gewesen, dann wurde sie richtig wortkarg. Ich fragte mich, ob sie Angst hatte, zu präsentieren, denn das hätte nicht zu ihr gepasst.

Als wir zum Gate gingen, wurde sie noch stiller und es kam mir vor, als wäre sie auch wieder blasser. »Geht es dir nicht gut?«, flüsterte ich dicht an ihrem Ohr.

»Alles in Ordnung«, antwortete sie steif.

Wir stiegen ins Flugzeug und ich verstaute ihr Handgepäck für sie, da sie so sehr zitterte, dass sie es kaum noch halten konnte.

»Ist dir schlecht? Soll ich dir etwas zu trinken holen?«, wollte ich wissen.

Ihre Finger verkrampften sich um die Armlehne. »Ich hasse es nur zu fliegen«, erwiderte sie so leise, dass ich es kaum hörte.

Ich setzte mich neben sie und nahm ihre Hand. »Du hast Flugangst?«

»Ja«, presste sie zwischen den Zähnen hervor und schloss die Augen.

»Wir fliegen noch gar nicht.«

»Das ist egal, wir sind in einem Flugzeug. Das genügt.«

Ich drückte ihre Hand. »Kann ich dir irgendwie helfen?«

Sie verschränkte ihre Finger mit meinen, schwieg aber und hielt die Augen fest geschlossen. Kaum wurde das Flugzeug bewegt, verkrampfte sie sich noch mehr.

Die ganze Fahrt bis zum Rollfeld ging ihr Atem schnell, und als das Flugzeug für den Take-off beschleunigte, presste sie meine Hand schmerzhaft zusammen. Ich hatte nicht erwartet, dass sie so viel Kraft besaß. Sie ließ auch nicht los, als wir uns in die Lüfte erhoben und später die Anschnallzeichen ausgeschaltet wurden.

»Leandra?«, fragte ich und beugte mich zu ihr. »Du kannst die Augen wieder aufmachen. Soll ich dir etwas zu trinken holen?«

Als ich aufstehen wollte, drückte sie meine Hand wieder fester. »Nein, bleib hier. Sie kommen ohnehin gleich durch.« Sie riskierte einen Blick und kniff die Augen gleich wieder zu. »Ich hasse es zu fliegen.«

»Bist du früher nicht oft geflogen?«

»Meistens habe ich versucht, Termine so zu legen, dass ich mit dem Auto fahren konnte«, gestand sie.

»Warum fliegst du dann diesmal? Nach Philadelphia hätten wir auch mit dem Auto oder dem Zug fahren können.«

Sie schluckte und sah mich an. Das genügte. Sie tat das wegen mir. Damit ich mehr Zeit für Maya hatte.

»Ich … Danke«, murmelte ich und sie rang sich ein Lächeln ab.

Der Flug dauerte keine Stunde, aber Leandra schien es auch keine Minute länger auszuhalten. Die ganze Zeit über hatte sie meine Hand gehalten, und ein heißer Schauer nach dem anderen war durch meinen Körper gelaufen, und ich bereute es, im Anzug geflogen zu sein. Wir wollten ohnehin zuerst im Hotel einchecken und ich hätte mich umziehen können. Aber dann hätte ich neben ihr vielleicht unpassend ausgesehen.

Die Fahrt im Taxi war wieder die Hölle für mich. Ihr so nah zu sein und sie nicht berühren zu dürfen, machte mich wahnsinnig. Sie starrte die ganze Zeit über aus dem Fenster, als hätte sie Angst, mit mir zu sprechen. Ich hoffte, es war einfach die Nachwirkung von der Flugangst und wir würden nicht wieder zu der eisigen Stimmung vom Anfang zurückkehren.

Unser Hotel lag in der Nähe des Eventhotels, in dem wir die Präsentation halten und wo ebenfalls die Verhandlungen und das Dinner mit den Investoren stattfinden würden. Die ganze Gegend war eher für Business-Meetings ausgelegt, dennoch war auch hier alles weihnachtlich dekoriert. Nicht so schön wie in New York, aber dennoch sehr festlich.

Ich hatte Mira gebeten, uns nicht im Eventhotel Zimmer zu reservieren. Für gewöhnlich lief man den Investoren in den ungünstigsten Momenten über den Weg. Etwa, wenn man verschwitzt aus dem Fitnessstudio kam oder sich gerade den Frühstückskaffee über seine Jeans kippte.

Deswegen checkten wir in unserem Hotel ein, brachten unser Gepäck auf die Zimmer und trafen uns in der Lobby, in der ein riesiger Weihnachtsbaum hell erstrahlte. Und, wie konnte es anders sein, überall hingen Mistelzweige und erinnerten mich an den Abend im Pub, der sich anfühlte, als wäre er in einem anderen Leben gewesen. Ich massierte mir die Schläfen. Als hätte ich nicht schon genug Beherrschung gebraucht, um nicht über Leandra herzufallen.

Sie hatte, trotz ihrer Flugangst, Flüge buchen lassen. Weil sie mir helfen wollte. In meinem Magen flatterte es. Ich hatte sie nicht falsch eingeschätzt. Sie war ein wunderbarer Mensch. Und heiß. Und ich konnte sie nicht haben, weil sie es nicht zulassen würde …

Während ich das dachte, öffnete sich die Aufzugtür und Leandra trat heraus. Sie schenkte mir ein unsicheres Lächeln, als wäre es ihr unangenehm, mich nach dem Flug anzusehen.

»Wollen wir zu Fuß gehen oder soll ich ein Taxi rufen?«, fragte ich sie, nachdem sie zu mir gekommen war.

»Es ist nicht weit, das schaffe ich schon. Ich bin nicht mehr krank.«

Ich schmunzelte und half ihr in den dunkelgrauen Wintermantel. Ich war ebenfalls froh, ein wenig frische Luft abzubekommen.

Schweigend gingen wir nebeneinander die Straße entlang. Ihr Atem warf feine Wölkchen in die kalte Luft und sie klammerte sich an ihrer Aktentasche fest, als hätte sie Angst, sie zu verlieren.

Im Eventhotel wurden wir von einer älteren Dame in Empfang genommen, die uns die Räumlichkeiten zeigte. Auch in diesem Hotel war alles für Weihnachten vorbereitet und natürlich fehlten selbst hier die Mistelzweige nicht. Das waren wirklich heitere Aussichten, denn falls Leandra tatsächlich einmal unter einem stehen bleiben würde, wusste ich nicht, ob ich sie nicht küssen würde.

Ich schob die Gedanken beiseite, da wir begannen, den Meetingraum vorzubereiten und noch einmal die Präsentation durchzusprechen und alles dafür bereitzulegen.

Die Zeit verging und schließlich war es so weit. Die ersten Investoren kamen, stellten sich vor, nahmen Platz, plauderten miteinander, richteten ab und zu ein paar Fragen an uns. Dieses Prozedere war mir so vertraut und dennoch war ich nervös. Hauptsächlich, weil Leandra bei mir war.

Sie wirkte so selbstsicher, als sie mit ihrem Teil der Präsentation begann. Es fühlte sich an, als wäre sie hier genau richtig. Sie präsentierte ohne den Anflug einer Schwäche, im Gegensatz zu mir. Manche Details wollten mir nicht einfallen und sie half mir aus. Auf eine Art, die mich trotzdem nicht wie den letzten Vollidioten dastehen ließ.

Dennoch war ich froh, als wir bei der letzten Folie ankamen und die Fragerunde eröffnet wurde. Mit zitternder Hand schenkte ich zuerst ihr, dann mir Wasser ein, erleichtert darüber, mich hinter einem Tisch verstecken zu können. Er war vorne bis zum Boden mit einer Platte geschlossen, deswegen konnte man nicht sehen, wie ich mit den Füßen wippte.

Ich verstand es selbst nicht. So etwas in der Art hatte ich bestimmt schon ein Dutzend Mal gemacht, vielleicht noch häufiger und oft sogar mit mehr Teilnehmern. Aber ausgerechnet heute stand ich neben mir. Dabei war das für mich einfacher, als danach mit den Leuten Small Talk zu führen. Das hier konnte ich. Nur gerade jetzt nicht.

Während Leandra die Fragen großteils beantwortete, ohne in den Unterlagen zu blättern, musste ich nachschlagen. Natürlich kannte sie die Firma schon länger, sie wusste, welches Wachstumspotenzial die Projekte hatten, für die wir die Anleihen benötigten, oder mit welcher Rendite zu rechnen war.

Als ich wieder in den Unterlagen nach einer Antwort suchte, fühlte ich, wie sie ihr Knie an meines lehnte. Erst dachte ich, es wäre eine zufällige Berührung, aber sie zog es nicht weg. Nachdem ich endlich die Information gefunden und dem Investor mitgeteilt hatte, warf ich ihr einen Blick von der Seite zu. Sie drehte den Kopf leicht und lächelte kaum merklich, bevor sie sich um die nächste Frage kümmerte.

Obwohl die Wärme, die von ihr ausging, meinen gesamten Körper in Flammen aufgehen ließ, beruhigte mich diese Berührung ungemein. Meine Hände schwitzten kaum noch und ich hatte nicht mehr das Bedürfnis, mir die Krawatte vom Hals zu reißen.

Trotzdem sehnte ich das Ende der Veranstaltung herbei. Nach einer endlosen Fragerunde schüttelten wir jedem die Hand und verabschiedeten uns bis zum nächsten Tag.

Kaum war der letzte Investor aus der Tür gegangen, setzte ich mich auf den nächstbesten Stuhl, schloss die Augen und stieß den Atem aus.

»Du hast keine Ahnung, wie erleichtert ich bin, dass das vorbei ist«, meinte Leandra und setzte sich neben mich.

»Du warst großartig«, erwiderte ich und lockerte meine Krawatte endlich.

»Du hast dich auch gut geschlagen.«

Ich gab ein Schnauben von mir. »Ehrlich, ohne dich wäre ich verloren gewesen.«

»Unsinn«, sagte sie und legte ihre Hand auf mein Knie.

Meine Bewegung war vermutlich zu ruckartig, denn ich riss den Kopf herum und sie räusperte sich und zog ihre Hand zurück.

»Entschuldige«, murmelte sie dabei verlegen und ich hätte mir am liebsten auf die Stirn geschlagen. »Wir sollten noch wegen des Abendessens morgen alles klären.«

Mit diesen Worten stand sie auf. Ich richtete den Knoten meiner Krawatte und folgte ihr.

Das Hotel hatte das meiste bereits mit mir abgesprochen, also gingen wir nur kurz durch, wann welcher Gang serviert werden sollte, wie lange nach dem Sektempfang gewartet werden musste und ob sich an der Tischordnung noch etwas ändern würde. Außerdem wollte man wissen, ob weihnachtliche Dekoration und Musik in Ordnung waren oder wir eher etwas Neutrales wünschten.

»Ich denke, da demnächst Weihnachten ist, können wir gerne alles etwas festlicher gestalten«, überlegte Leandra und sah mich fragend an.

»Ja, das denke ich auch. Lockert den Abend ein wenig auf«, stimmte ich zu.

Sie lächelte und wir überflogen noch einmal die Termine für den nächsten Tag.

Es war bereits dunkel, als wir zu unserem Hotel zurückgingen. Leandra schwieg und hing ihren Gedanken nach. Ich fürchtete, sie würde sich schnell auf ihr Zimmer zurückziehen, wenn ich nicht gleich etwas unternahm.

»Ich weiß nicht, wie es dir geht, aber das ganze Gerede über Essen hat mich hungrig gemacht«, sagte ich deswegen.

Sie schmunzelte. »Mich auch. Ich habe heute noch nicht viel gegessen.«

»Fühlst du dich gut genug, um mit mir in ein Restaurant zu gehen?«

Ihr Lächeln vertiefte sich und sie nickte. »Das würde ich wirklich gerne.«

»Gut, ich kenne hier in der Nähe zufällig eines, das französische Küche anbietet und sehr gut ist. Sie haben auch leichte Speisen, also sollten wir dort etwas für deinen Magen finden.«

Ich hielt ihr meinen Arm hin, den sie zuerst verwirrt anstarrte, bevor sie sich unterhakte und mir wieder so nah war, dass ich nervös wurde. Ich hoffte, wir würden schnell am Restaurant ankommen. Aber gleichzeitig wünschte ich mir, dieser Spaziergang würde nie enden.

Denn zumindest für diesen Moment durfte ich sie berühren, ohne mir Sorgen zu machen, dass ich mich ihr wieder auf unangemessene Weise näherte.

23

Leandra

Ich fand es irgendwie süß, dass er so nervös gewesen war. Allister Fielding kannte sich in seinem Job aus, trotzdem hatte er so aufgeregt gewirkt, als würde er das zum ersten Mal machen.

Aber immerhin hatte er sich wirklich gut geschlagen. Und ich fand es schön, dass er mit mir essen gehen wollte. Er hatte mir, Gentleman, wie er war, seinen Arm angeboten und mir war richtig warm geworden, obwohl ich lieber seine Hand gehalten hätte. Doch das wäre unangebracht gewesen und auf die Art konnte ich ihm auch näher sein. Er roch so gut. Er fühlte sich so gut an. Mein ganzer Körper reagierte auf ihn … das war nicht gut, obwohl … vielleicht war es Zeit, mir einzugestehen, dass ich den Kampf, ihm nicht nahe sein zu wollen, längst verloren hatte.

Ich hätte meinen Kopf am liebsten an seine Schulter gelehnt, aber nachdem er mich schon so seltsam angesehen hatte, als ich meine

Hand auf sein Knie legte, wollte ich nicht noch einmal zurückgewiesen werden.

Das Restaurant, in das er mich führte, war nicht groß und erinnerte mich ein wenig an das Café, in dem wir bei der Firma essen gingen. Sogar die Kellnerin hatte eine gewisse Ähnlichkeit mit Maisie. Ich bestellte eine Suppe und als Hauptgang einen Gemüseeintopf, Allister nahm einen Salat und Bœuf Bourignon, um das ich ihn beneidete. Es war in Rotwein geschmortes Rindfleisch und für gewöhnlich köstlich. Aber ich hätte mich nicht getraut, es an diesem Abend zu essen.

Wir unterhielten uns über die morgige Präsentation, über Maya und meine Familie. Er fragte mich über unsere Weihnachtstraditionen aus und ich erzählte gerne, wie wir früher immer den Baum ausgesucht hatten. Rose war jünger als ich und mein älterer Bruder Joe und ich hatten uns Mühe gegeben, den Zauber vom Weihnachtsmann für sie so lange wie möglich aufrechtzuerhalten.

»Sie hat sich damals eine Puppenküche gewünscht«, berichtete ich und grinste. »Aber keinen Brief an den Weihnachtsmann geschrieben, weil sie sehen wollte, ob er sie wirklich kannte. Joe und ich haben es unseren Eltern erzählt und Rose hat so gestrahlt, als tatsächlich genau die Küche, die sie wollte, unter dem Baum lag.« Ich kicherte. »Vermutlich hat sie schon damals gewusst, dass sie Köchin werden will.«

»Sie ist Köchin?«, fragte Allister und schob den Teller von sich.

»Souschefin in einem Restaurant in der Nähe meiner Eltern. Auch Joe wohnt noch dort in der Gegend. Er hat sich als Automechaniker selbstständig gemacht. Nur ich bin weggezogen.«

»Ihr steht euch also alle nahe?«, hakte er nach und es kam mir vor, als würde seine Stimme wehmütig klingen.

»Ja, sehr sogar. Ich freue mich immer auf Weihnachten. Ich fahre über die Feiertage immer zu meinen Eltern. Da Rose kocht, helfe ich Mum, in der Nachbarschaft kleine Pakete zu verteilen. An Familien, die noch weniger haben, als wir es hatten. Das ist eine Tradition, die wir immer aufrechterhalten haben. Wir waren nie reich, aber wir hatten alles, was wir brauchten.«

Allister betrachtete mich nachdenklich. »Mira hat mir erzählt, du musstest um dein Studium kämpfen.«

»Ja, ich hatte drei Jobs, um es finanzieren zu können. Meine Eltern haben alles getan, was sie konnten, ein Studium ist leider ziemlich teuer und für ein Sportstipendium war ich dann doch nicht gut genug.«

Er nickte und betrachtete den halb vollen Teller vor mir. »Das heißt, außer dir hat niemand studiert?«

»Ja, meine Geschwister wollten Geld verdienen. Ich wollte eben studieren, vermutlich, um mir selbst zu beweisen, dass ich es konnte.« Meine Gedanken kreisten um jenen Tag in der Junior High, als mein Lehrer meinte, ich würde noch nicht mal den Schulabschluss schaffen. Vielleicht wollte ich es auch ihm beweisen, obwohl ich jetzt nicht einmal mehr seinen Namen wusste oder hätte sagen können, wie er aussah. Ich räusperte mich. »Meine Familie hat mich stets darin bestärkt. Dad meinte, er wusste immer, dass ich mehr im Kopf habe als sie alle zusammen.«

Er schmunzelte. »Ich mag deine Familie. Sie sind stolz, trotzdem gibt es keinen Leistungsdruck. Deine Mum und deine Schwester haben so nett gewirkt, als ich sie kurz gesehen habe, und dein Dad klingt liebevoll.«

»Ich habe wirklich großes Glück«, stimmte ich zu. »Ich hätte mir keine bessere Familie wünschen können.«

Sein Lächeln wurde traurig. »Da hast du vermutlich recht. Es ist einfach schön, wenn man weiß, dass jemand hinter einem steht, egal wie viel Mist man baut.« Er wischte sich den Mund ab und trank einen Schluck Cola. Auf Wein hatte er wegen mir verzichtet.

»Deine Eltern haben dich ganz schön unter Druck gesetzt, oder?«, fragte ich und sah ihn vorsichtig an.

Er betrachtete seinen leeren Teller, während er sprach. »Meine Mutter kommt aus einer sehr angesehenen Familie, die behauptet, von den ersten Pilgern abzustammen. Mein Vater war der einzige Sohn eines Textilherstellers. Er hat seine Firmen schon vor einiger Zeit verkauft, weil es immer schwieriger wurde, auf dem Markt zu bestehen. Allerdings hat man ihn als Geschäftsführer behalten.« Er stieß die Dessertgabel mit dem Finger an und schwieg einen Moment. »Jedenfalls war meine Mutter der Meinung, dass meine Schwester und ich gewisse Karrieren einschlagen sollten. Ich sollte eben wie mein Vater einmal zum Geschäftsführer aufsteigen und eine Frau aus gutem Haus heiraten, Mildred war nur dafür vorgesehen, eine gute Partie zu machen.«

»Etwas verstaubte Vorstellungen«, murmelte ich.

Er hob den Blick und lächelte. »Das denke ich auch. Mildred hat sich ebenfalls geweigert, den Vorstellungen meiner Mutter zu entsprechen, und Medizin studiert. Sie hat außerdem einen Mann geheiratet, den meine Mutter nicht akzeptieren wollte. Dad sah das lockerer, er mag Cal, obwohl er ›nur‹ Anwalt ist und keinen Stammbaum besitzt.«

»Das finde ich wirklich mutig von Mildred …«

»Ich fand es auch mutig.« Er seufzte. »Ich wünschte, ich hätte ebenfalls ihren Mut gehabt. Ich habe die Frau geheiratet, die meine Mutter für mich wollte. Du siehst ja, wo es hingeführt hat.« Er schüttelte den Kopf. »Tiffany und ich hätten nie zusammen sein sollen. Mir ist schon lange, bevor wir uns getrennt hatten, bewusst geworden, dass wir nicht glücklich werden würden. Ich habe bei ihr nie diese Anziehung gespürt wie bei dir …« Er riss die Augen auf und drehte schnell sein Gesicht von mir weg. War das gerade ein Geständnis gewesen?

»Allister«, flüsterte ich und griff nach seiner Hand.

»Das war unangebracht, ich entschuldige mich.« Er räusperte sich und starrte auf unsere Hände, bevor er seine wegzog. Dann winkte er dem Kellner und bezahlte.

Auf dem verschneiten Weg zum Hotel, vorbei an all den weihnachtlichen Lichtern, schwieg er wieder und wir gingen nebeneinanderher. Der Wind hatte aufgefrischt und ich fröstelte ein wenig, obwohl mein Mantel ziemlich warm war.

Allister umfasste meine Taille und zog mich an sich. Ich drehte den Kopf ein wenig und lächelte ihn an.

»Danke«, hauchte ich.

»Keine Ursache«, erwiderte er und berührte mit seiner freien Hand meine Finger.

Ich zögerte nicht und verschränkte sie mit seinen. Aus den Augenwinkeln sah ich, dass er lächelte.

Er lächelte immer noch, als wir das Hotel betraten und mitten in der Lobby stehen blieben. Er ließ zwar meine Taille los, aber wir hielten uns immer noch an den Händen, die er musterte, als würde er erst jetzt bemerken, was wir taten.

»Möchtest du noch etwas trinken?«, fragte er zögerlich und fügte rasch hinzu: »Natürlich nichts Alkoholisches, das könnte ich nicht verantworten.«

»Ich trinke gerne noch eine Cola mit dir«, sagte ich schmunzelnd und wir setzten uns an die Bar, an der blinkende Lichter und überladene Tannenzweige für Weihnachtsstimmung sorgten.

Mein Blick schweifte über den Raum. Kein Mistelzweig. So ein Glück. Es war auch so schon schwer genug, ihm nicht um den Hals zu fallen.

»Danke noch mal, dass du mir heute so geholfen hast«, meinte er, als der Barkeeper die beiden Colagläser vor uns abstellte.

»Dafür musst du mir nicht danken, wenn sich jemand bedanken muss, dann ich«, erwiderte ich und hob mein Getränk. »Auf dich, den fürsorglichsten Chef, den man sich wünschen kann.«

Er wirkte ein wenig enttäuscht, stieß aber mit mir an. Obwohl er sich die Krawatte gelockert hatte, trug er sie immer noch, genauso wie sein Sakko.

»Weißt du, ich habe nachgedacht«, sagte ich schließlich und wischte die Wassertropfen vom Glas, die sich langsam bildeten.

»Oh, oh.« Er richtete sich auf. »Kein Gespräch, das angenehm verläuft, fängt mit diesen Worten an.«

Ich verzog den Mund zu einem Schmollen und stieß hörbar den Atem aus. »Darf ich trotzdem weitersprechen?« *Denn wenn ich es nicht tue, werde ich vermutlich nie den Mut dazu finden,* dachte ich.

»Bitte, soll ich mich zur Sicherheit irgendwo festhalten?«

»Das kannst du später entscheiden.« Ich ließ das Glas los und versuchte, ihn anzusehen. Seine Miene war eine Mischung aus erwartungsvoll, ängstlich und verwirrt. Das machte es mir nicht unbedingt leichter. »Also, ich habe nachgedacht. Über verpasste Chancen und was in den letzten Tagen alles passiert ist …«

»Du willst jetzt nicht kündigen, oder?« Er hielt den Atem an, während er mich genau beobachtete.

»Nein, das hatte ich *jetzt* eigentlich nicht vor.«

»Oh, gut.« Er lächelte erleichtert. »Weil nach Montag hatte ich befürchtet, du würdest mir jetzt mitteilen, dass dies deine letzte Tätigkeit für die Abteilung sein wird. Und das wäre für mich ein Super-GAU gewesen. Aus mehreren Gründen.«

Ich war nicht sicher, was er mir damit sagen wollte, deswegen holte ich tief Luft und sprach meine Gedanken aus. »Das klingt jetzt vielleicht verrückt, aber ich würde gerne noch mal über den Abend im Pub sprechen.«

Sein Blick wurde wieder ernst und er wandte den Kopf ein wenig ab, fast so, als wollte er mich nicht mehr ansehen. »Leandra, du hast deinen Standpunkt recht klar gemacht und ich denke, du hattest recht mit allem. Was ich getan habe, war …«

»Dumm«, beendete ich seinen Satz und er nickte.

»Unangemessen. Mein Verhalten war absolut unangemessen und ich entschuldige mich aufrichtig dafür.«

Ich befeuchtete meine Lippen. »Was, wenn ich dir jetzt sage, dass ich seitdem ständig daran denken muss?«

Mir wurde richtig warm, als er mich wieder ansah, den Kopf schief legte und die Augenbrauen zusammenkniff. »Wie meinst du das?«, fragte er leise.

»Ich …«, begann ich und wusste nicht, wie ich fortfahren sollte. »War eine blöde Idee, entschuldige. Besser, ich gehe schlafen, gute Nacht.«

Ich rutschte vom Barhocker und hastete davon. Ich hatte mich bis auf die Knochen blamiert. Bloß schnell weg, damit ich ihm nicht erklären musste, worauf ich eigentlich hinauswollte oder dass ich immer wieder seine Lippen anstarrte und mir wünschte, dass er mich noch mal küssen würde.

Dass ich von seinen Berührungen träumte, mir vorstellte, wie es wäre, wenn er mich ausziehen und mit seinen Händen über meine nackte Haut streichen würde. Wie er mich küsste…

Fast erleichtert stellte ich fest, dass er mir nicht nachzukommen schien. Ich drückte den Knopf vom Aufzug und tippte mit den Zehenspitzen auf den Boden.

Als die Türen aufgingen, war Allister allerdings plötzlich hinter mir, legte seine Hand um meine Taille und wirbelte mich zu sich herum.

»So, und jetzt erklärst du mir bitte, was du gemeint hast.«

Sein Gesicht war meinem so nah, dass sich unsere Lippen fast berührten. Fast.

Das erneute Klingeln des Lifts riss mich aus meiner Starre und ich drehte den Kopf. Allister schob mich hinein, drückte den Knopf für unsere Etage und hielt mich immer noch fest.

»Also?«

Ich fühlte seinen Atem auf meiner Haut. Seine Augen funkelten gefährlich und seine Hand an meiner Taille ließ alles in mir kribbeln. Mein Kopf hatte sich schon längst verabschiedet, weil es ihm zu heiß geworden war, und mein Herz forderte so laut, dass ich es endlich tun sollte, dass ich gar nicht anders konnte.

Erst recht nicht, als mir der Mistelzweig über unseren Köpfen auffiel. Ich schmunzelte, als auch Allister seine Augen von meinen löste und hinaufblickte. Der Ausdruck, der sich auf seinem Gesicht abzeichnete, war einfach göttlich. Er wirkte verwirrt, entsetzt, ängstlich, erwartungsvoll … und das Lodern in seinen Augen brach das letzte bisschen Vernunft, das ich bis dahin noch mein Eigen genannt hatte.

Ich stellte mich auf die Zehenspitzen, überbrückte die wenigen Millimeter, die uns trennten, und küsste ihn. Erst reagierte er nicht und ich dachte schon, er würde mich gleich von sich stoßen, da schlang er seinen zweiten Arm um mich und erwiderte den Kuss. Ich stöhnte leise, als er mich näher an sich zog, und er nutzte den Moment, um meinen Mund einzunehmen.

Es klingelte und die Türen des Lifts öffneten sich, aber unser Kuss endete nicht. Allister bugsierte mich aus dem Fahrstuhl heraus und schob mich gegen die Wand. Froh darüber, nicht mehr allein stehen zu müssen, lehnte ich mich dagegen, vergrub meine Finger in seinen Haaren und zog ihn noch näher an mich. Alles in mir prickelte und ich fühlte eine vertraute Hitze in mir aufsteigen, wollte nichts mehr, als ihm noch näher zu sein.

Das war kein Traum und keine Fantasie. Er war hier und ich konnte spüren, dass auch er mich wollte.

Ich legte meinen Kopf in den Nacken, als er meine Lippen freigab, und rang um Atem.

»Leandra, wir sollten das nicht tun …« Sein Blick war glasig und seine Hände hielten mich immer noch fest.

Ich lächelte und zog meine Zimmerkarte aus der Tasche. »Ich weiß, dass wir das nicht sollten«, hauchte ich und brachte meine Lippen ganz nah an sein Ohr. Es gefiel mir, dass er zitterte und seine

Hände bebend über meinen Körper wanderten, während ich mir mit meinen Worten Zeit ließ. »Es ist nur so … ich will es.«

Bevor er noch ein weiteres Wort sagen konnte, küsste ich ihn und zog ihn in die Richtung meines Zimmers.

24

Allister

Mein Körper reagierte sofort auf ihren Kuss und jeglicher Widerstand meines Verstandes schmolz mit der Wärme ihrer Lippen. Ich wollte sie küssen. Richtig, nicht vom Alkohol vernebelt. Wie lange ich das schon wollte. Wie sehr ich mich dagegen gewehrt hatte, und jetzt hatte sie die Initiative ergriffen! Leandra hatte *mich* geküsst. Durfte ich hoffen?

Als sie mir dann ins Ohr hauchte, dass sie das hier wollte, hatte ich keinen Grund mehr, mich zurückzuhalten. Irgendwie taumelten wir in Richtung ihres Zimmers, während unser Kuss immer intensiver wurde.

Bei ihrer Zimmertür hielt sie die Karte, die sie irgendwann gezückt haben musste, an den Leser und ich presste mich enger an sie. Ihr heißer Atem strich über meine Lippen, nachdem sie sich kurz von meinen löste, als würde sie etwas sagen wollen.

Fast fürchtete ich, sie wäre wieder zur Besinnung gekommen und würde alles bereuen. Aber da hörte ich das Klick der Tür und wir stolperten in das dunkle Zimmer hinein.

Vor dem Fenster blinkten Weihnachtslichter und leuchteten den Weg zu ihrem Bett. Ich warf die Tür hinter uns zu und wollte sie wieder an mich ziehen, da begann sie, meinen Gürtel zu lösen und den Knopf meiner Hose zu öffnen.

Ich sah ihren Blick nur verschwommen, aber ein Schauer lief mir durch den Körper, als sie meine Hose über meine Hüften streifte und ihre Finger am Bund meiner Boxershorts entlangstrichen, diese ebenfalls nach unten schoben. Bevor ich nach dem Reißverschluss ihres Kleides greifen konnte, ging sie langsam auf die Knie, ohne den Augenkontakt zu unterbrechen.

Ein tiefer Laut drang aus meiner Kehle und ich breitete die Arme aus, um mich an den engen Wänden des Eingangsbereichs festzuhalten. Ansonsten wäre ich vermutlich umgekippt, während sie ihre Hand im selben Rhythmus wie ihren Mund auf und ab bewegte.

Das passierte gerade nicht wirklich, oder? Ich befeuchtete meine Lippen und riskierte einen Blick hinunter. Vor mir kniete tatsächlich Leandra Hemsworth und sah mir in die Augen, als sie mich mit dem Mund verwöhnte.

Verdammt, dachte ich und legte den Kopf in den Nacken. Das fühlte sich so gut an!

Alles in mir wollte, dass sie weitermachte. Dennoch berührte ich mit meinen Händen ihre Schultern. Verwirrt ließ sie mich los und kam wieder hoch, während ich sie zu mir zog.

Bevor sie etwas sagen konnte, drehte ich sie um und presste ihren Rücken an meine Brust. »Es ist irgendwie unfair, wenn nur du mich nackt siehst«, hauchte ich in ihr Ohr und genoss das Zittern, das dabei durch ihren Körper ging.

Sie lehnte ihren Kopf an meine Schulter und drängte sich noch enger an mich. »Wer hat denn gesagt, dass ich die ganze Zeit angezogen bleibe?«, raunte sie und fuhr sich mit der Zunge wieder über die Lippen.

Ich hielt sie mit einer Hand fest, während ich mit der anderen den Reißverschluss ihres Kleides langsam nach unten zog. Als es endlich offen war, entblößte ich ihren Hals und presste meine Lippen darauf.

Sie schauderte, als ich die Träger ihres Kleides von ihren Schultern schob, ließ ihre Arme sinken, damit der Stoff von ihrem Körper rutschen konnte. Immer noch stand sie mit dem Rücken zu mir, also schlang ich einen Arm um sie und fuhr mit der freien Hand ihre weiche Haut entlang.

Ich wollte sie so sehr. Aber genauso wollte ich nicht, dass dieser Moment, in dem wir beide darauf warteten, einander zu spüren, endete.

Als ich mit meinen Fingern den dunklen Spitzenstoff ihres Höschens berührte, legte sie den Kopf in den Nacken. Das war eine eindeutige Aufforderung. Langsam schob ich meine Hand unter den Slip, bis ich jenen Punkt erreichte, der sie erst richtig zum Stöhnen brachte.

Sie schloss die Augen, öffnete dafür ihren Mund und keuchte, als meine Fingerspitzen sie massierten.

»Kannst du deine Frisur für mich lösen?«, flüsterte ich nahe an ihrem Ohr.

Ihre Hände wanderten zu ihrem Hinterkopf und zogen ein paar Nadeln aus ihrem Haar, bis es weich über ihre Schultern fiel.

»Sag mir, dass du mich willst«, bat ich und sie öffnete flatternd die Lider.

»Ich will dich, Allister«, hauchte sie, bevor ich ihre Lippen mit meinen bedeckte.

Ich ließ sie los, gab ihren Mund einen Augenblick frei und schob sie dann Richtung Bett, während sie mir das Sakko auszog.

»Warte«, unterbrach sie mich, als ich mich abmühte, meine Hose, die um meine Knöchel hing, loszuwerden.

Hatte sie es sich anders überlegt?

Sie räusperte sich fast verlegen, als sie zum Bad lief und gleich darauf mit einer Packung Kondome wiederkam. Ich hob eine Augenbraue und sie wurde vermutlich wieder rot, was ich in dem kaum vorhandenen Licht leider nicht sehen konnte.

»Du warst auf diesen Moment vorbereitet?«, fragte ich, nachdem ich aus meiner Hose geschlüpft war, die Schuhe und Socken abgestreift hatte und zu ihr gegangen war.

»Ich … Allister, ich bin normalerweise nicht so«, stammelte sie und mied meinen Blick immer noch. »Aber seit dem Kuss in der Bar träume ich von dir. Und es sind keine unschuldigen Träume. Nach allem, was zwischen uns war, bin ich mir sicher, dass ich das wirklich will. Und ich wollte nicht, dass es an fehlender Verhütung scheitert.«

Ich legte meine Finger unter ihr Kinn und hob es an, damit sie mir wieder in die Augen blicken musste. »Ich bin froh, dass du daran gedacht hast«, gestand ich und ließ meine Hand ihren Hals hinab bis zu ihren Brüsten wandern.

Sie seufzte und ich löste die Haken ihres BHs, den sie über ihre Arme auf den Boden fallen ließ. Ihre Finger öffneten zittrig die Knöpfe an meinem Hemd, während meine Lippen ihren Hals entlangwanderten. Nachdem sie mich ausgezogen hatte, löste ich mich von ihr.

»Und jetzt will ich, dass du dich auf das Bett setzt«, flüsterte ich.

»Aber …«

»Setz dich aufs Bett«, forderte ich und sie biss sich auf die Unterlippe, bevor sie tat, worum ich sie gebeten hatte.

Sie trug immer noch das Höschen aus verflucht durchsichtiger Spitze und halterlose Strümpfe. Ich schob ihre Oberschenkel auseinander und kniete mich vor das Bett. Mit den Fingern zog ich den Stoff ein wenig zur Seite und ließ meine Zunge über ihre Mitte tanzen.

Leandra sank zurück und stöhnte. Es klang erregender, als ich es mir jemals hätte ausmalen können.

»Allister, ich will dich. Jetzt!«, wimmerte sie und bebte, als ich meine Zunge noch einmal über ihre Mitte kreisen ließ, bevor ich aufstand.

Ich schob ihr Gesäß weiter nach hinten und beugte mich über sie. Leandra keuchte und ich merkte, dass sie ungeduldig wurde. Aber ich wollte diesen Moment ausdehnen, wollte nicht einfach eine schnelle Nummer.

Ich schloss eine Hand um ihre Brust und knabberte an ihrer Brustwarze, die sich sofort unter meiner Berührung aufrichtete.

»Allister«, raunte sie flehentlich.

Ich hob einen Mundwinkel, schob ihre Knie zusammen und zog ihr das Höschen aus. Dann griff ich nach der Packung Kondome neben uns und streifte eines davon über. Sie ließ mich nicht aus den Augen und fuhr sich mit der Zunge ständig über die Lippen.

»Du machst mich wahnsinnig«, raunte ich und küsste sie fordernd.

»Und du mich«, erwiderte sie heiser und öffnete ihre Schenkel für mich.

Ich legte mich dazwischen, stützte meine Hände neben ihrem Kopf ab und sah sie abwartend an. Sie wanderte mit ihren Fingerspitzen meinen Rücken hinab bis zu meinem Gesäß. »Ich will dich, Allister«, hauchte sie. »Bitte.«

Ich ließ mein Becken tiefer sinken, fühlte ihre Wärme, bevor ich endlich hineinglitt.

Leandra stöhnte an meinem Mund und bohrte ihre Fingernägel in meinen Rücken, als ich mich kurz zurückzog, nur um tiefer zuzustoßen.

Sie fühlte sich verdammt gut an. So als wäre sie für mich geschaffen. Ich wollte mir Zeit lassen, aber ihre Stimme und ihr Stöhnen machten mich wahnsinnig, raubten mir den letzten Funken Verstand. Ich hatte längst die Kontrolle über meinen Körper verloren, der sich rhythmisch bewegte, immer tiefer in sie eindrang. Sie nahm mich auf, umschloss mich und bewegte sich mit mir.

Ich wollte, dass sie kam, doch ich konnte mich kaum noch zurückhalten. Dieses Gefühl, sie unter mir zu haben, ihren heißen Atem auf meiner Haut zu spüren und ihre Lust zu hören und zu fühlen, war mehr, als ich nach so langer Abstinenz ertragen konnte.

Eine Welle der Lust jagte die nächste und ich wollte es nicht weiter hinauszögern. Ich bedeckte ihren Mund mit meinem und stöhnte an ihren Lippen, während ich kam.

Mein Kuss wurde sanfter, als die Nachbeben meines Höhepunkts abebbten. Ihre Finger strichen über meinen Rücken, nachdem ich mich von ihr gelöst hatte. Ich stützte mich auf, um sie anzusehen. Ihre Augen glänzten im Licht der Weihnachtsbeleuchtung und ich war sicher, dass ihre Wangen glühten.

»Jetzt bist du dran«, murmelte ich, während meine Lippen ihren Hals hinabwanderten.

»Allister, du musst nicht …«

»Ich weiß.« Ich streifte das Kondom ab und verknotete es, bevor es in einem Taschentuch verschwand. So konnte ich mich nur auf sie konzentrieren und musste nicht daran denken.

Ich half ihr noch ein Stück weiter ins Bett hinein und schob ihre Beine auseinander, die sie aufgestellt hatte.

Sie legte ihren Kopf mehr in den Nacken und gab ein Stöhnen von sich, das heiser wurde, als ich mich ihrer empfindlichsten Stelle zuwandte.

Ich beobachtete ihr Gesicht, ihre leicht geöffneten Lippen, als sie ihre Finger in die Laken krampfte und ihre Schenkel zu beben begannen. Dieser Anblick war atemberaubend und ich konnte mich nicht daran sattsehen, wie ihr Atem stoßweise kam und sie laut keuchend ihre Lust zeigte.

Als sie die Augen öffnete und bemerkte, dass ich sie anstarrte, während ich sie immer noch leckte, schloss sie ihre Beine und wandte den Blick ab.

Ich ließ ihr Gesäß los, legte mich neben sie und strich mit meinen Fingerspitzen über ihre Brust.

»Du bist so wunderschön«, hauchte ich und knabberte an ihrem Ohrläppchen.

Sie zitterte, und obwohl ich wusste, dass es nicht der Kälte geschuldet war, zog ich eine Decke über uns.

Sie räusperte sich und drehte ihren Kopf leicht, um mich ansehen zu können. »Bleibst du heute Nacht bei mir?«, fragte sie und presste ihre Lippen zu einer schmalen Linie zusammen, während sie auf eine Antwort wartete.

»Wenn du das möchtest«, erwiderte ich und strich über ihre Wange. »Aber dann wirst du nicht viel zum Schlafen kommen.«

Sie drehte sich um, sodass wir uns ansahen. »Du auch nicht.«

»Ich habe die letzten Nächte viel zu viel nachgedacht«, gestand ich und spielte mit einer Haarsträhne. »Über dich und wie ich mich von dir fernhalten soll. Da ist es doch eine viel angenehmere Beschäftigung, die Nacht damit zu verbringen, dir ein Stöhnen zu entlocken.«

Sie räusperte sich. »Findest du, ja?«

Ich küsste noch einmal ihren Hals und genoss es, als sie unter meinen Lippen schauderte. »Ja, finde ich. Siehst du es anders?«

»Nein«, raunte sie.

»Dann sind wir uns ja einig«, sagte ich und rückte ein Stück zurück, um sie zu betrachten. »Ich hätte nie gedacht, dass du mich wollen würdest«, flüsterte ich.

»Warum?«, fragte sie und strich über meine Brust.

»Du hast mich im ersten Moment, als wir uns gegenübersaßen, schon so ablehnend angesehen. Und dann wurde ich auch noch dein Chef, obwohl du diese Stelle hättest bekommen sollen …«

Sie riss die Augen auf. »Woher weißt du das?«

»Ein Vögelchen hat es mir verraten.« Ich räusperte mich und liebkoste ihre Wange.

»Mira«, murmelte sie und stieß den Atem aus. »Hätte ich mir denken können. Ja, ich hätte diesen Job haben sollen. Und ja, ich war zornig und dachte, dass du ihn nicht verdienst. Aber das war falsch, ich kannte dich nicht. Du bist wirklich für diesen Posten geeignet, Allister.«

»Du hättest es mehr verdient. Wenn ich es gewusst hätte, hätte ich nie angenommen.«

»Ich will jetzt nicht darüber reden, Allister«, erwiderte sie und schmiegte sich an mich. »Ich will auch nicht darüber nachdenken, was diese Nacht für unsere berufliche Zusammenarbeit bedeutet. Einmal in meinem Leben habe ich nicht auf meinen Kopf gehört und ich möchte das einfach genießen.«

Ich küsste sie auf die Stirn. »Solange du es nicht bereust.« Ich fühlte, wie sie lächelte.

»Oh nein, das bereue ich ganz sicher nicht …«

Bevor ich noch ein Wort sagen konnte, bedeckten ihre Lippen erneut meine und mir war klar, dass ich diese Nacht tatsächlich nicht viel schlafen würde.

25

Leandra

Ich fluchte leise, während ich nach dem Handy suchte, das um fünf Uhr unaufhörlich klingelte. Ich hatte vergessen, den Wecker auszumachen, obwohl ich heute in jedem Fall länger hätte schlafen können.

Allister brummte, als ich aus seinen Armen schlüpfte, um das lästige Klingeln endlich abzudrehen. Leider hatte ich das Handy in meiner Handtasche gelassen und die war irgendwo unter einem Berg Kleidung vergraben. Nach einer gefühlten Ewigkeit fand ich das Telefon und schaltete es ab.

Allister erwartete mich mit schläfrigem Blick und hob die Decke an, um mich wieder darunter schlüpfen zu lassen.

Meine Augen schweiften über seinen nackten Körper und ich fühlte Hitze aufsteigen, als ich an vergangene Nacht dachte.

Wir hatten danach nicht noch einmal miteinander geschlafen, uns nur gehalten, gestreichelt, geküsst und geredet. Irgendwann hatte

Allister nicht mehr geantwortet und als ich in sein Gesicht blickte, hatte er die Augen geschlossen und gleichmäßig geatmet. Ich hatte ihn eine Weile betrachtet und konnte mich nicht an diesem Bild sattsehen.

Schnell verschwand ich unter der Decke und schmiegte mich an ihn. Es war ein seltsames Gefühl, neben ihm zu liegen. Ich hatte mir das hier mehr als einmal ausgemalt, mich gefragt, wie es wäre, ihm so nahe zu sein. Die Vorstellungen konnten mit diesem Moment nicht mithalten.

»Guten Morgen«, flüsterte ich und schloss die Augen, als seine Finger über meinen Rücken glitten.

»Wie spät ist es?«, wollte er mit kratziger Stimme wissen.

»Zu früh, wir können noch ein wenig schlafen«, erwiderte ich und vergrub mein Gesicht an seiner Brust.

Ich fühlte seine Lippen an meiner Schläfe, und ein seltsamer Schauer lief durch meinen Körper. Als ich den Kopf hob, begegneten sich unsere Augen und ein Lächeln breitete sich auf meinem Gesicht aus. Ja, die Realität war viel besser als meine Träume.

»Deine Haare …« Ich schmunzelte.

Allister fuhr sich durch die vollkommen zerstörte Frisur. »Siehst du, was ich meine?« Er seufzte und legte seine Hand unter mein Kinn. »Verstehst du jetzt, warum ich meine Haare mit Gel niederkleistere?«

Ich schüttelte lächelnd den Kopf, richtete mich auf und hauchte einen Kuss auf seine Lippen. »Mir gefällt das so deutlich besser.«

»Wirklich?«, murmelte er und strich mit einem Finger über meinen Hals langsam hinunter. Ich schauderte, aber da zog er seine Hand bereits zurück und schloss seine Arme um mich. »Du siehst ziemlich erschöpft aus, Leandra. Vielleicht solltest du noch ein wenig schlafen.«

Ich stieß den Atem aus und schmiegte mich wieder an ihn. »Ja, vielleicht. Oder …«

Allister lachte leise. »Bitte sag mir jetzt nicht, dass du ins Fitnessstudio gehen oder an der Präsentation arbeiten willst.«

»Ich dachte eher an etwas anderes«, gestand ich und sah ihm ins Gesicht.

Unsere Lippen trafen sich und ich seufzte, als er mich enger an sich zog und den Kuss vertiefte. Nein, keine Vorstellung kam an diese Realität heran.

Ich gab ein leises Knurren von mir, als er sich zurückzog und über meine Wange strich. Ich wollte mehr. Nicht nur Küsse, sondern ich sehnte mich nach seiner Nähe, wollte ihn in mir spüren …

»Wie stellst du das nur an?«, flüsterte er und betrachtete meine Lippen. »Ich würde am liebsten den Tag heute nur mit dir verbringen …«

»Willst du das?« Ich zwinkerte. »Vielleicht sollten wir die Besprechung dann absagen?«

Er schmunzelte mich an. »Leandra Hemsworth, das hätte ich nie erwartet, aus deinem Mund zu hören.«

»Ich auch nicht«, gestand ich und schlang meine Hände um seinen Nacken. »Muss dein schlechter Einfluss sein.«

»Ach?« Er grinste und hauchte einen Kuss auf meine Lippen. »Du solltest dich dennoch ausruhen. Ein paar Stunden zumindest.«

»Aber …«

»Kein *aber*. Den Tag stehen wir irgendwie durch und dann sehen wir weiter.«

Er hauchte einen Kuss auf meine Stirn, bevor ich mich wieder an ihn schmiegte.

»Wir hätten nur ein Zimmer reservieren sollen«, murmelte ich, als ich die Augen schloss.

»Ja, aber als Mira gebucht hat, wusste keiner von uns, wie sich diese Reise entwickeln würde.«

»Hmmm«, machte ich und dachte daran, dass ich es bereut hätte, diesen Moment zu verpassen, ehe ich wieder einschlief.

Am Frühstückstisch konnte ich kaum die Finger von ihm lassen. Natürlich versuchten wir, uns nicht zu nahe zu kommen, aber es genügte, wenn sich unsere Blicke trafen. Ich schmolz fast dahin, wenn er mich anlächelte, und hoffte, dass es ihm genauso ging und ich mich nicht allein wie ein verliebter Teenager fühlte.

Nach dem Frühstück richteten wir uns für die Präsentation her und ich bekam meinen vorerst letzten leidenschaftlichen Kuss, als ich seine Krawatte richtete.

»Versprich mir, dass wir uns früh von diesem Essen stehlen werden«, raunte er und strich mit den Fingerspitzen über meinen Hals.

»Sobald wir das Dessert gegessen haben«, stimmte ich zu.

»Wirst du heute Abend ein Kleid anziehen?«

Ich trug für diesen Termin einen blauen Hosenanzug mit einer weißen Bluse. »Wieso, gefalle ich dir nicht?«, erwiderte ich schmollend und trat einen Schritt zurück.

»Doch«, versicherte er mir schnell und zog mich wieder an sich. »Aber ein Kleid kann man schneller ausziehen …«

Seine Lippen senkten sich auf meine und ich streckte mich ihm entgegen. Er stöhnte leise und legte seine Hände auf meine Hüften. Doch anstatt mich an sich zu ziehen, schob er mich weg.

»Verflucht, das wird schwieriger, als ich gedacht hätte«, murmelte er und fuhr sich über die Stirn.

»Wir haben noch ein paar Minuten …«

»Leandra«, knurrte er. »Wenn ich dich jetzt ausziehe, bleiben wir wirklich hier.«

»Also gut. Dann … dann gehe ich schon mal in die Lobby und du … bringst deine Haare in Ordnung.«

Allister starrte in den Spiegel und schüttelte den Kopf. Er hatte sich seine Haare noch vor dem Frühstück gestylt. Aber ich hatte alles darangesetzt, diesen furchtbaren Scheitel zu ruinieren. Was mir gelungen war. »Du magst meine Frisur wirklich nicht, oder?«

»Ich mag alles an dir«, flüsterte ich und verließ hastig das Zimmer. Mein Herz schlug so schnell, dass ich kaum atmen konnte. Ich mochte ihn tatsächlich. Mehr, als gut für mich war. Es war für mich nicht nur der Sex, obwohl Allister zugegeben heiß war. Ich mochte ungelogen alles an ihm. Von der Frisur vielleicht abgesehen.

Das hatte Potenzial zu einer Katastrophe, denn mit tiefen Gefühlen konnte ich nicht umgehen. Und trotzdem empfand ich etwas für ihn, das über alles, was ich kannte, hinausging.

Ich fuhr allein in die Lobby, weil ich mir ziemlich sicher war, dass ich im Aufzug wieder über ihn herfallen würde. Ich konnte nicht aufhören zu grinsen, als ich die vielen Mistelzweige betrachtete, die überall hingen.

Ob dieses Hotel wohl damit warb, die meisten Pärchen in der Weihnachtszeit begrüßen zu dürfen?

Als Allister aus dem Fahrstuhl stieg, musste ich mich zusammenreißen, um ihm nicht um den Hals zu fallen. Ja, seine Frisur sah immer noch seltsam aus, aber in dem dunkelblauen Anzug war er einfach nur heiß. Und ich … ich hätte ihn am liebsten gleich wieder in mein Zimmer geschleppt.

»Können wir?«, fragte er und ich war mir ziemlich sicher, dass er meine Gedanken gerade erraten hatte, so wie er mich angrinste.

»Zum Meeting gehen, meinst du?«, wollte ich wissen.

Seine Mundwinkel zuckten und er nickte. Aber als ich losgehen wollte, hielt er mich am Ellbogen fest und beugte sich nach vorne. »Bring mich nicht in Versuchung, Leandra. Ich garantiere für nichts.« Ich schauderte, als seine Hände verstohlen über meinen Körper wanderten. »Du hättest doch das Kleid anziehen sollen und am besten nichts darunter.«

»Aber, Allister«, erwiderte ich und hoffte, meine Stimme klang sicherer, als ich mich fühlte. »Wo bliebe denn dann der Spaß, wenn ich es dir so einfach machen würde? Außerdem bist du doch ein Gentleman.«

Er lachte leise und ließ mich los. »Richtig, Leandra«, sagte er und öffnete die Tür für mich. »In der Öffentlichkeit werde ich die Türen für dich aufmachen, wenn wir alleine sind, werde ich dich dagegen pressen.«

Ich schauderte und er zwinkerte mir zu. »Ich werde es nicht vergessen.«

»Das hoffe ich.«

Auf dem Weg zum Eventhotel versuchte ich, nicht ständig zu ihm zu blicken, und ich war froh, dass er nicht nach meiner Hand griff. Jede Berührung von ihm ließ mich an die Nacht denken, an seine Küsse, an sein Stöhnen … Ich fühlte das Ziehen in meinem Unterleib, das Verlangen nach ihm, das mich überkam.

Warum verhielt ich mich so? Das war doch sonst nicht meine Art! Wir hatten so gut wie nicht geschlafen, er hatte mich gehalten, geküsst, mir keinen Grund gegeben, nicht zufrieden zu sein und trotzdem – *Trotzdem!* – wollte ich mich irgendwo mit ihm einschließen und meine Hände über seinen Körper wandern lassen.

Ich war fast erleichtert, als Allister wegen des Abendessens noch ein paar Details klären wollte und ich allein in den Meetingraum ging, der völlig anders aussah als am Vortag. Man hatte die meisten Tische zu einem großen U zusammengeschoben und mit Namensschildern und Notizblöcken ausgestattet. Allister und ich saßen in der Mitte des Querbalkens. Bei der Vorstellung, ihm so nahe zu sein, musste ich schlucken. Es würde schwierig werden, sich zu konzentrieren.

»Du bist so nachdenklich«, raunte er mir ins Ohr und legte seine Arme um meine Taille.

»Allister, nicht! Wenn jemand hereinkommt …«

»Dann wäre er sehr früh dran.« Er drehte mich zu sich herum. »Woran hast du gedacht?«

»Daran, wie lange der Tag werden wird.«

Er schmunzelte und strich mir eine Strähne hinter das Ohr, die sich aus meinem Dutt gelöst hatte. »Er könnte wirklich ziemlich lang werden«, meinte er ernst und ließ mich los. »Vielleicht gehe ich noch einmal hinaus, bis jemand anderer da ist …«

»Gute Idee«, stimmte ich zu. Nachdem er mich losgelassen und den Raum verlassen hatte, machte ich mich auf den Weg zu meinem Platz, um den Laptop anzuschließen und mich vorzubereiten.

Sosehr ich auch versuchte, es zu unterlassen, ich blickte immer zur Tür, vor der Allister stand, und wartete darauf, dass er zurückkam.

Du führst dich unmöglich auf, schimpfte ich mit mir in Gedanken. *Du bist nicht zum ersten Mal verliebt … warte, verliebt? Also wirklich. Du bist nicht verliebt. Oder … doch?*

26

Allister

Der Vormittag verlief schleppend. Nachdem wir das Projekt noch einmal vorgestellt, die Vorzüge und Risiken aufgezeigt hatten, gab es eine Art Mittagspause, in der Brötchen gereicht wurden.

Leandra unterhielt sich mit einer Analystin und ich wurde von einem Private Equity Investor in Beschlag genommen. Immer wieder wandte ich mich zu ihr, wartete darauf, dass sie mich ansah, und musste mir ein Lächeln verkneifen, wenn sich unsere Blicke trafen.

Die Fragerunde, die anschließend folgte, kostete uns beide viel Kraft. Es waren teilweise sehr unangenehme Fragen, die wir kaum beantworten konnten, ohne zu viele Informationen preiszugeben, und wir mussten sehr diplomatisch vorgehen.

Leandra übernahm die meisten Antworten, wich zu forschen Nachfragen geschickt aus und wickelte fast jeden mit ihrer charmanten Art um den Finger. Ich war froh, als wir durch waren und uns noch einmal zurückziehen konnten, bevor das Abendessen beginnen würde.

Hastig packte ich unsere Unterlagen und Laptops ein, was Leandra schmunzeln ließ. »Man könnte fast meinen, du hast es eilig«, zog sie mich auf.

»Habe ich auch«, sagte ich zwinkernd. »Du etwa nicht?«

Sie ging mit schief gelegtem Kopf zu mir und strich an der Knopfleiste meines Hemdes mit den Händen auf und ab. Ihre Lippen waren leicht geöffnet, als sie mich ansah. Ich ließ die Unterlagen fallen, legte eine Hand zwischen ihre Schulterblätter, die andere an ihr Kreuz, und zog sie zu mir. Ihr Parfum benebelte meine Sinne, während ich sie küsste und sie sich an mich klammerte, als würde sie sonst ertrinken.

»Lass uns schnell ins Hotel gehen«, flüsterte ich heiser.

»Du weißt, dass wir dafür nicht genug Zeit haben?«, erwiderte sie mit rauer Stimme.

»Weil du kein Kleid anziehen wolltest«, neckte ich sie.

»Allister.« Sie machte sich grinsend von mir los.

»Ich will trotzdem ins Hotel. Und wenn es nur ist, um mir einen Vorgeschmack auf heute Nacht zu holen.«

Sie schüttelte den Kopf. »Ich sehe das schon, wir werden heute zu spät kommen.«

»Ich vermutlich, aber ohne uns können sie nicht anfangen. Also dürfen wir uns alle Zeit der Welt lassen.«

Sie schien meine Worte erst abwägen zu müssen, dann begannen, ihre Wangen wieder zu glühen. Dass sie offensichtlich schnell rot wurde, egal ob wegen Zorn oder Erregung, war mir schon aufgefallen. Und ich fand es einfach nur zum Schmelzen.

Der Weg zum Hotel kam mir endlos lange vor. Außerdem hatten wir auch noch das Pech, im Aufzug gemeinsam mit einem älteren Pärchen hochzufahren. Sonst hätte ich meine Finger schon nicht mehr von Leandra lassen können.

Die Weihnachtslieder, die während der Fahrt gespielt wurden, waren mir bisher gar nicht aufgefallen, aber jetzt lenkten sie mich ab. Bis Leandra ihren Mantel aufknöpfte und ihn auszog, bevor sich die Türen des Lifts öffneten und sie hinaustrat.

Als ich sicher war, dass sich niemand außer uns im Gang befand, umfasste ich ihre Oberarme und drehte sie zu mir herum. »Willst du dein Glück wirklich herausfordern?«, fragte ich sie und strich mit meinen Lippen über ihre.

»Mir war warm«, erwiderte sie mit rauer Stimme.

»Natürlich«, murmelte ich und griff nach ihrer Hand. »Dein Zimmer?«

Sie nickte, zog die Karte aus ihrer Tasche und öffnete die Tür. Ich hatte sie noch nicht hinter mir geschlossen, als sie ihre Hände in meinem Nacken verschränkte und mich küsste.

»Wie war das mit ›Wenn wir alleine sind, presse ich dich gegen die Tür‹?«, fragte sie atemlos.

»Oh, das mache ich nach dem Dinner. Wir beide wissen, dass wir jetzt nicht viel Zeit haben und duschen sollten.« Ich streifte ihr die Anzugjacke von den Schultern und begann dann die Knöpfe ihrer Bluse zu öffnen. »Du hättest das Kleid anziehen sollen.«

Sie brachte mich mit einem Kuss zum Schweigen, bevor sie sich von mir löste und ins Bad ging. Ich hörte, wie das Wasser prasselte, und folgte ihr hinein.

Sie stand mit dem Rücken zu mir, ließ gerade den Wärmeregler an der Dusche los. Ich schlang meine Arme um sie und hauchte Küsse auf ihren Hals, während meine Hände zum Knopf ihrer Hose wanderten.

»Vielleicht sollten wir getrennt duschen gehen«, überlegte ich laut und ließ sie los.

Leandra räusperte sich. »Ja, ist vielleicht eine gute Idee.«

»Und dann hole ich meinen Anzug für das Dinner aus meinem Zimmer und wenn ich zurück bin … hast du hoffentlich etwas an, sonst garantiere ich für nichts.«

»In Ordnung, ich habe dann einen Bademantel an.« Sie grinste.

»Du wirst schon sehen, was du davon hast«, erwiderte ich und zog sie an mich.

»Nimmst du eine Schlüsselkarte mit? Nur falls ich noch dusche.«

»In Ordnung. Bis gleich.«

Ich verließ ihr Zimmer und drehte in meinem die Dusche auf. Es war besser, wenn ich ein wenig abkühlte. Wir hatten nur etwa eine Stunde Zeit und ich wusste, ich würde mich nicht beherrschen können, wenn sie so gut wie nackt vor mir stehen würde.

Das eiskalte Wasser hatte dennoch nicht den gewünschten Effekt auf mich. Ich wollte sie immer noch und fluchte innerlich über mein Verhalten. Wie konnte sie mir so einfach den Verstand vernebeln?

Nach der Dusche zog ich mir Hose und Hemd an, legte Krawatte und Sakko sowie Kleidung für den nächsten Tag über meinen Arm und ging zu ihrem Zimmer zurück.

Mit der Karte öffnete ich die Tür und hielt den Atem an, als sie in Unterwäsche neben dem Bett stand und gerade in ihr Kleid stieg. Sie hatte den dunklen Stoff bis zu ihren Hüften gezogen und hielt inne, als sie mich bemerkte.

»Schlechtes Timing«, murmelte ich und schloss die Tür. Leandra bewegte sich nicht, gab mir Zeit, sie zu betrachten. »Warum machst du das mit mir?«

»Was denn?«, fragte sie und ließ mich dabei nicht aus den Augen.

Ich legte meine Kleidung auf einen Stuhl und schritt zu ihr. »Hättest du nicht bereits angezogen sein können? Ich habe dich gewarnt.«

»Ich dachte, du bist schneller wieder da, und habe im Bademantel auf dich gewartet. Sonst wäre ich bereits fertig.«

»Du weißt, dass ich dich jetzt nicht gehen lassen kann, oder? Wir werden wohl das Abendessen verpassen.«

Ich ließ meine Hände über ihren Körper wandern und konnte mir das Schmunzeln nicht verkneifen, als sie schauderte.

»Ja, es ist nur so, wie du gesagt hast, dass die ohne uns nicht anfangen und einige unsere Telefonnummern haben.«

»Wir stellen die Handys ab«, erwiderte ich und beugte mich zu ihr hinab. »Noch irgendwelche Einwände?«

»Keine, die ich nicht selbst bescheuert finde«, gestand sie und fuhr sich mit der Zunge über die Lippen. »Außerdem könnte ich sagen, mein Boss wollte nicht, dass ich zu dem Abendessen gehe.« Sie schmunzelte. »Aber … was wirst du als Ausrede benutzen?«

Ich küsste ihren Hals. »Dass ich unpässlich war?«

Sie schnalzte mit der Zunge. »Dann verpasst du einen denkwürdigen Anblick: mich im Abendkleid!«

»Das ist jetzt ein ziemlich unfaires Argument«, schmollte ich. »Das will ich unbedingt sehen.« Ich strich über ihre Wange. »Du könntest es allerdings auch für mich anziehen und ich ziehe es dir gleich wieder aus. Wie klingt das?«

Sie hob ihre Mundwinkel und schüttelte kaum merklich den Kopf.

Ich seufzte und ließ meine Hand sinken. »Gut, dann gehen wir eben zu dieser Veranstaltung. Aber nur, weil ich dich im Abendkleid sehen will.«

Sie zögerte einen Moment, bevor sie mit dem Kinn auf das Kleidungsstück deutete, das sie immer noch weit unter ihren Hüften hielt. »Hilfst du mir bitte?«

»Nur unter Protest«, murmelte ich, ließ sie los und zog den Reißverschluss zu, nachdem sie sich umgedreht hatte.

Das schwarze Kleid saß eng, betonte ihre Kurven. Ihre Schultern blieben unbedeckt und ich musste mich abwenden, weil sich das Blut in meinem Körper gerade wieder auf eine unpassende Stelle konzentrieren wollte.

»Könntest du zumindest das Höschen weglassen?«

Sie drehte sich zu mir um. Ein Lächeln lag auf ihren Lippen. »Vielleicht mache ich das. Aber du wirst es erst wissen, wenn der Abend vorbei ist.«

»Spielverderberin.«

»Oh nein, ich bringe doch Spannung in das Spiel.« Sie strich über mein Hemd. »Brauchst du Hilfe mit deiner Fliege?«

»Nein, weil ich keinen Smoking tragen werde, sondern einen Anzug mit Krawatte.«

»Wirklich?«, fragte sie und klang enttäuscht. »Ich hatte bei dir eigentlich mit einem Smoking gerechnet.«

»So? Ich hatte tatsächlich kurz überlegt, einen zu tragen. Aber das wäre zu viel des Guten gewesen.«

Sie legte den Kopf schief und ließ ihren Blick über meinen Körper gleiten. »Schade, ich denke, ein Smoking steht dir …«

»Er ist ein wenig unbequem und ich fühle mich darin wie ein Pinguin«, meinte ich schulterzuckend. »Für dich ziehe ich ihn gerne einmal zu einem der steifen Termine meiner Eltern an. Das heißt … falls du mit mir da hingehen möchtest.«

Ihre Pupillen weiteten sich und sie schluckte unbehaglich. »Würdest du das denn wollen? Ich meine, wir sind doch nicht … oder sind wir?«

»Das sollten wir noch herausfinden«, erwiderte ich und legte meine Hand an ihre Wange. Sie sah mich an wie ein verschrecktes Reh. »Aber wenn wir uns klar darüber sind, dann würde ich dich wirklich gerne zu meinen Eltern mitnehmen, obwohl das für dich vermutlich einer Bestrafung gleichkäme.«

»Wieso?«

»Diese Abende sind immer furchtbar langweilig. Mit dir stelle ich es mir allerdings erträglich vor.«

Ein schwaches Lächeln huschte über ihr Gesicht. Ich war mir nicht sicher, ob ich das Richtige gesagt hatte oder ob sie gerade beschlossen hatte, nie herauszufinden, wie es bei so einer Veranstaltung zuging.

»Ich sollte mich jetzt fertig herrichten«, flüsterte sie und verschwand im Bad.

Ich stieß den Atem aus. Wie würde es zwischen uns werden, wenn diese Reise zu Ende ging? Würde sie mich danach meiden? Eine lockere Affäre mit mir wollen? Überstürzte ich das alles mit ihr?

Natürlich kamen wir zu spät. Nicht viel, aber doch. Allerdings konnte ohne uns nicht begonnen werden, und so angelte ich jedem von uns ein Glas Sekt und wir mischten uns unter die Leute.

Der Raum war weihnachtlich geschmückt und die Musik passte perfekt zu dem Rahmen. Trotzdem wünschte ich mir nichts mehr, als diesen Pflichttermin bereits hinter mir zu haben.

Ich sah immer wieder nach Leandra, die sich gerade mit Jefferson Bruce unterhielt, einem älteren Herrn von einer Bank, bei der ich einmal gearbeitet hatte. Ich wusste, dass er an Frauen genauso viel Interesse hatte wie ich an Männern, und trotzdem machte es mich zornig, als er ihr die Hand auf den Arm legte und sie beide lachten.

Wann war ich noch gleich zu einem eifersüchtigen Liebhaber geworden?

Es wurde noch schlimmer, als wir uns an die Tische setzten und Leandra ziemlich weit weg von mir schien. Besonders als ich feststellte, dass sie nie nach mir sah, während ich ständig zu ihr blickte und beobachten konnte, wie sie sich gut mit anderen Männern unterhielt.

War das ihre Art, mir zu zeigen, dass ich mit meinem Vorschlag, sie zu einer Feier meiner Eltern mitzunehmen, über das Ziel hinausgeschossen war?

27

Leandra

Es war einerseits gut, dass ich nicht neben Allister saß, und andererseits eine Qual. Es kostete mich viel Kraft, nicht ständig zu ihm zu blicken, denn meistens lächelten wir uns dann an, und ich wollte nicht riskieren, dass Gerüchte um uns aufkamen. Noch nicht.

Erst musste ich herausfinden, ob diese Tage für uns ein rein sexuelles Abenteuer waren oder ob … Ja, was? Was wollte ich? Mit ihm zusammen sein? Eine richtige Beziehung führen? Mit allem, was dazugehörte? Maya war ein unglaublich süßes Kind, aber war ich bereit, Teil ihres Lebens zu werden?

Ich war mir noch nicht einmal sicher, was *ich* für Allister empfand, und noch weniger wusste ich, wie es ihm wohl mit mir ging.

Sicher, mein Herz schlug schneller, wenn er lächelte. Es kribbelte in meinem Bauch, wenn ich seine Stimme hörte, und meine Haut prickelte, wenn er sie berührte. Der Sex mit ihm war traumhaft und allein bei dem Gedanken kam Verlangen in mir auf. Alles Dinge, die ich noch nie so intensiv empfunden hatte. Trotzdem … was wusste ich schon von Liebe und anderen Gefühlen?

Gedankenverloren aß ich den Salat, den es zur Vorspeise gab, schaffte es irgendwie, die Suppe in meinen Mund zu löffeln, und konnte das zarte Rinderfilet zum Hauptgang kaum würdigen. Selbst die Nachspeise, ein Schokoladensoufflé mit flüssigem Kern und weihnachtliche Rotweinkirschen, schmeckten fad.

Ich gestattete mir, kurz zu Allister zu schauen, da ich es den ganzen Abend geschafft hatte, ihn nicht anzusehen. In dem Moment, als sich unsere Blicke trafen, tröpfelte etwas von dem Soufflé auf sein blütenweißes Hemd und er fluchte. Während er versuchte, den Fleck hinauszureiben, machte er es nur schlimmer.

Als das Essen wenig später endete, waren die Investoren zum Glück in Aufbruchstimmung. Ich erhielt zwar einige Einladungen auf ein Getränk an der Bar, aber ich lehnte ab und suchte nach Allister. Er unterhielt sich gerade mit Mr. Bruce, einem älteren Herrn von einer der Banken. Ich hatte vor dem Essen ein interessantes Gespräch mit ihm geführt.

Als ich auf die beiden zukam, verabschiedete sich Mr. Bruce schnell mit einem vielsagenden Lächeln, und Allister und ich blieben allein zurück. Ob er wusste, dass etwas zwischen uns beiden lief?

»Ein netter Mann«, sagte ich, weil Allister schwieg.

Er nickte. »Ja, ich habe viel von ihm gelernt.« Seine Stimme klang düster, fast genauso wie sein Blick.

»Ist alles in Ordnung?«, fragte ich.

»Nicht hier«, meinte er statt einer Antwort und schüttelte jemandem die Hand, der sich verabschiedete. »Wir sollten auch gehen.«

Waren wir am Nachmittag noch ziemlich zügig zu unserem Hotel gegangen, schlenderten wir jetzt gemütlich, was mich wunderte. Vorhin hatte Allister noch kaum die Finger von mir lassen können, und jetzt schien es, als wollte er nicht mit mir allein sein.

Es hatte zu schneien begonnen und die Lichter der Hotels und Restaurants tauchten alles in eine kitschige Weihnachtslandschaft. Die Stimmung zwischen Allister und mir war allerdings so frostig wie die Temperaturen und ich fragte mich, wieso.

Allister hatte die Hände in seinen Hosentaschen vergraben und starrte auf den Gehsteig direkt vor sich.

»Okay, was ist los?«, bohrte ich nach und er drehte den Kopf, um mich von der Seite anzusehen.

»Der Abend war nicht ganz so, wie ich ihn mir vorgestellt hatte«, murmelte er und starrte wieder nach vorn.

»Wieso, haben die Investoren etwas Negatives gesagt? Denn ich habe nur gute Rückmeldungen bekommen …«

»Das meinte ich nicht«, schnaubte er und bevor ich wusste, was los war, hatte er meine Hände gefasst und blieb vor mir stehen. Die Leute um uns warfen uns Blicke zu, weil wir mitten auf dem Weg standen.

»Allister, was ist los?«, zischte ich und versuchte, mich aus seinem Griff zu lösen. Doch er hielt mich fest.

»Ich meinte, dass *ich* gerne mehr Zeit mit dir verbracht hätte, aber *du* offenbar nicht so empfindest. Willst du mir damit die Grenzen aufzeigen, Leandra? Habe ich dich mit meinen Worten irgendwie überrumpelt?«

»Wovon redest du?«, brachte ich mit zittriger Stimme hervor.

Er machte einen Schritt auf mich zu und ich schluckte, als ich zu ihm aufsehen musste. Mein Blick fiel auf seine Lippen und unwillkürlich hielt ich nach einem Mistelzweig Ausschau. Was sinnbefreit war, schließlich standen wir auf offener Straße und die Leute starrten uns im Vorbeigehen immer noch an.

»Ich habe ständig nach dir gesehen, nur du warst so beschäftigt mit anderen …« Er klang zornig. Enttäuscht. Verletzt.

»Allister, das habe ich getan, weil ich nicht wollte, dass Gerüchte aufkommen«, versuchte ich zu erklären.

Er schüttelte den Kopf. »Es gibt immer Gerüchte.«

»Ja, aber ich will nicht …« Ich stieß den Atem aus, riss mich los und verschränkte die Arme, während ich einen Schritt zurücktrat. »Ich will nicht, dass jeder denkt, wir hätten eine Bettgeschichte laufen. So bist du nicht. So bin ich nicht. Die sollen so was nicht von uns denken!«

Einen Moment sah er mich ungläubig an, dann lachte er. Das machte mich unfassbar wütend.

»Was ist so komisch?«

Er schüttelte sich vor Lachen und schien sich nicht mehr einzukriegen.

»Fein, sag es mir nicht«, fauchte ich und wollte losgehen, da fasste er nach meinem Handgelenk und zog mich an seine breite Brust. »Was wird das?« Ich versuchte, mich von ihm loszumachen, aber seine Arme schlossen sich nur noch fester um mich.

»Ich habe den ganzen Abend überlegt und gefürchtet, dass du nur ein einziges Interesse an mir hättest und ich dich vollkommen verschreckt habe durch meine Worte«, raunte er mir ins Ohr und ein

Schauer lief über meinen Rücken bei seiner tiefen Stimme. »Denn ich sollte dir vielleicht sagen, dass ich kein Interesse an einem schnellen Abenteuer habe. Ich will dich, Leandra. Ich will herausfinden, ob wir zusammenpassen, ich möchte mehr Zeit mit dir verbringen.«

Ich suchte nach dem Funken Spott in seiner Stimme. Er konnte das nicht ernst meinen. »Allister, ich bin nicht gut in Beziehungen«, gestand ich. »Und wir beide haben nicht die besten Voraussetzungen, um zusammen zu sein. Wieso willst du mich? Ich war so ein Ekel, als wir uns kennenlernten.«

»Ja, du hast dich wie eine ziemliche Zicke benommen«, erklärte er und zog mich enger an sich. »Doch von dem Moment an, als ich dich das erste Mal gesehen habe, wollte ich dich kennenlernen. Obwohl du abweisend warst. Obwohl ich dein Vorgesetzter war. Denn mir war klar, dass du so nicht bist, dass du vermutlich nur Mauern um dich errichtet hast, um dich zu schützen. Aber wenn du mir sagst, dass ich für dich nur ein Abenteuer war und du nach unserer Rückkehr nichts mehr mit mir zu tun haben willst, werde ich das akzeptieren.«

»Lass mich bitte los«, hauchte ich. Erst zögerte er, dann löste er seine Arme von mir und ich machte einen Schritt zurück. »Du bist für mich kein Abenteuer.« Ich hob die Hand, als er wieder auf mich zukommen wollte. »Aber ich sagte es schon. Ich bin nicht gut in so etwas. Ich hatte nie lange Beziehungen und zu tiefen Gefühlen war ich auch nie wirklich fähig. Ich habe für meinen Job gelebt. Und nach allem, was in den letzten zwei Wochen passiert ist, weiß ich nicht mehr, was ich machen soll.«

Ich wischte mit den Fingerspitzen über meine Wangen und vermied es, ihn anzusehen.

»Empfindest du etwas für mich?«, fragte er leise und trat doch näher. Ich ließ es zu. »Oder ist da nichts?«

»Ich empfinde ziemlich viel für dich, besonders für meine Verhältnisse«, gab ich zu. »Aber ich weiß nicht, ob ich das kann. Du hast Maya und ich finde sie unheimlich süß. Sie ist allerdings eine große Verantwortung und wenn ich das mit uns vermassle, betrifft es auch sie.«

»Und du denkst, du würdest es vermasseln?«, hakte er vorsichtig nach und legte seine Hände an meine Hüften. »Denn ich denke, du hattest bisher einfach die falschen Prioritäten oder nicht den Mann, der es wert war, dass du deine Karriere vernachlässigst.«

Ich lachte leise und wischte mir die Tränen aus dem Gesicht, als er sich räusperte.

»Womit ich nicht behaupten will, dass ich es bin, aber …«

»Küss mich!«, forderte ich ihn auf.

»Wie bitte?«

»Du hast mich schon gehört«, erwiderte ich.

Allister schmunzelte, bevor er meiner Bitte nachkam. Es war mir gleichgültig, dass wir uns in der Öffentlichkeit befanden. Ich legte meine Hände in seinen Nacken und zog mich näher an ihn heran, öffnete meine Lippen leicht und seine Zunge fand meine.

Nachdem er den Kuss beendet hatte, legte ich den Kopf schief und betrachtete ihn. »Doch, ich denke, du könntest es wert sein.«

Er blieb ernst, strich über meine von Tränen benetzte Wange. »Dann lass uns herausfinden, ob wir zusammenpassen. Bleib das Wochenende bei mir.«

»Aber Maya …«

»Verbringt das Wochenende bei ihrer Tante, damit ich Zeit für mich habe und die beiden ›Mädchenkram‹, wie meine Schwester es nennt, unternehmen können. Das war Mildreds Vorschlag, nicht meiner, aber so … so könnten wir uns besser kennenlernen.«

»Allister …« Ich seufzte. War ich wirklich für einen solchen Schritt bereit? »Lass mich das morgen entscheiden, einverstanden?«

Er nickte und musterte mich mit seinen hellbraunen Augen, bevor er den Atem ausstieß. »Wollen wir ins Hotel zurückgehen? Erstens mag ich Zuschauer nicht und außerdem würde ich gerne etwas unter der Dusche nachholen, für das wir vorhin keine Zeit hatten …«

Ich lachte. »Einverstanden. Aber wenn du morgen den Flug verpasst, bin nicht ich schuld.«

Er nahm meine Hand und lächelte mich an. »Das Schöne ist, dass du ihn dann genauso verpasst, Leandra, und wir das Zimmer bis zum späten Nachmittag verlängern können.«

»Ich denke, ich komme mit weniger Schlaf aus als du.«

Er hob die Augenbraue. »Herausforderung angenommen. Aber beschwer dich nicht, wenn du müde bist oder nicht mehr sitzen kannst.«

Jetzt beeilten wir uns doch, ins Hotel zu kommen.

Noch im Aufzug küsste mich Allister, knurrte, als er sich mit dem Rock abmühte, und ließ seine Hand schließlich unter mein Kleid wandern. Ein Lächeln legte sich auf seine Lippen.

»Du hast das Höschen tatsächlich ausgezogen.«

Ich blieb ihm eine Antwort schuldig, hielt mich an ihm fest und legte mein Bein um seine Hüften.

»Hey, ich dachte, wir heben uns das für die Dusche auf«, keuchte er. »Hier gibt es Kameras.«

»Nicht dein Ernst«, quietschte ich und ließ ihn los.

»Doch.« Er grinste und deutete auf ein kleines rotes Licht über uns.

»Mist.«

»Außerdem«, flüsterte er und zog mich in seine Arme, »brauchst du deine Kraft für unter der Dusche. Denn genau das, was du jetzt vorhattest, will ich mit dir machen.«

Die Fahrstuhltür ging auf und wir liefen förmlich zu meinem Zimmer. Allister öffnete die Tür und kaum war sie geschlossen, packte er meine Handgelenke und presste mich dagegen.

»So, erstes Versprechen eingelöst«, knurrte er und biss zärtlich in meine nackte Schulter. »Und jetzt ziehe ich dir dieses Kleid aus.«

»Hat es dir nicht gefallen?«, neckte ich ihn.

»Doch, aber ohne den ganzen Stoff gefällst du mir deutlich besser.« Er ließ mich los, drehte mich um und öffnete den Reißverschluss.

Der Stoff fiel zu Boden und ich stand in Strümpfen und BH vor ihm. Seine Finger öffneten den Verschluss meines BHs, und auch er landete auf dem Teppich.

»Geh schon mal ins Bad, ich ziehe mich nur schnell aus und bin gleich bei dir«, forderte er mich auf.

Ich ging zur großzügigen Dusche und drehte das Wasser auf. Noch bevor es richtig warm war, stand Allister vollkommen unbekleidet hinter mir. Wir betraten die Kabine und er begann, mich zu küssen, während das warme Wasser über unsere Körper floss.

Ich wollte ihn berühren, ihn mit meinen Händen zum Stöhnen bringen, aber er ließ mich nicht. Er presste meine Handgelenke gegen die Wand und rieb sich an mir. Selbst das fühlte sich so erregend an, dass ich keuchte und mehr wollte.

Er zog gerade ein Kondom aus dem Tütchen, als ich es ihm abnahm. »Lass mich das machen«, raunte ich.

Sein Blick wurde interessiert, als ich mir das hauchdünne Latexteil zwischen die Lippen schob und vor ihm auf die Knie ging. Mit meinen Fingern hielt ich den Rand fest, rollte es ab, während ich ihn immer tiefer in meinen Mund nahm.

»Verdammt, ist das heiß«, brummte er und gab ein Knurren von sich, als ich sicherstellte, dass das Kondom gut saß. »Steh jetzt auf«, forderte er und zog mich an den Schultern hoch.

Seine Lippen bedeckten meine und er drängte mich gegen die Wand. Er hob eines meiner Beine an und ging leicht in die Knie, bevor er zustieß. Ich legte meinen Kopf in den Nacken und gab einen erregten Laut von mir.

Er fühlte sich so gut an, und in dieser Stellung kam es mir vor, als würde er noch tiefer in mich eindringen. Ich zog seinen Kopf näher zu mir, während er wieder und wieder zustieß, und biss zärtlich in seinen Hals.

Ich war froh, dass er mich hielt, denn als er kam und ich das Beben seines Körpers fühlte, erreichte auch meine Lust ihren Höhepunkt und meine Beine zitterten so sehr, dass ich nie allein hätte stehen bleiben können.

»Du fühlst dich unglaublich an, wenn du kommst«, flüsterte er mir ins Ohr und ließ mein Bein schließlich sinken.

Er hauchte einen Kuss an meinen Hals und ich schauderte. Hastig griff ich nach dem Shampoo und schob ihn ein Stück von mir. »Also gut, komm her. Ich will dich einmal ganz ohne Gel in den Haaren sehen.«

Er hob die Mundwinkel. »Auf deine Verantwortung«, sagte er und ließ sich von mir die Haare waschen.

28

Allister

Der Hotelwecker läutete viel zu früh. Ich knurrte und warf ihn vom Nachttisch. Bevor Leandra auch nur einen Mucks von sich geben konnte, zog ich sie an mich und bedeckte ihre Haut mit Küssen.

Wir hatten tatsächlich nicht viel geschlafen, allerdings hauptsächlich geredet. Mein ganzer Körper fühlte sich nach dem Ausflug in die Dusche ausgelaugt an. Aber das war es absolut wert.

»Allister, wir müssen aufstehen«, sagte sie gähnend und versuchte, sich aus meinen Armen zu befreien.

»Der Flug geht erst in zwei Stunden«, murmelte ich an ihrem Hals, bevor ich meine Lippen darauf presste und sie fast wie eine Katze schnurrte.

»Aber«, versuchte sie es erneut und ich genoss, wie kratzig ihre Stimme klang, »wir haben noch nicht gepackt und wir sollten dringend etwas essen.«

Ich löste meine Lippen von ihrer seidig weichen Haut und sah ihr in die Augen, während meine Finger über ihre Brustwarzen strichen und sie wieder schnurrte. »Hm, essen oder mit dir im Bett bleiben …«, überlegte ich laut und ließ meine Hände weiter nach unten streichen.

»Allister«, brummte sie, machte aber keine Anstalten mehr, sich von mir zu lösen.

»Hast du über meinen Vorschlag, das Wochenende mit mir zu verbringen, nachgedacht?«

Sie wurde plötzlich ernst und biss auf ihrer Unterlippe herum. »Ich weiß noch nicht …«

»Gibt es etwas, das ich sagen oder tun könnte, um dir die Entscheidung zu erleichtern? Ich kann zufällig recht gut kochen …«

Ein Lächeln umspielte ihre Lippen. »Wirklich?«, fragte sie ungläubig.

»Finde es heraus!«, neckte ich sie und strich ihr die dunklen Haare aus dem Gesicht. »Ich würde dir sogar Frühstück ans Bett bringen.«

Sie seufzte und rückte ein Stück von mir ab. »Lass uns erst einmal das Flugzeug erwischen und dann weiterreden, ja?«

Ich stieß den Atem aus und nickte. Immerhin hatte sie bis jetzt auch nicht gesagt, dass sie nicht vorhatte, bei mir zu bleiben.

Natürlich war das ein weiterer großer Schritt, für sie wie für mich. Einer, den der Zufall uns ermöglichte, denn sie gleich mit meiner Tochter zu konfrontieren oder Maya mit Leandra, fand ich nicht richtig. Maya mochte Leandra, aber … Was, wenn wir doch feststellten, dass wir uns nur auf die Nerven gingen, sobald wir nicht durch den Beruf abgelenkt waren oder übereinander herfielen?

Natürlich war mir auch klar, dass ein Wochenende unmöglich ausreichen konnte, um herauszufinden, wie es mit uns weiterging. Aber ein paar Tage, in denen es nur um uns ging und keine Präsentation die Zeit, die wir zusammen hatten, beeinflusste, würden uns bestimmt guttun. Deswegen hoffte ich sehr, dass sie mit mir kommen würde.

Es fiel mir trotzdem schwer, sie nicht wieder in das Bett zu ziehen, als sie begann, ihre Sachen in den Trolley zu packen. Zum Glück musste ich in mein eigenes Zimmer zurück.

»Wir treffen uns in der Lobby?«, fragte sie, als ich mich angezogen hatte.

»Ja«, erwiderte ich. »Gib mir zehn Minuten.«

Sie nickte und konzentrierte sich dann wieder auf ihr Gepäck, während ich mit mir haderte, ob ich das Zimmer verlassen sollte. Ich schüttelte den Kopf. Wir konnten schließlich nicht ewig hierbleiben. Aber … was würde werden, falls sie wirklich nicht mit zu mir kommen wollte?

Das Frühstück verlief recht schweigsam und auch die Fahrt zum Flughafen war eher verkrampft. Ich wusste nicht, was ich sagen sollte, und sie schien nachzudenken. Ob das gut oder schlecht war, konnte ich nicht abschätzen, aber ich wollte sie nicht dabei stören.

Sie half mir am Flughafen, einen Stoffbären für Maya auszusuchen, und wir warteten am Gate darauf, in das Flugzeug einzusteigen.

Leandra wurde wieder bleich und ich griff verstohlen nach ihrer Hand. »Ich bin bei dir, falls du etwas brauchst«, raunte ich ihr zu.

»Danke«, gab sie gepresst zurück.

Nachdem wir eingestiegen waren, umklammerte sie ihre Lehne so krampfhaft, dass sie vermutlich fast den Stoff mit ihren Nägeln aufgerissen hätte, wenn ich ihre Finger nicht gelöst und in meine Hand genommen hätte.

Als das Flugzeug startete, kniff sie die Augen zusammen und drückte meine Hand so fest, dass ich den Atem anhielt, um kein Geräusch von mir zu geben. Sie war wirklich kräftig.

Nachdem die Anschnallzeichen erloschen waren, hob ich die Armlehne zwischen uns hoch, zog Leandra an mich und strich ihr beruhigend über den Kopf. »Wie kommt es, dass du solche Angst vorm Fliegen hast?«

»Ich habe keine Ahnung«, wimmerte sie und krallte sich in meinen Pullover. Wir beide trugen für den Rückflug eher lockere Kleidung. »Ich habe es immer gehasst. Einen wirklichen Grund gibt es nicht.«

»Du hast es gleich geschafft«, redete ich auf sie ein. »Mach die Augen zu und versuch dich zu entspannen.«

Ich hielt sie den ganzen Flug über fest, und als wir gelandet waren, stützte ich sie, denn ihre Beine zitterten, während wir das Flugzeug verließen.

Wir nahmen uns ein Taxi. Als der Fahrer fragte, wo er uns hinbringen sollte, sah ich sie zögerlich an. Sie nannte ihm ihre Adresse und das Auto fuhr los. Enttäuscht sank ich in den Sitz zurück.

»Allister, wegen heute …«, begann sie und griff nach meiner Hand. »Ich muss mich umziehen und Sachen zum Wechseln holen.«

Es fiel mir schwer, mein Lächeln zu unterdrücken, als sie diese Worte aussprach. Am liebsten hätte ich sie geküsst und erst wieder aufgehört, wenn wir bei ihrer Wohnung ankamen, nur um sie aus dem Taxi zu zerren und in ihr Bett zu tragen.

»Grins nicht so«, brummte sie und lächelte dabei. »Ich packe eine Tasche und dann …«

Ich legte meinen Arm um ihre Schulter. »Wir können auch bei dir bleiben, wenn du möchtest.«

Sie schien einen Moment zu überlegen, dann schüttelte sie den Kopf. »Ich würde lieber zu dir. Vor allem, wenn du tatsächlich kochen kannst. Dazu wirst du in meiner Wohnung nämlich kaum brauchbares Werkzeug finden. Ich kann eigentlich nur Kekse backen, alles andere hat immer Rose übernommen. Ich bin schon froh, wenn ich eine Gurke von einer Zucchini unterscheiden kann.«

»Einverstanden.« Ich zog sie enger an mich. »Danke, dass du dieses Wochenende mit mir verbringst. Das bedeutet mir viel.«

Sie strich über meinen Arm. »Es macht dir sicher nichts aus, Maya nicht zu sehen? Wegen mir?«

Ich seufzte. »Ich muss dir nicht sagen, wie viel mir meine Tochter bedeutet, oder? Aber als Mildred angeboten hat, das Wochenende mit ihr zu verbringen, war ich erleichtert. Es ist Monate her, dass ich einmal richtig durchatmen konnte.«

»Das kannst du jetzt in Wahrheit auch nicht«, warf sie ein.

»Mit dir ist es etwas anderes als mit einer Dreijährigen.« Ich zwinkerte.

Mittlerweile waren wir in Brooklyn angekommen. Ich bezahlte den Taxifahrer und folgte Leandra in ihre Wohnung. Sie holte die Kleidung von unserer Reise aus ihrem Trolley und packte bequemere Sachen ein. Als auch ein Pyjama in den Koffer wanderte, konnte ich mir ein Lachen nicht verkneifen.

»Denkst du wirklich, dass du den lange anhaben wirst?«

»Ich versuche zumindest ein wenig den Schein zu wahren«, erwiderte sie. »Hast du irgendwelche Pläne für unser Wochenende oder …«

»Ich habe Pläne, aber …« Ich ging zu ihr und legte einen Arm um ihre Taille, zog sie an mich und atmete ihren Duft ein. Ich wünschte, ich müsste sie nicht gleich wieder loslassen. »Was würdest du denn gerne unternehmen?«

Sie zögerte einen Moment. »Wenn Sommer wäre, würde ich Eisessen vorschlagen.«

Ich lachte leise und hauchte dann einen Kuss auf ihren Nacken, was ihr ein Schaudern entlockte. »Wirklich, das würdest du gerne machen?«

»Ich kann ja wohl schlecht sagen, ich möchte mich die nächsten zwei Tage mit dir in deinem Schlafzimmer einsperren«, murmelte sie.

»Richtig, das wäre jetzt vielleicht nicht das, was wir tun sollten, wenn wir uns näher kennenlernen und schauen wollen, ob das mit uns funktioniert«, sagte ich und ließ meine Hand über ihren Arm gleiten. »Auch wenn es verlockend klingt.«

»Was würdest du denn gerne unternehmen?«, stellte sie die Gegenfrage, löste sich von mir und fuhr mit Packen fort.

Ich zuckte mit den Schultern und versuchte, dem Drang, sie vom Packen abzuhalten, nicht nachzugehen. »Gute Frage, ist auch schon eine Weile her, dass ich Dates hatte«, gestand ich.

Den Blick, den sie mir zuwarf, konnte ich nicht recht deuten. »Ich habe am Anfang gedacht, dass du ein Aufreißer bist.«

Mir entwischte ein Lachen, weil diese Vorstellung vollkommen abwegig war. »Wie kommst du denn darauf?«

Jetzt zuckte sie mit den Schultern. »Weil ich dich heiß fand, obwohl ich dich mir schlechtgeredet habe. Wegen der Frisur und der Nase und …«

»Der Nase?«

Sie schmunzelte. »Du musst zugeben, dass deine Nase nicht ganz der Norm entspricht.«

Ich legte meine Hand auf meinen Nasenrücken und stieß hörbar den Atem aus. »Liegt in der Familie«, brummte ich. »Noch etwas?«

Leandra schloss ihren Koffer, drehte sich zu mir um und verschränkte die Hände in meinem Nacken. »Mir ist etwas eingefallen, das wir unternehmen können.« Ich hob eine Augenbraue, weil sie das Thema so schnell gewechselt hatte, und wartete, aber sie lächelte nur. »Zuerst bringen wir die Koffer zu dir. Dann erzähle ich dir, was ich meine.«

Sie hatte den Mund geöffnet und schloss ihn wieder, nur um ihn erneut zu öffnen. Das Taxi hatte uns vor meinem Haus in der Upper East Side abgesetzt. Es war gegen Ende des neunzehnten Jahrhunderts gebaut und mehrfach renoviert worden. Ich hatte es nach der Scheidung bezogen und Mutter hatte es von einem Innenarchitekten ausstatten lassen, damit es ›angemessen‹ war.

Mit einem Ziehen in der Magengegend ging ich zu Leandra. »Wollen wir hineingehen?«

»Das ist … Liebe Güte, wenn ich gewusst hätte, wie du wohnst …«

»Wären wir in Brooklyn geblieben?« Ich versuchte locker zu klingen.

Sie schluckte. Ich wusste selbst, dass dieses Haus viel zu protzig war. Aber auch hier hatte ich mich dem gebeugt, was von mir erwartet worden war. Schon wieder.

Zögerlich ergriff ich ihre Hand. »Komm, drinnen ist es nicht ganz so einschüchternd, weil eine Dreijährige ihre unverkennbare Handschrift bei der Einrichtung hinterlassen hat«, sagte ich. Das war nicht gelogen, Maya hatte die meisten Möbel schon ziemlich in Mitleidenschaft gezogen.

Leandra rang sich ein Lächeln ab, nickte und folgte mir ins Haus. Dort öffnete sie wieder den Mund und schloss ihn. Ja, es sah tatsächlich aus, als hätte jemand ein Shooting für die Zeitschrift ›Living at Home‹ vorbereitet. Nur hier und da lagen Spielsachen verstreut und die Flecken von Schokoladeneis auf dem weißen Stoff der Couch zerstörten dieses zu perfekte Bild.

»Also …« Ich räusperte mich. »Was möchtest du jetzt mit mir unternehmen?«, begann ich und kämpfte gegen die aufkommende Nervosität an, da Leandra viel zu eingeschüchtert wirkte. Sie sollte sich wohlfühlen. Bevor sie auch nur ein Wort herausbrachte, sprach ich weiter, um ihr gar nicht erst die Möglichkeit zu geben, mir einen Korb zu verpassen und zu gehen. »Weil ich habe überlegt, dass wir das Rockefeller Center besuchen könnten. Vorgestern haben sie den Weihnachtsbaum und die Eislaufbahn eröffnet, und …«

»Das Rockefeller Center ist mir zu überlaufen am Wochenende«, erwiderte sie, riss sich vom Anblick der Möbel los und sah mich an. »Kennst du den Weihnachtsmarkt in der 7th Avenue?« Ich schüttelte den Kopf und sie lächelte. »Dann sollten wir das ändern.«

Wir spazierten zu Fuß von meinem Haus zu dem Weihnachtsmarkt. Es war zwar ein ordentliches Stück, aber es machte mir nichts aus, denn die kalte Luft tat meinen Gedanken mindestens genauso gut wie Leandras Nähe.

Die ganze Zeit über hielt ich ihre Hand. Natürlich gab es ein Risiko, dass wir jemandem begegneten, den wir kannten, aber auch das war mir gleich. Ich hatte es ihr schon gesagt, Gerüchte würde es immer geben und ob wir uns im Büro nicht durch Blicke verraten würden, war ohnehin fraglich.

Bei der 7th Avenue angekommen, konnte ich nicht fassen, dass mir dieser Weihnachtsmarkt bisher nie aufgefallen war. Zwischen den Läden und Cafés hatte man kleine Stände aufgestellt, die mit glitzerndem Kunstschnee und Zuckerstangen dekoriert waren. Der Geruch von Zucker und Zimt hing in der Luft, während ein Chor weihnachtliche Lieder zum Besten gab.

Als ich mich zu Leandra umdrehte, lächelte sie. »Du warst wirklich noch nie hier?«

Ich schüttelte den Kopf. »Ich hatte keine Ahnung, dass es so etwas in Manhattan gibt.«

Sie zog mich zu einem Stand, an dem eine Süßigkeit verkauft wurde, die ich noch nie gesehen hatte. Auf einer Walze wurde Teig aufgerollt und dann über Feuer gebacken, während sie gedreht wurde. Danach streute man Zimt und Zucker darüber.

Leandra bestellte zwei und reichte mir einen. »Das ist ein Baumkuchen«, sagte sie und riss von ihrem ein Stück ab.

Das Leuchten in ihren Augen war atemberaubend schön, also beobachtete ich sie, wie sie diesen Baumkuchen genoss.

»Rose hat ihn immer so schnell gegessen, dass ihr schlecht wurde. Und egal, wie oft wir versucht haben, ihn nachzumachen, er wurde nie so wie der hier.«

»Also warst du öfter hier?«, hakte ich nach.

»Ist auch eine unserer Weihnachtstraditionen gewesen«, erwiderte sie lächelnd. »Angeblich gibt es in Europa richtig bekannte Weihnachtsmärkte. Viel größer als der hier.«

Ich nickte. »Hab davon gehört.«

Sie seufzte. »Irgendwann möchte ich einen solchen Weihnachtsmarkt sehen.«

»Was hält dich davon ab?«, wollte ich wissen und gab mir die Antwort selbst. »Deine Flugangst.«

»Ja, ich denke, einen Flug über den Atlantik stehe ich nicht durch.«

Ich nahm ihre Hand. »Dieser Markt ist auch schön. Und vielleicht kannst du deine Angst ja eines Tages überwinden.«

»Es hat mir schon viel geholfen, dass du bei mir warst«, murmelte sie und räusperte sich dann. »Komm, die haben hier echte italienische heiße Schokolade. Die solltest du unbedingt probieren.«

Ich schmunzelte, weil sie erneut einfach das Thema gewechselt hatte. »Ich kann es kaum erwarten.«

Während wir auf die heiße Schokolade warteten, betrachtete ich sie und konnte dabei nicht aufhören, zu lächeln. Leandra schien sich hier wohlzufühlen. Weil sie wunderbare Erinnerungen mit diesem Ort verband. Und als mir bewusst wurde, dass sie mich hierhergebracht hatte und ich nun Teil dieser Erinnerungen wurde, schlug mein Herz schneller.

Leandra hatte mir – ob bewusst oder unbewusst – damit ihr Herz geöffnet und mir auf diese Weise Hoffnung gegeben. Ich legte meinen Arm um ihre Taille und zog sie an mich. Vielleicht gab es doch Weihnachtswunder, denn ich war sicher, dass meines gerade begann.

29

Leandra

Nachdem wir heiße Schokolade getrunken hatten, machten wir uns auf den Weg zurück zu Allisters Haus. Dem Haus, das aussah, als wäre es einer Zeitschrift entsprungen. Einem Haus, das ich mir niemals hätte leisten können, nicht einmal, wenn ich gewollt hätte.

In diesem Moment wurde mir klar, wie unterschiedlich die Welten waren, aus denen wir stammten. Er war in einem vornehmen Umfeld aufgewachsen und ich hatte staatliche Schulen besucht und um mein Studium gekämpft.

Nicht dass Allister mir jetzt das Gefühl gäbe, er würde sich für etwas Besseres halten, aber … ich wusste einfach nicht, wie das mit uns klappen sollte. So wie er seine Mutter beschrieb, würde sie mich nie gutheißen, wenn wir tatsächlich ein Paar würden. Worüber ich mir Sorgen machen konnte, falls wir beschlossen, zusammen sein zu wollen. Und … falls Maya mich akzeptierte.

Eines war mir nämlich klar und jagte mir eine fürchterliche Angst ein: Selbst wenn ich den Mut fand, mich der Situation mit allem zu stellen, und ich noch tiefere Gefühle für Allister entwickelte ... Sollte Maya mich doch nicht mögen, würde Allister sich gegen mich entscheiden müssen. Was absolut verständlich war! Jeder Vater, der seine Tochter liebte, würde sich für sie entscheiden. Und ich empfand schon zu viel in seiner Nähe. Wenn er mich anlächelte, mich wie zufällig berührte, dann klopfte mein Herz wie wild in meiner Brust.

Noch konnte ich einen Rückzieher machen, würde mit leichten Blessuren auf meiner Seele davonkommen. Denn in Wahrheit empfand ich schon viel zu viel für ihn.

Ich schreckte aus meinen Gedanken hoch, als ich bemerkte, dass Allister nicht den direkten Weg zurück nahm. Er führte mich über einen ziemlichen Umweg durch den Central Park, der von Schnee bedeckt aussah, als würden wir in eine andere Welt eintauchen.

Er schlang seinen Arm um meine Taille und wir schlenderten auf den Eingang zu. Vor einer Kutsche blieb er allerdings stehen.

»Hast du so eine Fahrt schon einmal gemacht?«, wollte er wissen.

Ich schüttelte den Kopf. »Mum meinte immer, das wäre nur was für Touristen.«

»Ja, aber es ist trotzdem schön.« Er hielt mir seine Hand hin, um mir beim Einsteigen zu helfen.

Nachdem auch er Platz genommen hatte, breitete er die Decke über unseren Beinen aus und legte seinen Arm um mich, als der Kutscher losfuhr. Kleine Glocken bimmelten, während wir eine Tour an unzähligen Leuten vorbei um den kleinen See machten.

Ich lehnte mich näher an Allister und seufzte, als der kühle Wind um meine Wangen strich. »Ich gebe zu, es hat etwas«, murmelte ich und betrachtete die imposanten Hochhäuser, die hinter dem See aufragten. Ich deutete mit meinem Kinn darauf. »Früher habe ich mir immer gewünscht, irgendwo dort eine Wohnung zu haben.«

»Jetzt nicht mehr?«

»Nein, ich finde es in Brooklyn ganz nett«, erwiderte ich. »Obwohl das hier auch schön ist.«

Allister beugte sich nach vorn und zog etwas unter einer weiteren Decke heraus, das ich vorhin nicht bemerkt hatte. Ich riss die Augen auf, als ich einen Mistelzweig erkannte.

Er zuckte nur mit den Schultern. »In der Weihnachtszeit haben die meisten Kutschen so etwas mit.«

»Wirklich. Woher weißt du das?«

Er zuckte erneut die Achseln, bevor er den Zweig über seinen Kopf hob. »Es wäre möglich, dass ich vorhin kurz gegoogelt habe, weil ich mir sonst hätte überlegen müssen, wo ich einen Mistelzweig herbekomme. Ich dachte, es hat schon irgendwie Tradition …«

Ich lächelte, beugte mich zu ihm hinüber und hauchte einen Kuss auf seine Lippen.

»Das können wir doch besser«, meinte er, legte eine Hand an mein Gesicht und zog mich näher zu sich.

Dann küsste er mich. Zärtlich und fordernd zugleich. Ich verschränkte meine Finger in seinem Nacken und versank in dem Kuss, bevor wir uns voneinander lösten.

Seine Wangen waren leicht gerötet, was ich unglaublich süß fand. Ich lehnte mich an ihn und bewunderte die Dekorationen, die an den bereits erleuchteten Laternen angebracht waren.

»Wie aus einem Weihnachtsroman«, murmelte ich und hob den Kopf, um Allister anzusehen.

Er beugte sich zu mir herab und unsere Lippen trafen sich erneut.

Immer wieder lösten wir uns kurz voneinander, damit ich die Umgebung, die mir noch nie so strahlend vorgekommen war, bewundern konnte. Und jedes Mal prickelten meine Lippen, wenn Allister sie mit seinen bedeckte.

Trotz all meiner Bedenken, was die Zukunft betraf, gab ich mich dem Moment hin und genoss das Klingeln der Kutschglocken und die weihnachtlichen Kränze mit ihren leuchtend roten Schleifen an den Laternen. Es hätte nicht perfekter sein können, nicht einmal, wenn es zu schneien begonnen hätte, obwohl ich mir das wünschte.

Innerlich musste ich lachen. Wann hatte ich begonnen, kitschige Romantik gut zu finden?

Ein Blick in Allisters warme Augen genügte. In dem Moment, als ich beschlossen hatte, Gefühle für meinen Boss zuzulassen …

Nach der Kutschfahrt waren wir zu einem kleinen Supermarkt gegangen und hatten Lebensmittel und Wein gekauft. Ich kannte mich mit dem Kochen nicht so gut aus, aber ich hatte die Vermutung, dass Allister Lasagne zubereiten wollte. Entweder das oder einen Nudelauflauf mit diesen plattenartigen Nudeln. Was mir beides recht war.

Das Haus schüchterte mich immer noch ein, obwohl es dank Mayas Einfluss tatsächlich nicht wie eine perfekte Kopie aus einem Einrichtungskatalog aussah.

Allister packte die Einkäufe aus und ich stand unsicher daneben. Es war seltsam, in seinem Haus in dieser perfekten Küche zu stehen und ihm zuzusehen.

»Kann ich dir irgendwie helfen?«, fragte ich deswegen, weil ich mir nicht so unnütz vorkommen wollte.

»Wenn du möchtest, können wir zusammen kochen«, schlug er vor und breitete die Zutaten, die wir brauchen würden, auf der Arbeitsfläche aus. »Hast du schon eine Idee, was ich vorhabe?«

»Lasagne?« Es war meine erste Vermutung und ich war froh, dass er nickte. »Weil Maisie erklärt hat, dass es mein Lieblingsessen ist? Du hast dir das gemerkt?«

»Das ist jetzt nicht sooo besonders schwierig gewesen«, meinte er und lächelte verlegen. »Hast du schon einmal Lasagne selbst gemacht?«

»Rose wollte es mir mal beibringen, aber sie hatte nicht die Geduld, weil ich die Be… äh … die weiße Soße dreimal habe anbrennen lassen.«

»Béchamel«, half Allister mir aus. »Und die ist auch nicht so leicht, wie man denkt. Wenn du möchtest, können wir es zusammen versuchen.«

»Nur wenn es dich nicht stört, falls ich Mist baue. Sonst setze ich mich einfach hin und lasse dich in Ruhe.«

Er schmunzelte. »Du störst mich gar nicht und falls was anbrennt, haben wir eben Röstaromen.« Er öffnete einen Schrank und holte Töpfe und eine Pfanne heraus. Dann legte er zwei Schneidebretter und Messer auf die Arbeitsplatte, bevor er mir eine Schürze hinhielt. »Wir fangen mit der Fleischsoße an, anschließend machen wir die Béchamel und zuletzt bauen wir die Lasagne zusammen.«

»Ich bin noch immer beeindruckt, dass du kochen kannst«, murmelte ich.

Allister hatte sich ebenfalls eine schwarze Schürze angezogen, die ihm erstaunlich gut stand. Sein Anblick ließ meine Wangen heiß werden. Wie konnte ein Mann selbst in so etwas gut aussehen? Er begann, Zwiebeln richtig professionell zu schneiden. Ich war mir nicht sicher, ob Rose das so schnell konnte – und sie hatte es gelernt.

»Nun, da meine Mutter nie der häusliche Typ war und sie keine Kindermädchen mehr einstellen wollte, als ich zwölf wurde, musste irgendjemand kochen lernen. Mildred und ich haben uns viel aus Fernsehshows abgeschaut.«

»Einfach faszinierend.« Ich sah zu, wie er eine tiefe Pfanne auf den Herd schob und Öl darin erhitzte. »Ehrlich, ich dachte, du würdest jeden Abend in schicke Restaurants gehen. Also, bevor ich das von Maya wusste.«

»Hm«, machte er nur, ließ das Messer sinken und musterte mich. »Willst du das Fleisch anrösten oder lieber den Knoblauch hacken?«

»Uh, beides hat ein hohes Risiko, dass was schiefgeht.«

»Unsinn«, meinte Allister und legte das Messer weg. »Du kannst das. Komm.«

Er nahm das Hackfleisch und leerte es vorsichtig in die Pfanne. Dann reichte er mir einen Kochlöffel und schob mich näher an den Herd heran. Als ich seine Brust in meinem Rücken und seine Hände auf meinen fühlte, hielt ich einen Moment den Atem an.

Kochen hatte für mich nie etwas Erregendes an sich. Ich kochte nur, wenn es nicht anders ging. Abends gab es bei mir deswegen fast immer etwas Kaltes. Aber jetzt so mit Allister zu stehen … seine Nähe zu spüren, ließ Schmetterlinge durch meinen ganzen Körper tanzen und meine Knie weich werden, weswegen ich in meiner Bewegung innehielt und mich an ihn lehnte.

»Nicht aufhören zu rühren, bis wir die Tomatensoße darüber geben. Sonst haben wir zu viele Röstaromen.«

»Ich dachte, Röstaromen sind gut«, hauchte ich und wandte meinen Kopf ein wenig, um ihn seitlich ansehen zu können.

»Alles mit Maß und Ziel«, erwiderte er leise und biss sich auf die Unterlippe, als er mir in die Augen sah. »Lenk mich nicht ab, sonst müssen wir uns doch etwas bestellen.«

»Okay, nicht ablenken.«

Allister hackte die Knoblauchzehen und fügte sie anschließend zusammen mit der Zwiebel zum Fleisch hinzu, während ich rührte, bis er die passierten Tomaten darüber goss. Dann reduzierte er die Hitze, fügte Gewürze dazu und half mir, eine klumpenfreie Béchamel-Soße zuzubereiten, die nicht anbrannte.

Nachdem wir abwechselnd Nudeln, Bolognese- und Béchamel-Soße in eine Form geschichtet und diese in den Ofen geschoben hatten, öffneten wir eine Weinflasche und nahmen auf den Barhockern der Küche Platz.

Ich sah mich ein wenig um, während mir der Geruch von Lasagne in die Nase stieg. »Ihr hattet noch keine Gelegenheit zu dekorieren?«

»Nein, bisher nicht. Das würde ich gerne bald nachholen.«

»Ein wenig Zeit habt ihr ja noch. Weihnachten ist erst in drei Wochen.«

»Ich weiß, aber ich hätte es dennoch gerne mit Maya gemeinsam gemacht. Die Abende sind allerdings ohnehin schon so kurz. Und mit Maya muss man etwas zu Ende bringen, bevor sie anfängt, alles als Spielzeug zu betrachten und irgendwo im Haus zu verstecken. Deswegen kann ich nicht jeden Tag nur ein wenig dekorieren.

Eigentlich wollte ich letztes Wochenende alles schmücken, aber da war ich etwas zu durcheinander.«

Ich musste daran denken, wie er sich Vorwürfe gemacht hatte. Deswegen legte ich meine Hand auf seine. »Es ist noch genug Zeit.«

Er rang sich ein Lächeln ab und nickte.

Da die Lasagne fertig war, deckte ich den Tisch, während Allister die Form aus dem Ofen holte. Draußen war es bereits dunkel und die Weihnachtslichter der Nachbarhäuser blinkten und ließen mich richtig in weihnachtlicher Stimmung versinken. Es würde sicher in Allisters Haus wunderschön aussehen, wenn er es schmückte.

Wir setzten uns an den viel zu großen Esstisch und begannen mit dem Abendessen.

»Bei unserer ersten Lasagne dachte ich, du wärst ein arroganter Schnösel«, gestand ich, während ich mir eine Gabel in den Mund schob.

»Wirklich? Wäre mir gar nicht aufgefallen.« Er schmunzelte. »Da dachtest du allerdings noch, dass ich dir deinen Job weggeschnappt habe, oder?«

»Was, rein technisch betrachtet, immer noch stimmt. Aber es war nicht deine Schuld.«

Er räusperte sich. »Leandra, falls das mit uns klappt, dann werde ich …«

Ich hob die Hand. »Sprich es nicht aus, Allister. Lass uns erst darüber klar werden, ob wir zusammen sein wollen, und anschließend sehen wir weiter.«

»Es ist nur so …«

Seufzend ließ ich die Gabel sinken. »Also schön. Falls das mit uns funktioniert und Maya mich akzeptiert, muss sich einer von uns beiden beruflich verändern.« Er nickte und schien etwas sagen zu wollen, aber ich ließ ihn nicht zu Wort kommen. »Und das werde ich sein.«

Sein Mund klappte auf, dann blinzelte er. »Wieso du? Du bist so gut in der Firma verwurzelt und …«

»Wir beide wissen, dass ich keine Chance auf einen Aufstieg habe. Und auch wenn mein Chef nicht der arrogante Schnösel ist, für den ich ihn gehalten habe, ist die Position nicht das, was ich erreichen möchte. Es wird also vielleicht Zeit, etwas Neues auszuprobieren.«

Er fuhr sich durch die Haare und zerstörte seine Frisur damit vollständig. »Das überrascht mich jetzt.«

»Aber du warst doch dabei, als Mr. Maison erklärt hat, was er von Frauen hält.«

»Eher, dass du dir darin sicher bist, obwohl du nicht einmal weißt, ob du mit mir zusammen sein willst.«

Ich hob die Hände. »Du erinnerst dich daran, dass ich dir gesagt habe, wie beziehungsunfähig ich bin? Ich habe Angst, Allister.«

»Wovor?«, hauchte er und ergriff meine Hand.

»Du hast eine Tochter. Sie ist süß und ich habe sie gerne. Aber ich habe noch nicht einmal unter einfachen Voraussetzungen eine ernsthafte Beziehung zustande gebracht. Ich weiß nicht, ob ich mich auf diese Situation einstellen kann.«

»Ich verstehe.« Er starrte auf seinen Teller. »Ich will jetzt nicht fragen, was wäre, wenn es Maya nicht gäbe, denn sie ist da und sie ist das Wichtigste in meinem Leben.«

»Selbst wenn es Maya nicht gäbe, wäre ich unsicher. Weil ich das einfach nicht kann.«

»Woher weißt du das, wenn du es nie versucht hast?«, wollte er wissen und sah wieder mich an.

Ich wusste es nicht. Mir wurde klar, dass ich mich bei viel zu vielen Dingen meinen inneren Ängsten nicht stellen wollte. Vielleicht hatten meine Beziehungen deswegen bisher nicht funktioniert. Weil ich sie bewusst torpediert hatte, mir nie die Mühe gemacht hatte herauszufinden, was ich von einem Mann erwartete.

»Manchmal muss man Risiken eingehen, Leandra. Das macht das Leben aus.« Er seufzte. »Ich wäre bereit, das Risiko einzugehen. Weil ich glaube, dass du es wert sein könntest. Weil ich glaube, dass es klappen könnte.«

»Allister.« Ich stand auf und setzte mich auf seinen Schoß. »Ich weiß auch nicht, ob es wirklich klug ist, wenn Maya uns schon zusammen sieht. Vielleicht sollten wir uns mehr Zeit lassen. Immerhin … ich bin nicht ihre Mutter. Ich nehme an, sie vermisst …«

Allister hob seine Hand und schüttelte den Kopf. »Tiffany hat sich nie besonders mit Maya beschäftigt. Als sie ging, war Maya zwar aufgewühlt, aber das lag wohl hauptsächlich an mir, weil ich mit der Situation überfordert war. Sie hat schon lange nicht mehr nach ihrer Mutter gefragt und außerdem … mag sie dich.«

Ich seufzte. »Ich weiß trotzdem nicht, Allister …«

Er legte seine Arme um meine Taille und sah mich mit seinen hellbraunen Augen an. »Ich weiß, dass es Zeit benötigen wird. Und ich werde dir so viel Zeit geben, wie du brauchst. Leandra, eines muss dir dennoch klar sein. Es gibt keinen perfekten Zeitpunkt. Für nichts. Ich will nichts überstürzen, aber ich denke, es ändert nichts, wenn wir jetzt ein halbes Jahr warten, bevor wir gemeinsam Zeit mit Maya verbringen. Sie hat dich gerne und ich glaube, es würde nicht besser funktionieren, wenn wir länger warten.« Er stieß den Atem aus. »Die Entscheidung überlasse ich natürlich dir.«

Ich strich ihm die Haare aus der Stirn. »Danke.« Zu mehr war ich nicht imstande. Ich wollte nichts überstürzen, weil es nicht nur uns beide betraf. Da war eben ein Kind, auf das wir Rücksicht nehmen mussten.

Natürlich wusste ich, dass Allister selbst ständig an Maya dachte. Für ihn war es noch schwieriger, das war mir bewusst. Je mehr Zeit ich mit ihm verbrachte, umso mehr verstand ich, wie schwer es für ihn sein musste. Und ich machte es ihm auch nicht gerade leichter. Er hatte ja recht, es gab niemals den perfekten Zeitpunkt. Es gab Menschen, die ihr ganzes Leben verstreichen ließen, weil sie auf den ›perfekten Moment‹ warteten und dann nie das taten, was sie wirklich wollten. So sollte es bei uns nicht sein.

Er lehnte den Kopf an meine Schulter und ich strich ihm über den Nacken.

»Danke übrigens für die Lasagne. Sie war köstlich«, durchbrach ich unser Schweigen.

Allister löste sich von mir. »Liegt an der Geheimzutat.«

»Wenn du jetzt sagst, dass es so gelungen ist, weil wir sie gemeinsam gekocht haben, übertreibst du.«

Seine Mundwinkel zuckten. »Ich meinte zwar den Rotwein in der Bolognese, aber wenn du auf so etwas Kitschiges stehst, sage ich gerne, dass sie besonders gut geworden ist, weil wir sie gemeinsam gekocht haben.«

Ich wuschelte noch einmal durch seine Haare, was er mit einem Schnauben zuließ. »Dann kümmere ich mich mal um den Abwasch. Das ist auch zu Hause immer meine Aufgabe gewesen.«

Eigentlich wollte ich aufstehen, doch Allister ließ mich nicht. »Wir haben gemeinsam gekocht, wir waschen gemeinsam ab. Klare Sache.«

»Das meiste hast ja wohl du gemacht.«

»Trotzdem, ich kann doch nicht hier sitzen und zusehen, wie du abwäschst.«

Wir räumten den Tisch ab und ich begann, das Geschirr zu spülen, während Allister es abtrocknete. Ich konnte nicht anders, ich musste lächeln. Niemals hätte ich erwartet, dass Allister Fielding kochen *und* freiwillig abtrocknen würde. Schon gar nicht, nachdem ich das Haus, in dem er wohnte, gesehen hatte.

Aber das hier … erinnerte mich wirklich an das Haus meiner Eltern. Wenn Rose und Jeff kochten und Joe mit mir den Abwasch erledigte.

»Woran denkst du gerade?«, sagte Allister und ich ließ beinahe die Auflaufform fallen.

»Daran, wie herrlich normal du bist.«

Er gab ein leises Grunzen von sich. »Irgendwie klingt das nicht gerade positiv.«

Ich reichte ihm die Auflaufform und machte die Spüle sauber. »Doch, eigentlich meine ich das sehr positiv. Weil du mir wieder beweist, dass du kein Schnösel bist.«

»Na dann«, brummte er und räumte das Geschirr weg. »Bist du schon müde oder möchtest du noch einen Film ansehen?«

Ich wartete, bis er sich wieder zu mir umdrehte, dann legte ich meine Arme um seinen Hals. »Ich bin nicht müde, aber Fernsehen möchte ich auch nicht.«

Er musterte mich, bevor er seine Hände an meine Hüften legte. »Lieber Schach spielen?«

Ein Lächeln umspielte meine Lippen. »Genau, in dem Pyjama, den ich jetzt anziehen werde. Und dann werde ich dich gnadenlos besiegen.«

»Ich weiß schon, warum das mit Sport und mir nichts geworden ist. Dieses Konkurrenzdenken liegt mir nicht.«

»Du hast bei einer Bank gearbeitet. Sag mir nicht, ihr hättet euch dort nicht gegenseitig die besten Angebote weggeschnappt.«

Er zuckte mit den Schultern. »Das war etwas anderes. Da musste ich etwas beweisen.«

»Hättest du beim Sport auch müssen.«

»Okay, da *wollte* ich etwas beweisen. Dort musste ich kein Captain sein, damit man zu mir aufsah.«

»Das mit dem Captain stört dich unheimlich, oder?«, fragte ich und betrachtete sein Gesicht dabei.

»Falscher Stolz, ich weiß.« Er lachte und strich über meine Arme.

»Na schön.« Ich seufzte. »Heute darfst du der Captain sein.«

»Was?« Er starrte mich verwirrt an.

Ich räusperte mich und hauchte: »Oh Captain, mein Captain, unsere gefahrvolle Reise ist zu Ende«, begann ich das Gedicht von Walt Whitman zu zitieren, wich dann aber vom Original ziemlich ab. »Oh Captain, mein Captain, heute Nacht folge ich dir, wohin du willst.«

Seine Augen blitzten. »Wohin ich will?«

»Aye.« Ich schauderte, als er seine Nase an meiner Halsbeuge vergrub.

»Und wenn ich dich heute Nacht nur halten will, Leandra?«

»Du bist der Captain«, erwiderte ich mit rauer Stimme, als seine Lippen eine heiße Spur an meinem Hals hinterließen.

Er richtete sich wieder auf und lächelte mich müde an. »Dann würde ich jetzt gerne den Wein mit dir auf meinem Schoß trinken und anschließend in mein Schlafzimmer gehen. Dort ziehst du dich aus, vergisst, dass du einen Pyjama mithast, schmiegst dich an mich und lässt mich ausnahmsweise einmal das Sagen haben.«

»Ich habe ein Monster erschaffen«, gab ich lachend zurück, schlenderte aber mit ihm zum Esstisch, um den Wein zu holen, bevor ich mich auf dem Sofa auf seinem Schoß niederließ. »Gut so?«

»Ja, so in etwa habe ich mir das vorgestellt«, meinte er und stieß mit mir an.

Ich nippte an meinem Glas. »Du hast einen erlesenen Geschmack bei Wein.«

»Ja, bisher war Wein das Einzige, wo ich wirklich Geschmack bewiesen habe.« Er ließ das Glas sinken. »Und dann habe ich dich getroffen.«

Ich trank einen Schluck von meinem Wein.

»Entschuldige«, ruderte Allister zurück.

»Schon in Ordnung, Captain.« Ich versuchte, locker zu klingen.

Er leerte sein Glas mit einem Zug. »Na gut, da wir nicht Schach spielen werden, könnten wir ins Schlafzimmer gehen. Obwohl ich es schön finde, dich so auf meinem Schoß sitzen zu haben. Das können wir gerne öfter machen.«

»Jederzeit, aber ich werde dich nicht immer Captain nennen«, erwiderte ich und stellte mein Glas neben seines.

»Schade, daran könnte ich mich gewöhnen. Wenn ich schon im Büro nicht so richtig das Sagen habe …«

»Ich weiß nicht, was du meinst.« Ich strich ihm durch sein zerzaustes Haar.

»Nicht? Na gut, dann klären wir das ein anderes Mal. Jetzt wird es Zeit fürs Bett.«

»Zu Befehl, Captain.« Ich rutschte von seinem Schoß. »Ich warte auf weitere Befehle.«

»Ausgezeichnet.« Allister gähnte und stand auf.

Er nahm meine Hand und führte mich zum Schlafzimmer, in das er meinen Koffer gestellt hatte. Ich hatte es noch nicht betrachtet, aber als er die Nachttischlampe einschaltete und das riesige Doppelbett zu erkennen war, konnte ich mir ein Schnauben nicht verkneifen. Es war mit dunklen Satinlaken überzogen, die zwar edel aussahen, allerdings so gar nicht zu ihm passen wollten.

»Du kannst gerne jederzeit neue Bettwäsche auf meine Kosten bestellen«, sagte er. »Die habe ich nämlich auch nicht ausgesucht und ich finde sie scheußlich.«

»Ich dachte schon, dass sie nicht zu dir passt.«

»Nein«, stimmte er zu und kam zu mir. »So und jetzt werden wir die Kleidung los«, entschied er und legte seine Hände an den Saum meines Pullovers.

»Ich kann mich alleine ausziehen.«

»Davon gehe ich aus, aber ich bin heute der Captain. Du hast es richtig bemerkt, du hast ein Monster erschaffen.«

Aus der Nummer kam ich wohl nicht mehr raus und eigentlich wollte ich das auch gar nicht. Deswegen spielte ich mit und hob meine Arme.

30

Allister

Ich umfasste den Saum ihres grauen Pullovers und zog ihn über ihren Kopf, genauso wie ich es mit ihrem T-Shirt darunter machte. »In Jeans und BH siehst du einfach umwerfend aus«, verkündete ich und legte meine Hände an ihre Hüften.

Leandra betrachtete meinen Gürtel eingehend, ließ ihre Finger darüber streichen. »Und jetzt?«, fragte sie, ohne den Blick zu heben.

»Jetzt darfst du dir aussuchen, ob ich mich selbst ausziehe oder du das für mich übernehmen willst.«

Ein Schmunzeln erschien auf ihren Lippen und sie wollte bereits meinen Gürtel öffnen, als ich ihre Handgelenke umfasste.

»Ich habe nichts von meiner Hose gesagt.«

»Aber auch nicht davon, dass ich mich auf den Oberkörper beschränken muss«, erwiderte sie.

»Richtig«, gab ich zu und ließ sie los.

Sie tat sich etwas schwer, mir den Pullover auszuziehen, weil ich einen Kopf größer war als sie. Schließlich gelang es ihr und sie knöpfte das schlichte Hemd, das ich darunter trug, auf.

Ich schloss meine Arme um sie und bewegte mich mit ihr auf das Bett zu, schob sie weit genug hinein, dass wir nebeneinanderliegen konnten. Sie bedeckte meine Lippen mit ihren und ich begann sie zu streicheln, erforschte die nackte Haut mit meinen Fingerspitzen.

Es tat gut, ihre Nähe zu spüren. Langsam wanderten meine Hände tiefer, bis ich den Knopf ihrer Jeans erreichte. Ich öffnete ihn und schob die Hose über ihre Beine hinunter.

Leandra löste ihre Lippen von meinen. »Die Kondompackung ist noch in meinem Koffer«, murmelte sie und wollte aufstehen, allerdings hielt ich sie fest.

»Und genau dort bleibt sie, sonst bin ich in Versuchung, doch mit dir zu schlafen.«

Sie betrachtete mich im Schein der Nachttischlampe. »Du willst heute tatsächlich nicht …«

»Nein«, hauchte ich und strich über ihre Wange. »Nein, ich will dich heute wirklich einfach nur halten, Leandra.« Ein seltsamer Ausdruck huschte über ihr Gesicht. »Es liegt nicht daran, dass ich genug von dir hätte«, beeilte ich mich deswegen zu erklären. »Aber wir beide sind erschöpft und ich möchte jetzt nur neben dir einschlafen. Auch wenn das bedeutet, dass ich den Umstand, dein Captain zu sein, nicht ausnutzen kann. Doch möglicherweise gibst du mir morgen noch einmal eine Chance.«

»Morgen ist Sonntag«, sagte sie und schluckte. »Ich muss nach Hause und du wirst Maya früh holen wollen, oder?«

Ich nahm ihre Hand und hauchte einen Kuss darauf. »Ich weiß. Aber wir haben den ganzen Vormittag. Da sollte genug Zeit für alles sein, findest du nicht? Und dann könnten wir auch überlegen, wie es danach weitergeht …« Sie hielt den Atem an und musterte mich, als wäre ich ein Auto und sie das Reh, das gleich überfahren wurde. Wunderbar, ich hatte sie wieder verschreckt. »Wir können morgen noch einmal reden. Lass uns darüber schlafen.«

»Okay«, meinte sie leise und betrachtete mich. »Ziehst du die Hose dann auch aus oder …«

Ich schmunzelte, entledigte mich meiner Jeans und half ihr aus der Unterwäsche. Das Satinlaken war eiskalt und ich zog Leandra enger an mich. Ich wollte ihre Wärme spüren, sie halten. Wieso wollte ich ihr nach zwei Wochen schon so nahe sein? Und wieso ging es ihr nicht genauso? Sollte mich das stutzig machen?

»Danke für diesen Tag.« Sie gähnte. »Es war wirklich schön.«

»Ja?«, fragte ich und konnte mir das Lächeln nicht verkneifen.

»Ja. Besonders, weil ich deine Frisur zerstören durfte. Mit verwuschelten Haaren bist du unglaublich sexy.«

»Ach, du findest mich also gut aussehend?«, stichelte ich.

»Habe ich das nicht gerade gesagt?«, murmelte sie und ich sah, dass ihre Augen bereits geschlossen waren. »Aber ich mag dich mittlerweile auch mit diesem seltsamen Gel in den Haaren. Trotz Koteletten und der etwas zu großen Nase.«

Unwillkürlich hob ich die Hand an besagte Nase. »Du findest sie tatsächlich zu groß?«

Sie öffnete die Augen wieder und platzierte einen Kuss darauf. »Sie passt zu dir. Ich würde sie nicht anders wollen.«

»Na vielen Dank, ich hatte meine Komplexe gerade so im Griff«, brummte ich.

»Du brauchst keine Komplexe zu haben. Du bist ziemlich nah an der Perfektion. Du kannst sogar kochen.«

»Ehrlich, das ist das Erste, was dir einfällt? Ich kann kochen? Wie wäre es mit … hm …«

»Allister.« Sie seufzte und legte eine Hand an meine Wange. »Du bringst mich, seitdem ich dich kenne, um den Verstand. In meinen Träumen, in meinen Fantasien, die letzten Tage. Du bist klug. Charmant. Interessant. Und du kannst kochen. Du bist ein liebevoller Vater für deine Tochter, obwohl du so viele Widerstände zu bekämpfen hast. Und außerdem …« Sie schob sich ein wenig zurück, legte ihre zweite Hand an mein Gesicht. »Außerdem kannst du unglaublich gut küssen. Auch ohne Mistelzweig über uns.«

Sie beugte sich nach vorn und hauchte mir einen Kuss auf die Lippen.

»Gut, das klingt schon besser.«

Leandra lächelte. »Siehst du.« Sie gähnte erneut und schmiegte ihren Kopf an meine Schulter.

»Weißt du, ich würde wirklich gerne jeden Abend neben dir einschlafen«, sagte ich nach einiger Zeit des Schweigens.

Sie antwortete nicht und als ich in ihr Gesicht blickte, waren ihre Augen fest geschlossen und sie atmete gleichmäßig.

»Wie es aussieht, habe doch ich gewonnen, was den Schlaf betrifft.« Ich zog die Decke über ihren nackten Körper und hauchte einen Kuss auf ihre Stirn. »Schlaf gut, mein Engel.«

Als ich aufwachte, schlief Leandra immer noch in meinen Armen. Ihre dunklen Haare waren ihr in das Gesicht gefallen, und ich strich sie behutsam zurück. Bei meiner Berührung erschien ein Lächeln auf ihren Lippen.

Der Gedanke, dass sie bald gehen würde, gefiel mir nicht, und ich schob ihn so weit wie möglich weg. Denn noch war sie hier, bei mir. Und wie es ab heute Nachmittag weiterging, würden wir noch sehen.

Für den Moment wollte ich sie einfach nur betrachten, berühren und die Zeit mit ihr genießen.

Ihre Lider flatterten und sie sah mich verschlafen an. Es schien einen Augenblick zu dauern, bis ihr klar war, wo sie sich befand. Aber dann lächelte sie mich an. »Guten Morgen.«

Ich hauchte einen Kuss auf ihre Lippen. »Guten Morgen. Möchtest du noch ein wenig schlafen oder bist du bereit für Frühstück?«

Sie blinzelte, bevor sie sich streckte und dabei die Decke ein Stück verrutschte. Ich musste mich zwingen, nicht auf ihre entblößte Brust zu starren, und richtete meinen Blick auf ihre Augen.

Leandra stützte ihr Gesicht auf einer Hand ab und betrachtete mich mit einem Lächeln. »Ich glaube, ich habe schon lange nicht mehr so gut geschlafen«, sagte sie, statt auf meine Frage zu antworten. Sie berührte mit ihren Fingerspitzen mein Gesicht. »Ich habe noch keinen Mistelzweig in deinem Haus entdeckt, aber … würdest du mir auch ohne einen richtigen Guten-Morgen-Kuss geben?«

Ich beugte mich nach vorn und hauchte einen weiteren Kuss auf ihre Lippen. Erst war die Berührung unschuldig, dann wurde sie intensiver.

Leandra rückte näher an mich heran, zog mich auf sich. »Das ist ein Nein zum Frühstück?«, fragte ich atemlos, als sie sich einen Moment zurückzog.

»Das ist ein ›Später‹«, erwiderte sie und küsste mich erneut.

»Warte kurz.« Ich schob sie ein Stück zurück.

Sie sah mich verwirrt an, als ich aufstand, zu ihrem Koffer ging und die Packung Kondome herausholte.

Dann lächelte sie, schlug die Decke auf und ließ mich darunter schlüpfen.

Meine Hände strichen über ihren Körper, während ich mit meinen Lippen ihren Hals hinabwanderte. Das leise Stöhnen, das ich ihr damit entlockte, ließ sämtliche Zurückhaltung schmelzen.

Ich legte das Kondom an und stützte meine Hände neben ihrem Kopf ab, bedeckte ihren Mund mit meinem. Sie drückte ihren Rücken durch, als ich in sie hineinglitt.

Wie konnte sie sich so gut anfühlen?

Leandra beendete den Kuss und presste ihre Lippen an meinen Hals. Ich stieß heiser den Atem aus, während ich mich in ihr bewegte, genoss die brennende Spur, die sie auf meiner Haut hinterließ.

»Du bringst mich um den Verstand«, raunte ich.

»Und du mich zum Höhepunkt«, sagte sie heiser.

Sie bedeckte meine Lippen wieder mit ihren, drückte ihren Rücken noch mehr durch. Zu spüren, wie sie unter mir kam, jagte einen Schauer durch meinen Körper, der sich verkrampfte, bevor auch ich meinen Höhepunkt erreichte.

Um Atem ringend wollte ich mich von Leandra lösen, doch sie schlang ihre Arme um mich und hauchte einen Kuss auf meine Lippen.

»Geh nicht«, flüsterte sie und zog mich zu sich herab.

Ein Lächeln umspielte meine Lippen, als ich die Decke über uns ausbreitete und sie festhielt, während unser Atem sich langsam beruhigte.

Ich stellte die Eierpackung neben der Pfanne ab und sah Leandra, die nur ein viel zu großes T-Shirt anhatte, dabei zu, wie sie sich mit meiner Kaffeemaschine abmühte. Gerade wollte ich ihr zu Hilfe eilen, als sie ein triumphierendes Lachen ausstieß und sich der Geruch von Kaffee in der Küche verteilte.

»Wie isst du deine Eier?«, wollte ich wissen, als sie mir eine Tasse neben den Herd stellte.

»Over easy«, sagte sie und beobachtete mich, wie ich ein Ei nach dem anderen in die Pfanne klopfte und nach kurzer Zeit umdrehte um es einen Moment auf der oberen Seite zu braten, bevor ich es herausnahm. »Sogar das kannst du. Bei mir zerfließt der Dotter immer.«

»Alles Übungssache«, meinte ich.

Ich richtete zwei Eier für jeden und Toast an. Den Speck hatte ich vergessen zu kaufen, doch Leandra schien das nicht zu stören. Wir setzten uns an den Esstisch und sie berührte meine Füße mit ihren Zehenspitzen, während wir aßen.

Es war seltsam, wie vertraut ich mit ihr sein konnte. Das war für mich sonst nicht so einfach, aber bei Leandra fiel es mir leicht, mich zu öffnen. Sie hatte diese Ausstrahlung, mit der sie wohl jeden für sich einnahm. Besonders mich. Ich wollte diesen Augenblick auskosten, jede Berührung, jedes Lächeln genießen.

Leandra war mein Weihnachtswunder, davon war ich mittlerweile fest überzeugt.

»Vielleicht sollten wir kurz wegen morgen sprechen«, sagte sie leise, als wir mit dem Frühstück fertig waren.

Und da war es wieder, das eisige Gefühl in meinem Magen, das mich in die Realität zurückholte. Ich schob den Teller von mir. »In Ordnung. Was möchtest du besprechen?«

Sie musterte mich, dann stieß sie den Atem aus. »Wie wir im Büro miteinander umgehen. Das wird nicht einfach werden.«

Ich musste daran denken, wie viel schwerer es würde, wenn ich sie auch nach dem Büro nicht in die Arme schließen konnte. Sie arbeitete länger als ich und selbst wenn nicht, war es unmöglich, kurz bei ihr vorbeizufahren.

»Nein, das wird es nicht«, stimmte sie zu. »Ich weiß nicht, wie wir es anstellen sollen. Jeder wird bemerken, wie ich dich ansehe. Und ich weiß nicht, ob ich nicht irgendwann einen Mistelzweig über deinem Kopf aufhänge, nur damit ich eine Ausrede habe, dich zu küssen.«

Ich konnte mir das Schmunzeln nicht verkneifen. »Geht mir genauso. Vielleicht sollten wir wirklich einen Mistelzweig irgendwo anbringen, wo uns niemand sieht.«

»Ich denke, das ist keine gute Idee.« Leandra seufzte. »Ich glaube, ich werde dich vermissen.«

»Und ich dich«, sagte ich und griff nach ihrer Hand.

Sie stand auf, setzte sich auf meinen Schoß und ich schmiegte meinen Kopf an ihre Schulter. Ihre Finger fuhren durch meine vermutlich vollkommen zerzausten Haare.

»Denkst du, du würdest Freitagnachmittag mit Maya und mir verbringen wollen?«, fragte ich vorsichtig und hob den Kopf, um ihr ins

Gesicht zu sehen. »Wir könnten das Haus schmücken, essen gehen oder ich koche.«

»Und am Abend fahre ich wieder heim?«

Ich schluckte. »Ist vermutlich besser. Wir könnten dann den Samstag wieder gemeinsam verbringen. Uns wo treffen und sehen, wie Maya damit umgeht, wenn du wieder mit uns kommst. Sie vielleicht fragen, ob es in Ordnung ist, wenn du über Nacht bei uns bleibst. Natürlich nur, wenn du das auch möchtest.«

»Klingt vernünftig«, meinte sie und nickte. »Lass es uns so versuchen. Falls du mich nach der kommenden Woche überhaupt noch sehen willst.«

»Wieso sollte ich nicht?«

Sie zuckte mit den Schultern. »Ich weiß ja nicht, Allister. Vielleicht wird dir klar, wie verkorkst ich bin.«

Ich blinzelte. »Du bist ganz und gar nicht verkorkst.«

Sie betrachtete mich, stieß noch einmal den Atem aus, erwiderte aber nichts mehr, obwohl ich sicher war, dass ihr noch etwas auf dem Herzen lag.

»Ich sollte gehen«, sagte sie schließlich.

»Soll ich dich nach Hause bringen?«

»Nicht nötig.«

Sie rutschte von meinem Schoß herunter und räumte ihr Geschirr weg. Dann verschwand sie im Schlafzimmer, zog sich um und packte gerade ihre Sachen, als ich dazukam.

Es war ein seltsames Gefühl, als wir vor meinem Haus standen und uns umarmten. Zumindest sah Leandra genauso niedergeschlagen aus, wie ich mich fühlte. Ich wusste, es war richtig, dass wir noch keine Zeit mit Maya gemeinsam verbrachten. Ich sollte mit meiner Tochter sprechen und Leandra musste vielleicht den Kopf frei bekommen. Aber ich wollte daran glauben, dass dieses Wochenende keine einmalige Sache war.

»Wir sehen uns morgen, Allister«, hauchte sie, als sie mich losließ. Dass ihr Lächeln ein Versuch war, mich zu trösten, erkannte ich daran, dass ihre Augen nicht leuchteten. Es fiel ihr wohl genauso schwer wie mir, sich zu verabschieden.

Trotzdem machte sie die ersten Schritte von mir weg und mein Magen zog sich zusammen.

»Komm gut nach Hause«, sagte ich und blieb in meiner Einfahrt stehen, bis sie um die Ecke der nächsten Straße verschwunden war.

Mildred sah ziemlich müde aus, als sie die Tür öffnete. »Deine Tochter ist eine Frühaufsteherin«, murmelte sie, während wir uns umarmten.

»Ich weiß. Hat sie dich auf Trab gehalten?« Ich grinste.

»Sie hat mir klargemacht, warum ich noch keine Kinder habe. Ich schlafe einfach zu gerne. Komm rein, wir frühstücken gerade.«

Ich hob eine Augenbraue. »Es ist ein Uhr …«

»Es ist auch unser zweites Frühstück. Oder war es das dritte? Sie mag Waffeln zu gerne.«

»Du verwöhnst sie zu sehr«, erklärte ich mit einem Lächeln.

»Dafür sind Tanten doch da.«

Maya stürmte auf mich zu. Ich ging in die Hocke, damit wir uns umarmen konnten, und sie schmiegte ihren Kopf an meine Schulter. »Papa.« Sie lachte und gab mir ein Küsschen auf die Nase.

»Mein Schatz, du hast mir so gefehlt«, sagte ich und hob sie hoch.

»Engel?«, fragte Maya und sah sich um.

»Wen meint sie denn mit Engel?«, wollte Mildred wissen und grinste viel zu breit. »Sie hat immer wieder gesagt, ›Papa ist mit Engel weg‹. Ich fand das anfangs irgendwie beunruhigend, weil ich dachte, sie denkt, du würdest sterben oder so.«

»Sie meint ... ähm ... meine Kollegin.«

Meine Schwester zog amüsiert eine Augenbraue hoch. »Soso, eine Kollegin. Oder doch mehr? Schließlich ist sie ja ›Engel‹.«

»Es ist nicht das, was du denkst, Mil.«

»Was denke ich denn, Al?«

»Es ist ... Könnten wir das bitte nicht vor Maya klären?«

»Ich sage dir trotzdem, was ich denke.« Meine Schwester hob ihre Mundwinkel noch weiter und entblößte ihre makellosen Zähne.

Ich stieß den Atem aus. »Das war klar. Warte kurz.« Maya musterte mich, als ich sie absetzte. »Holst du mal deine Spielsachen, Mäuschen? Ich muss kurz mit deiner Tante sprechen.«

Meine Tochter nickte und verschwand in dem Gästezimmer. Seufzend wandte ich mich Mildred zu.

»Dann leg mal los.«

»Also. Sie ist eine Kollegin, aber du willst mehr von ihr. Ihr habt sie irgendwann einmal außerhalb des Büros getroffen. Warum Maya sie Engel nennt, kann ich mir nicht erklären, doch sie weiß, dass du sie magst. Habe ich das ungefähr erfasst?«

»Irgendwie schon. Mil, denkst du, dass es eine dumme Idee wäre, sie übernächste Woche zu diesem Weihnachts-Geburtstag-Empfang von Dad mitzubringen?«

»So ernst ist es dir?« Meine Schwester klang überrascht. »Wow, ich hätte nicht gedacht, dass du dein Herz nach Tiffany jemals wieder für jemanden öffnen wirst.«

»Du weißt, dass ich Tiffany nicht wirklich geliebt habe, oder?«

»Aber sie hat dir dennoch das Herz gebrochen, als sie euch alleingelassen hat. Du hast dich seit Monaten auf nichts eingelassen und jetzt sieht es fast so aus, als wärst du verliebt.«

»Ich denke, das wäre möglich, Mil.«

Meine Schwester lachte. »Ich frage jetzt nicht, wie du die letzten Tage verbracht hast. Aber … wurde auch Zeit. Dann nimm sie mit! Mum wird vermutlich einen Herzanfall bekommen und kein Wort mit dir sprechen, doch das sollte dir egal sein. Ich möchte sie kennenlernen und ich bin sicher, Dad wird sich auch freuen, dich glücklich zu sehen.«

Maya kam ohne Spielzeug, dafür mit einer Waffel zurück. »Will ich wissen, warum sie die aus dem Zimmer, in dem sie schläft, mitgebracht hat?«

Mildred winkte ab. »Kann sein, dass wir im Bett gegessen haben.«

Ich hielt mir eine Hand vor das Gesicht, damit Maya nicht sah, dass ich lachte. »Die Kosten für die Reinigung übernehme ich nicht.«

Meine Schwester zuckte mit den Schultern. »Ich bin nicht so ordentlich, das weißt du. Und das Zimmer nutzen wir kaum.« Sie betrachtete mich ernst. »Mag diese ›Engel‹ die Kleine?«

»Sie war sehr lieb zu ihr, sie hat allerdings selbst keine Kinder.«

»Macht die Sache für sie nicht leichter. Denkst du, sie kommt damit zurecht?«

»Ich werde mich bemühen, ihr zu helfen. Aber sie ist ein wunderbarer Mensch.«

»Okay, bevor du mir das Funkeln in ihren Augen beschreibst oder wie dein Herz höherschlägt, wenn sie lächelt, und ich Brechreiz bekomme, weil ich das von meinem großen Bruder nicht wissen will, packe ich die Sachen deiner Tochter ein.« Mildred zwinkerte. »Werdet ihr einmal etwas mit Maya unternehmen? Oder brauchst du für das nächste Wochenende wieder einen Babysitter? Ich hätte zufällig frei.«

»Das ist wirklich lieb, aber ich denke, wir versuchen einmal gemeinsam mit Maya etwas zu unternehmen. Ich weiß noch nicht, wie es wird, ich hoffe jedoch, dass ich das alles nicht überstürze. Ich will für Maya das Beste und ich möchte gleichzeitig Leandra in unser Leben integrieren.«

Mildred klopfte mir auf die Schulter. »Ist bestimmt nicht leicht, aber ich kenne dich. Du wirst das hinbekommen. Vor allem, wenn du sie jetzt schon so magst. Das sagt schon viel über sie aus.«

»Denkst du, ja?«

»Ja. Und weil deine Tochter die ganze Zeit von ihr gesprochen hat, bin ich sicher, dass es klappt. Ich drücke euch jedenfalls die Daumen.«

»Danke, Mil.« Ich umarmte meine Schwester.

Als Maya im Auto saß und ich ihr den Stoffbären gegeben hatte, sprachen wir darüber, wie ihr Wochenende war. Das Highlight waren natürlich die Waffeln im Bett gewesen, allerdings schien sich Mildred auch jede Menge Spiele ausgedacht zu haben.

»Maya, was hältst du davon, wenn wir demnächst mal Engel zu uns zum Kuchenessen einladen.«

»Ja!« Meine Tochter strahlte. »Schokoladenkuchen!«

Ich lächelte. Ich war mir nicht sicher, ob sie sich auf Leandra oder den Kuchen freute. Aber ich hoffte, dass der Nachmittag gut verlaufen würde. Jetzt musste es nur noch Freitag werden.

31

Leandra

Es fiel mir nicht leicht, das Lächeln zu unterdrücken, als Allister das Büro betrat, oder ihm nicht hinterherzusehen, weil ihm der schwarze Anzug einfach zu gut stand. Auch dem Impuls nicht nachzugeben, in sein Büro zu gehen, die Tür zuzusperren und mich ihm an den Hals zu werfen, kostete mich Mühe.

Es half auch nichts, dass wir ständig mit der Finanzierungsabteilung in Meetings saßen. Besonders nicht, da Allister den Platz neben mir hatte und sich unsere Knie immer wieder berührten. Ich wusste, ich durfte ihn nicht berühren, und vielleicht wollte ich es deswegen umso mehr.

Was war nur in mich gefahren?

Bevor er heimging, rief er mich in sein Büro. »Würdest du die Tür schließen?«, fragte er, ohne von seinen Unterlagen aufzusehen.

»Denkst du, das ist eine gute Idee?« Er antwortete nicht, also schloss ich die Tür und blieb davor stehen. Allister beachtete mich immer noch nicht. »Ist etwas vorgefallen?«

Erst jetzt sah er auf, stieß sich von seinem Schreibtisch ab und erhob sich. Langsam kam er auf mich zu. »Wieso klammerst du dich so an die Unterlagen? Und warum hast du die überhaupt mit?«

Seine Stimme genügte, um mir eine Gänsehaut einzujagen. Ich musste daran denken, wie es sich anfühlte, von ihm gehalten zu werden, wie sehr ich seine Küsse vermisste. Mir fehlte diese Nähe, auch wenn ich versuchte, mich vom Gegenteil zu überzeugen. Doch nicht einmal ich glaubte mir diese Lüge.

»Weil ich meinen Händen nicht traue, wenn ich nichts festhalte«, erwiderte ich wahrheitsgemäß.

»Vernünftig«, murmelte er und blieb so dicht vor mir stehen, dass ich sein Parfum riechen konnte. »Ich habe keinen Mistelzweig, aber würdest du mich dennoch küssen?«

»Ich weiß nicht, ob ich aufhören kann, wenn ich anfange«, sagte ich, weil ich mich schon den ganzen Tag danach gesehnt hatte.

»Und ich weiß nicht, wie ich es bis Freitag ohne Kuss schaffen soll.« Er seufzte. »Wobei wir uns da auch nicht ständig küssen können, wegen …«

»Wegen Maya«, vollendete ich den Satz. »Ist klar.«

Ich ließ die Unterlagen sinken und hob mein Kinn an. Er strich über meine Wange und bedeckte meine Lippen mit seinen. Meine Beine wurden weich und ich war froh, dass er einen Arm um meine Taille gelegt und mich an sich gezogen hatte.

Gerade als ich mich dem Kuss ergab, zog er sich zurück. Das war nicht genug, um meine Sehnsucht zu stillen. Aber wenn ich ihn jetzt weiter küsste, konnte ich vermutlich gar nicht mehr aufhören. Also ließ ich zu, dass er ging.

»Bis morgen«, sagte er mit kratziger Stimme und kehrte zum Schreibtisch zurück.

Ich räusperte mich. »Schönen Abend, Allister«, erwiderte ich und ließ alles andere unausgesprochen.

So verlief jeder Tag. Immer, wenn Allister fort war, konnte ich nicht aufhören, an ihn zu denken. Ich hatte zwar genug Arbeit, um die ich mich hätte kümmern sollen, aber es gelang mir kaum, mich darauf zu konzentrieren.

Ich freute mich auf den Freitag und gleichzeitig fürchtete ich mich davor. Wir hatten vereinbart, dass er Maya allein holen und noch einmal mit ihr sprechen würde. Wenn die Kleine einverstanden war, sollte ich sie besuchen kommen. Und wenn nicht … tja, wenn nicht … was sollte ich dann tun?

Natürlich hätte ich es niemals irgendjemandem gegenüber zugegeben, aber ich vermisste Allister jeden Tag ein wenig mehr. Wie bescheuert das klang. Als wären wir jahrelang ein Paar gewesen und er jetzt fort. Dabei sahen wir uns ständig im Büro.

Es war nur nicht dasselbe, wie mit ihm zu kochen oder in seinen Armen einzuschlafen und aufzuwachen. Ich verhielt mich wirklich wie ein pubertierender Teenager.

Mira fragte mich nicht, was letzte Woche auf der Geschäftsreise geschehen war. Ich war mir allerdings sicher, dass sie etwas ahnte. So zurückhaltend verhielt sie sich für gewöhnlich nicht. Sie beschränkte sich darauf, mir von den neuesten Entwicklungen in meiner alten Abteilung zu berichten, und verschonte mich mit ihrem Liebesleben. Immerhin.

Als der Freitag kam und sich mein Arbeitstag endlich dem Ende zuneigte, saß ich wie auf Kohlen und starrte ständig auf mein Handy. Zweimal hätte ich es fast fallen lassen, weil Nachrichten eingingen. Leider waren sie nur nicht von Allister.

Es war schon zwei Uhr und ich wollte beinahe aufgeben, um nach Hause zu gehen, als er sich endlich meldete.

Wir wären dann bereit
für dich. ;-)

Bin auf dem Weg.

Ich zog meinen Mantel an.

Die Straßen waren gut besucht. Überall erklang Weihnachtsmusik. Vielleicht konnte ich Allister vorschlagen, uns morgen bei Macy's zu treffen, um die Auslage mit Maya zu bewundern. Ich war mir irgendwie sicher, dass er das bisher nicht geschafft hatte.

Vor seinem Haus verkrampfte sich mein Magen, während ich den Vorgarten betrachtete. Es sah immer noch aus wie aus einem Katalog gezaubert. Frischer Schnee lag auf den Zaunspitzen und glitzerte in der schwachen Sonne.

Ob das wirklich eine gute Idee war? Gerade wollte ich umdrehen, anstatt zu klingeln, als die Tür aufging.

Allister stand in Jeans und einem grauen Pullover darin. Hinter ihm tauchte ein blonder Lockenkopf mit jeder Menge Schokolade um den Mund auf.

Erst sah Maya mich nur an, dann strahlten ihre Augen plötzlich. »Engel«, sagte sie und zupfte an Allisters Ärmel. »Papa, Engel!«

»Ich glaube, das heißt, du sollst reinkommen«, meinte Allister.

Langsam setzte ich mich in Bewegung, reichte ihm die Hand, bevor ich vor Maya in die Hocke ging. »Hallo, Kleine«, begrüßte ich sie und schluckte, als sie die Arme um meinen Hals schlang.

Verwirrt blickte ich zu Allister hoch, der nur überrascht lächelte.

»Schokoladenkuchen!«, rief Maya begeistert, ließ mich los und lief ins Haus.

»Wir haben Kuchen gebacken«, erklärte er und beugte sich zu mir. »Du siehst übrigens gut aus mit Schokolade an der Wange.«

Ich fuhr mir mit dem Handrücken über das Gesicht und grinste. »Tja, das kann nicht jeder tragen.«

»Du schon.« Er schmunzelte. »Ich hoffe, du bist bereit für das Dekorieren. Maya scheint große Pläne mit dem Lametta zu haben.«

»Aber erst den Kuchen«, erwiderte ich und folgte ihm ins Haus hinein.

»Die musst du noch ein Stück höher halten«, wies ich Allister an und Maya kicherte.

»Wenn ich es noch höher halte, können wir es an der Decke befestigen«, brummte er gequält.

»Na, dann nehmen wir es so«, meinte ich schulterzuckend und er klebte die letzte Girlande mit Tesa an der Wohnzimmerwand fest.

Es hatte zwar mehr als drei Stunden gedauert, aber das Wohn- und Esszimmer erstrahlte in weihnachtlichem Glanz.

Allister stellte sich neben mich und zog die Lippen kraus. »Das ist doch viel zu hoch.« Er wandte sich mir zu. »Gestehe, du wolltest nur auf meinen Hintern starren.«

Ich reichte ihm eine Tasse Kakao. »Dafür bekommst du heiße Schokolade nach Familienrezept. Genau so einen hat Santa jedes Jahr von uns bekommen.«

»Du weißt, dass er Milch trinkt?«, wollte Allister wissen und kostete von dem Getränk.

Ein Schaumbart bildete sich über seiner Oberlippe, den ich am liebsten weggeküsst hätte. Aber das ging nicht und ich schluckte frustriert. »Bei uns gab es Kakao. Milch kann jeder.«

»Ist wirklich köstlich«, meinte Allister und trank noch einen Schluck. »Ich würde jetzt gerne kochen. Maya wird sonst den restlichen Kuchen aufessen und dann sieht es hier bald aus, als hätte ein Tornado gewütet.«

Ich nickte. »Kann ich dir helfen?«

»Wenn du magst, kannst du mit Maya den Salat machen. Karotten schälen, Tomaten schneiden …«

»Kann sie das denn?«

»Wenn du ihr hilfst, ja. Ich kümmere mich um das Fleisch und das Kartoffelpüree.«

Maya stellte sich auf einen kleinen Hocker und wusch sich erst die Hände, bevor sie mit mir gemeinsam das Gemüse säuberte und dann klein schnitt. »Du bist dabei ja fast besser als ich«, sagte ich schmunzelnd.

Die Kleine sah mich mit einem herzlichen Lächeln an und zeigte mir die Schüssel, in der wir den Salat mischen würden. Als das Essen fertig zubereitet war, verschwand Maya im Badezimmer. Ich atmete erleichtert auf und stellte erst jetzt fest, wie meine Hände zitterten. Die Kleine war so süß und trotzdem wusste ich nicht, ob ich das Richtige tat oder wie ich mich verhalten sollte.

Allister schien meine Unsicherheit zu bemerken, nutzte diesen kurzen Moment, um seine Arme um mich zu legen. »Du machst das wunderbar«, raunte er mir zu.

»Danke«, brachte ich hervor. Denn ich war mir nicht sicher, ob es stimmte oder er mich nur beruhigen wollte.

»Ich werde Maya dann beim Essen darauf ansprechen, ob du morgen wiederkommen sollst. Oder ob wir uns irgendwo treffen.«

»Wir könnten uns die Auslage bei Macy's ansehen«, schlug ich vor. »Falls du denkst, das würde ihr gefallen.«

»Eine gute Idee.« Er ließ mich los, als Maya lachend zum Tisch zurückkam.

Die Kleine aß mit Begeisterung, selbst den Salat, über den wir nur ein wenig Öl geträufelt hatten. Es war richtig erfrischend, ihr zuzusehen. Natürlich war sie begeistert, als Allister vorschlug, dass wir uns morgen eine Überraschung ansehen würden. Gemeinsam.

Aber schon während wir aßen, rieb sie sich ständig die Augen und gähnte herzhaft. Sie wirkte ziemlich müde.

»Wird wohl Zeit fürs Bett.« Allister schmunzelte, als er sie hochhob.

»Nicht müde«, nuschelte Maya schläfrig und schmiegte den Kopf an seine Brust.

»Du bist nie müde, Mäuschen«, meinte Allister. »Möchtest du Leandra Gute Nacht sagen?«

Die Kleine streckte ihre Arme nach mir aus und schmiegte sich an mich. »Gute Nacht, Engel.«

»Ich räume nur schnell den Tisch ab, dann gehe ich«, erklärte ich Allister, der Maya in ihr Zimmer trug.

»Du musst noch nicht gehen.«

»Ich weiß, aber ich sollte«, erwiderte ich.

»Warte bitte, bis ich wieder hier bin, in Ordnung?«

Ich hielt das zwar für keine gute Idee, nickte dennoch und räumte so geräuschlos wie möglich die Teller in den Geschirrspüler. Es war schön gewesen, den Nachmittag mit Maya und Allister gemeinsam zu verbringen.

Bei dem Gedanken musste ich innerlich lachen. Wer hätte vor einem Monat gedacht, dass ich meine Zeit lieber für Kochen und Dekoration nutzte als dafür, meine Firmen-Mails abzurufen?

»Du musst wirklich nicht gehen«, flüsterte Allister, als er hinter mir stand.

»Wie kannst du dich so anschleichen?«

»Jahrelange Übung«, sagte er mit einem Zwinkern, bevor er ernst wurde. »Es ist noch nicht spät. Wir könnten uns noch einen Film ansehen oder …«

»Allister, denkst du, mir fällt es leicht, zu gehen?«, fragte ich leise.

»Vermutlich nicht«, seufzte er und zog mich einen Moment in seine Arme. »Du fehlst mir nur.«

»Du mir auch«, murmelte ich und löste mich von ihm. »Morgen haben wir den ganzen Tag gemeinsam, und wenn wir uns jetzt einen Film ansehen, fällt es mir noch schwerer, nicht zu bleiben.«

Er stieß den Atem aus. »Du hast vermutlich recht. Es ist nur so … schwierig, Leandra.«

Wir sahen uns einen Augenblick lang schweigend an. »Ja, das ist es«, raunte ich und schmiegte mich an ihn. Ich wollte nicht gehen, aber zu bleiben, wäre keine gute Idee, auch wenn ich mich nach seiner Nähe sehnte. »Begleitest du mich noch zur Tür?«

Er nickte, brachte mich ins Vorzimmer und half mir in den Mantel. Als ich die Tür öffnete, entdeckte ich einen Mistelzweig und Allister zwinkerte mir zu.

»Ich habe keine Ahnung, wann du den angebracht hast, aber ich wusste schon immer, dass du der Teufel bist.«

»Und trotzdem willst du mich küssen«, meinte er, als er sich vorbeugte und seine Lippen meine flüchtig streiften.

Ich wollte viel mehr. Viel, viel mehr. Ob er wusste, dass er mir den Abschied gerade noch schwerer gemacht hatte?

»Wir sehen uns morgen«, sagte er leise und ich erkannte, dass dieser flüchtige Kuss auch seine Willenskraft schwanken ließ.

»Ja«, hauchte ich und musste mich dazu zwingen, sein Haus zu verlassen.

Was war nur in mich gefahren? Ich hatte doch sonst immer meine Freiheit genossen. Und jetzt überlegte ich, ob ich nicht doch einfach umdrehen sollte. Das würde vermutlich noch böse enden.

32

Allister

Es hatte in der Nacht wieder geschneit und Maya war ganz aufgeregt, dass wir Leandra treffen würden. Mit ihr war der Weg zu Fuß zu weit, also nahmen wir ein Taxi in Richtung Macy's. Ich hatte es noch nicht geschafft, mit ihr darüber zu sprechen, ob Leandra mit uns kommen sollte. Das wollte ich auf der Fahrt nachholen.

Maya blickte gerade aus dem Fenster und bestaunte die glitzernden Dekorationen, als ich mich räusperte.

»Mäuschen, hast du gestern Spaß mit Leandra gehabt?«, begann ich vorsichtig.

»Ja«, gab sie lachend zurück.

»Magst du sie?«

Meine Tochter nickte und strahlte jetzt förmlich.

»Denkst du, wir könnten nach der Überraschung mit ihr gemeinsam noch Zeit verbringen? Vielleicht wieder zu uns nach Hause gehen?«

»Ja! Kuchen essen und kochen. Und singen!«, rief Maya begeistert aus.

»Okay, dann fragen wir sie, ob sie mit uns mitkommt?«

»Ja, fragen!«, kam sofort die Antwort.

Ich lächelte erleichtert und strich Maya über den Kopf, während sie sich die Nase wieder an der Fensterscheibe platt drückte. Bis wir bei Macy's ankamen.

Das Kaufhaus befand sich in einem riesigen Gebäude und es war beinahe so bekannt wie das Empire State Building. Ich hatte bisher einen großen Bogen darum gemacht, besonders in der Vorweihnachtszeit.

Da es noch recht früh war, befanden sich noch nicht so viele Menschen auf den Straßen. Die Geschäfte würden erst um zehn öffnen und bis dahin hoffte ich, wieder auf dem Rückweg zu sein. Zusammen mit Leandra, die bereits auf uns wartete, als wir die Ecke der 34th Street erreichten.

Maya hüpfte, als sie Leandra entdeckte, was ich besonders schön fand. Wir begrüßten uns dennoch zurückhaltend und wandten uns dann den Auslagen zu.

Hinter den Fenstern war eine wunderschöne Weihnachtsmannwerkstatt errichtet worden. Elfen, Nussknacker und Santa selbst bauten Spielzeuge, verpackten Geschenke und überprüften die Artig- und Unartig-Listen.

»Ich glaube, es gefällt ihr«, flüsterte ich und betrachtete meine Tochter, die sich nicht sattsehen konnte.

»Es ist aber auch schön«, seufzte Leandra und sah mich an. »Ich bin froh, dass wir hier sind. Ich hatte dieses Jahr noch keine Gelegenheit, mir die Auslage anzusehen. Und da die Geschäfte geschlossen sind, haben wir auch Zeit, alles genauer zu betrachten, ohne gestoßen zu werden.«

Verstohlen berührte ich Leandras Fingerspitzen, während ich Maya nicht aus den Augen ließ. Sie strich kaum merklich über meinen Handrücken, bevor sie ihre Hände in die Manteltaschen schob.

»Es ist eine schöne Tradition. Danke, dass du sie uns geschenkt hast«, sagte ich und kämpfte den Impuls nieder, den Arm um sie zu legen. Diese flüchtigen Berührungen ließen meinen Wunsch, ihr nahe zu sein, noch dringlicher werden. Ich wollte sie halten, sie richtig küssen. Dass es ihr wohl genauso ging, machte es auch nicht gerade erträglicher.

»Ich habe doch gar nichts getan …«, meinte sie und sah mich mit großen Augen an.

»Ohne dich wäre ich nie auf die Idee gekommen, mir das hier anzusehen. Also … danke.«

Sie lächelte und ich strich ihr behutsam eine Strähne aus dem Gesicht. Eine unschuldige Berührung, die ich mir erlaubte, obwohl sie die Sehnsucht in mir anstachelte.

Langsam spazierten wir weiter, betrachteten die verschiedenen Fenster und umrundeten so Stück für Stück das Gebäude.

»Ich möchte danach gerne wieder zu mir fahren«, erklärte ich, während wir gingen. »Ich habe Maya auf dem Weg her schon gefragt, ob es für sie in Ordnung ist, und sie war begeistert. Außerdem hat sie mir gesagt, dass sie dich mag.«

»Ich mag sie auch«, erwiderte Leandra und seufzte. »Vielleicht könnten wir Kekse backen oder draußen einen Schneemann bauen. In deinem Garten liegt so herrlicher Schnee, es wäre schade, wenn wir den nicht nutzen. So weiß bleibt er in Manhattan sonst selten.«

»Klingt gut und wird Maya bestimmt gefallen, vor allem, weil sie Kuchen essen will, aber Kekse sind sowieso besser.« Ich drückte Leandras Hand. »Ich werde sie auch fragen, ob es für sie in Ordnung wäre, wenn du heute Abend bleibst.«

Leandra sah mich mit zuckenden Augenbrauen an. »Denkst du, das ist eine gute Idee?«

Ich räusperte mich. »Entschuldige, ich habe dich nicht gefragt, was du willst. Sollte Maya zustimmen, dass du bleiben kannst, würdest du das überhaupt wollen? Denn wenn nicht, frage ich sie erst gar nicht.«

Leandra schwieg einen Moment und betrachtete die Auslage mit einem Lächeln, als meine Tochter uns auf eine Elfe in einem rosa Kleid hinwies. Dann wurde sie wieder ernst. »Ich denke schon«, flüsterte sie so leise, dass ich es kaum hörte. Dafür war ich sicher, dass man das Geräusch des Steins, der von meinem Herzen fiel, deutlich vernehmen konnte. »Aber nur, wenn Maya wirklich zustimmt.«

Die Kleine quietschte gerade vergnügt, als Santa ein Geschenk durch ein Fenster warf. Ich war fasziniert, wie lebensecht sich die Figuren bewegten. Es war schön und ich genoss es, meine Tochter so aufgeweckt zu sehen.

Nach der dritten Runde um das Kaufhaus hatte sie aber wohl jedes Detail in sich aufgenommen und schien sich zu langweilen. Also machten wir uns auf den Weg zurück, kauften unterwegs Zutaten für das Abendessen und die Kekse ein und begannen zu Hause gleich, einen Schneemann zu bauen.

Jeder hatte eine Kugel geformt und ich stapelte sie aufeinander, während Maya Steine suchte und Leandra aus der Küche eine Karotte sowie Schal und Mütze für den Schneemann geholt hatte. Meine Tochter war mit der Anordnung der Steine nicht zufrieden und veränderte sie ständig.

Als ich mich zu Leandra umdrehte, bemerkte ich, dass sie mich anstarrte. »Habe ich etwas im Gesicht?«

»Nein, ich bin nur … deine Haare sehen heute so gut aus.« Sie kicherte.

»Gut, die Frisur haben wir abgehakt. Die Nase kann ich nicht ändern.«

»Du siehst gut aus, Allister. Vielleicht gerade wegen der Nase.« Sie berührte meine Finger ganz leicht, machte aber keine Anstalten, mir näher zu kommen. »Ich finde, wir haben uns im Büro wirklich gut geschlagen.«

»Finde ich auch. Und ich bin der Meinung, dass du dich hier ebenfalls gut schlägst.«

Sie nickte nur. Dass es für sie nicht einfach war, verstand ich. Ich wusste nur nicht, wie ich es ihr leichter machen sollte, vor allem, da ich genauso damit kämpfte, sie nicht ständig zu berühren, wie ich es eigentlich wollte.

»Noch kannst du deine Meinung ändern, falls es dir zu schnell geht. Denn wenn ich Maya wegen heute Abend frage und sie zustimmt, gibt es kein Zurück.«

»Alles gut«, murmelte Leandra und schloss die Augen. »Es ist nur ungewohnt für mich.«

»Du musst nicht so tun, als wäre es leicht für dich«, flüsterte ich. »Sprich mit mir. Sag mir, wie ich dir helfen kann.«

Sie öffnete die Lider und betrachtete mich mit schief gelegtem Kopf. »Du bist selbst angespannt, Allister. Trotzdem denkst du an deine Tochter und fragst mich, wie du es für mich leichter machen kannst. Mehr will ich nicht, denn irgendjemand muss auch an dich denken.«

Meine Brust wurde eng und ich wünschte mir nichts sehnlicher, als sie jetzt an mich ziehen zu können. Stattdessen strich ich ihr wieder eine nicht vorhandene Strähne aus dem Gesicht und lächelte. »Danke, dass du hier bist«, hauchte ich.

Beinahe hätte ich mich doch nach vorn gebeugt, um sie zu küssen. Aber Maya schien in dem Moment mit dem Schneemann zufrieden zu sein und kam auf uns zugelaufen. Hastig ließ ich meine Hand sinken und lächelte meine Tochter an.

»Kekse!«, verkündete sie und griff nach Leandras Hand.

Also gingen wir hinein und wogen die Zutaten für den Teig ab. Leandra hatte viel Geduld mit Maya, die alles selbst machen wollte und dabei eher Chaos stiftete. Aber irgendwie schafften wir es, einen brauchbaren Teig zu kneten, den wir ausrollten und aus dem wir Christbäume, Sterne und natürlich Engel ausstachen.

Maya summte ein Lied, das mich an ›Oh Tannenbaum‹ erinnerte.

»Ich glaube, heute bestellen wir etwas zu essen«, schlug ich vor, als ich die Menge an Keksen sah, die wir noch dekorieren wollten.

»Pizza!«, rief Maya laut, während sie einen weiteren Engel ausstach.

»Pizza ist klasse. Mit gefülltem Käserand«, stimmte Leandra zu.

Ich hob meine Augenbraue. »Das hätte ich dir jetzt nicht zugetraut.«

Sie lächelte und konzentrierte sich wieder auf Maya. Es war ein schöner Anblick und mein Herz schlug schneller, als meine Tochter glücklich lachte und die ersten Kekse mit Zuckerguss überschüttete. So zufrieden war sie seit Monaten nicht gewesen.

Wir waren kaum fertig mit all den Keksen, als es an der Tür klingelte und unsere Pizza ankam. Hungrig stürzten wir uns darauf und Maya sang lautstark ein anderes Weihnachtslied, das ich nicht erkannte.

Meine Hände begannen zu schwitzen, weil ich den richtigen Zeitpunkt für meine Frage abwarten wollte.

Dann überraschte mich meine Tochter allerdings, als sie ihr zweites Stück Pizza gegessen hatte und meinte: »Engel, bleibst du hier?«

Leandra sah verwundert von ihr zu mir. »Was meinst du, Schätzchen?«

Maya deutete auf den Boden. »Bei uns bleiben. Nicht weggehen.«

Ich konnte sehen, wie Leandra schluckte, während sie meine Tochter betrachtete.

»Möchtest du, dass Leandra morgen wieder hier ist, wenn du aufwachst?«, half ich aus.

Maya nickte energisch, schnappte sich noch ein Stück Pizza und grinste.

»Willst du bei uns bleiben, Leandra?«, fragte ich mit einem Lächeln.

»Wenn ihr mich wollt, gerne.«

Maya nickte noch einmal und aß dann mit noch mehr Begeisterung.

Zur Feier des Tages durfte sie mit uns einen kurzen Weihnachtstrickfilm sehen, bei dem sie selig auf meinem Schoß einschlief.

»Ich bringe sie besser mal ins Bett«, meinte ich und war froh, darauf bestanden zu haben, dass Maya vor dem Fernsehen in ihren Schlafanzug schlüpfte. »Wollen wir uns dann in den Wintergarten setzen?«

»Gerne. Soll ich Wein mitnehmen oder willst du einen Punsch?«

Ich hob einen Mundwinkel. »Kannst du denn Punsch zubereiten?«

Sie stemmte ihre Hände in die Hüften. »Ja, kann ich. Aber vielleicht hebe ich mir das für ein anderes Mal auf, denn ich würde vermutlich zu viel Lärm dabei machen und es dauert ja auch eine Weile.«

»Einverstanden, dann nur Wein.«

Ich brachte Maya in ihr Zimmer und blieb bei ihr, bis sie ruhig eingeschlafen war.

Anschließend ging ich in den Wintergarten. Leandra hatte sich eine Decke um die Schultern gelegt und blickte hinaus auf den Schneemann, den wir am Nachmittag gebaut hatten.

Sie sah mich nur kurz an, als ich mich auf den Sessel neben ihrem setzte.

»Das war ein schöner Tag, findest du nicht?«, begann ich das Gespräch.

»Ja. Schön und anstrengend. Ich habe Hochachtung vor dir, Allister. Ich weiß nicht, ob ich in der Lage wäre, das so gut zu bewältigen wie du.«

»Du darfst mir glauben, dass ich ständig Zweifel habe, ob ich das alles richtig mache«, gestand ich und griff nach ihrer Hand. »Ich bin froh, dass du hier bist und so viel Geduld mitbringst. Das bedeutet mir wirklich viel.«

Sie drehte den Kopf zu mir und seufzte. »Maya ist ein wunderbares Kind. Ich habe sie sehr gerne.«

»Und sie mag dich«, erwiderte ich, beugte mich zu Leandra und hauchte einen Kuss auf ihre Wange. »So wie ich.«

Sie seufzte erneut und betrachtete wieder den Schneemann. Der Tag schien sie ziemlich gefordert zu haben.

»Leandra, nächsten Samstag gibt mein Vater eine Feier zu seinem Geburtstag. Es ist eine große Feier und ziemlich unpersönlich, aber ich sollte dennoch dorthin. Und ich wollte dich fragen, ob du Maya und mich eventuell begleiten möchtest.«

»Ich weiß nicht, Allister«, antwortete sie. »Ich habe nicht das Gefühl, als würde ich dorthin gehören.«

»Wie meinst du das?«

Sie biss sich auf die Unterlippe. »Nach allem, was du erzählt hast, bin ich nicht sicher, ob es klug ist, wenn du mit mir dort auftauchst. Ich bin nicht aus … deinen Kreisen.«

Es dauerte, bis die Erkenntnis in mein System sickerte. Dann machte es klick. »Weißt du«, begann ich und strich über ihren Handrücken. »Ich bin sicher, meine Mutter wird das so sehen. Aber der Rest meiner Familie freut sich bestimmt, dich kennenzulernen. Meine Schwester weiß von dir, weil Maya nicht aufgehört hat, über dich zu sprechen, als sie bei ihr war. Und ich denke, mein Vater wird dich mögen. Außerdem bin ich bei dir.« Ich wagte nicht, sie anzusehen. »Ich kann natürlich verstehen, wenn es dir zu viel ist oder du es für zu früh hältst. Es würde mir nur etwas bedeuten.«

Sie schwieg, nahm ein Glas Rotwein vom Tisch und nippte daran.

»Ich denke darüber nach«, sagte sie schließlich.

»Danke.«

Ich hatte es ernst gemeint, es bedeutete mir viel, wenn sie mich begleitete. Es wäre ein Eingeständnis für uns beide gewesen, dass es zwischen uns klappen konnte. Und dann hätten wir weitergesehen.

»Darf ich zu dir?«, fragte Leandra leise und sah mich mit ihren dunklen Augen an.

»Wie, zu mir?«

»Maya schläft und ich würde dir gerne nahe sein. Wenn das in Ordnung ist.«

»Ich warte schon den ganzen Tag darauf«, seufzte ich, öffnete meine Arme und schlang sie um ihre Taille, als sie sich wieder auf meinen Schoß setzte. Sie beugte sich hinab und küsste mich. Ihre Hände glitten über meine Schultern und ich zog sie enger an mich, während ich ihren Atem auf meiner Haut genoss. Sie endlich wieder so nah zu fühlen, stillte die Sehnsucht, die sich über die Woche aufgebaut hatte, ein wenig.

Sie bei mir zu haben, beruhigte mich und ich war froh, dass sie bleiben wollte und ich wieder neben ihr einschlafen und aufwachen würde. Mehr konnte ich mir von meinem Weihnachtswunder nicht erhoffen.

Ich wachte auf, als die Sonne durch die Vorhänge strömte. Genüsslich streckte ich mich und tastete nach Leandra, doch das Bett neben mir war leer.

Ich riss die Augen auf, hellwach und panisch. War sie gegangen? Hatte ich sie mit meiner Bitte gestern Abend, mich zu der Feier zu begleiten, doch zu sehr verschreckt? Oder wurde ihr alles mit Maya langsam zu viel?

Wir hatten uns gestern Abend nur geküsst und sie war in meinen Armen eingeschlafen. Vielleicht hätte ich versuchen sollen, mit ihr zu sprechen.

Hastig zog ich mir eine Pyjamahose an und stürmte aus dem Schlafzimmer. Leises Gelächter ließ mich innehalten. Mein Atem ging viel zu schnell, doch als ich feststellte, dass Leandra und Maya miteinander sprachen und lachten, beruhigte sich alles in mir ein wenig.

Ich schlich bis zum Wohnzimmer, wo ich Maya entdeckte, die mit ihren kleinen Spielzeugpferden neben Leandra herumhopste und ein Lied sang, das mir entfernt vertraut vorkam. Vermutlich war es ›Jingle Bells‹, aber weder der Text noch die Melodie war eindeutig.

Ich hatte Maya schon lange nicht mehr so ausgelassen gesehen. Sie fragte zwar nicht mehr nach ihrer Mutter, aber dass ihr etwas gefehlt hatte, wusste ich. Ich konnte eben nicht so viel Zeit mit ihr verbringen, wie ich wollte.

Jetzt wirkte sie richtig glücklich und ausgelassen, sang und tanzte, während Leandra klatschte und leise mitsang. Allerdings hatte auch sie wenig Talent dafür, zumindest erkannte ich ihre Version des Liedes ebenfalls nicht. Das machte aber gar nichts. Solange die beiden so zufrieden wirkten, war es unwichtig, wie das Lied klang.

Ich lehnte mich an den Türrahmen und beobachtete die beiden. Gerade noch hatte ich befürchtet, Leandra hätte beschlossen, dass es ihr zu viel war, zu schnell ging. Jetzt schlug mein Herz höher, weil sie so entspannt vor meiner Tochter saß, in einem langen Pyjama mit rotem Muster, und ein Weihnachtslied sang.

Schließlich bemerkte mich Maya und stürmte auf mich zu. »Papa!«, rief sie und streckte die Arme nach mir aus.

»Guten Morgen, mein kleiner Wirbelwind.« Ich hob sie lachend hoch. »Wie lange bist du denn schon wach?«

»Seit etwa drei Stunden«, antwortete Leandra und kam ein wenig verlegen zu mir. »Du hast so tief geschlafen, als sie an der Tür stand, deswegen bin ich mit ihr aufgestanden. Sie hat allerdings bemerkt, dass wir uns ziemlich nahe waren, ich habe zu langsam reagiert.«

Ich musterte meine Tochter, die uns aufmerksam beobachtete. »Ich denke, das geht in Ordnung.« Es ließ sich jetzt ohnehin nichts mehr daran ändern.

»Okay.« Leandra seufzte erleichtert. »Ich habe nämlich schon Teig für Waffeln vorbereitet. Maya meinte, sie will welche haben.«

Ich zog eine Augenbraue hoch. »Ach, du kannst auch kochen?«

»Nur wenn ich will«, erklärte sie und grinste. »Aber zufällig mache ich wirklich großartige Waffeln.«

»Ja, das könnte schwierig werden ohne Waffeleisen.« Ich schmunzelte.

»Was?«, fragte sie und ihr Mund klappte auf. »Wie machst du die Waffeln sonst?«

»Gar nicht?« Ich zuckte mit den Schultern und setzte Maya ab, die sofort wieder singend und tanzend durch das Zimmer hopste.

Leandra lächelte Maya an. »Entschuldige, Mäuschen, ich muss mich schnell anziehen und etwas holen.«

Sie sprang auf und wollte an mir vorbei ins Schlafzimmer, als ich sie zu fassen bekam und mit mir in den Flur zog. »Und wo genau willst du jetzt hin?« Meine Lippen waren nur wenige Millimeter von ihren entfernt.

Ich sah, wie sie schluckte. »Mein Waffeleisen holen?«

»Und du denkst, ich lasse dich gehen?« Sie keuchte, als meine Lippen ihre Schläfe streiften. »Außerdem ist es unnötig, ich habe ein Waffeleisen.«

»Aber du hast doch gesagt …«

»Ich habe gesagt, dass es ohne Waffeleisen schwierig werden könnte. Ich habe nicht gesagt, dass ich kein Waffeleisen besitze. Und ich mache wirklich keine Waffeln, auch das war nicht gelogen.«

»Du bist …«

»Charmant? Heiß?«, schlug ich ihr vor, ehe ich sicherstellte, dass Maya nicht zusah, und einen Kuss auf ihre Stirn hauchte. Ich wusste nicht, welche Schlüsse sie daraus zog, dass Leandra und ich in inniger Umarmung in einem Bett geschlafen hatten. Aber ich musste dennoch nicht Küsse vor ihren Augen verteilen.

Leandra seufzte und legte den Kopf in den Nacken. »Lass das lieber, sonst will ich mehr und das geht jetzt nicht.« Sie stieß mich von sich, als hinter uns Schritte zu hören waren und Maya mit zwei kleinen Pferden in der Hand in der Tür stand. »Gut, wenn ihr ein Waffeleisen habt, mache ich jetzt also Waffeln«, sagte sie mit bebender Stimme und drehte sich um. »Hilfst du mir, Maya?«

Während meine Tochter den Teig mit einem Löffel auf das Eisen klatschte, schnitt Leandra Obst. Ich bereitete den Kaffee zu und richtete den Tisch her.

»Möchtest du etwas anderes als Waffeln haben? Zufällig bin ich auch recht gut darin, Eier abzubraten.«

Ich schmunzelte. »Nein, Waffeln sind in Ordnung.«

Es roch verführerisch süß in meiner Küche und ich freute mich darauf, Leandras Kochkünste auf die Probe zu stellen. Dass sie Kekse backen konnte, hatte sie bereits bewiesen. »Ich hätte euch ja die Weihnachtswaffeln meiner Mutter gemacht, aber ihr habt kein Marzipan im Haus und keine Kirschen.«

»Können wir alles besorgen«, meinte ich und beobachtete, wie sie Puderzucker über das Gebäck streute.

Leandra antwortete nicht, sondern richtete das Essen an, bevor sie es zum Tisch brachte. Maya klatschte und begann sich mehr Schokoladensoße auf die Waffel zu laden, als Teig da war.

»Das ist der Grund, warum sie Waffeln mag«, erklärte ich und Leandra grinste.

»Ich war genauso. Schokolade ist besonders zum Frühstück unschlagbar.«

»Auch das hätte ich nicht erwartet«, überlegte ich laut.

Leandra zwinkerte. »Ich habe viele Eigenheiten, die man erst nach und nach entdeckt.«

»Ja, ich sehe schon, du steckst wohl voller Überraschungen.« Ich zwinkerte und genoss meine Waffeln.

33

Leandra

Nach dem Frühstück gingen wir spazieren. Es war eiskalt, aber das störte mich in dem Moment kein bisschen. Wenn ich Allister mit Maya beobachtete, wurde mir warm ums Herz und je näher der Abend rückte, umso weniger wollte ich gehen.

Ich selbst zögerte den Abschied hinaus, stimmte sofort zu, als Maya eine Teeparty mit den selbst gebackenen Keksen machen wollte, und nahm die Einladung zum Abendessen gerne an.

Draußen dämmerte es bereits, als Allister das Essen auf den Tisch stellte. Er hatte einen simplen Eintopf zubereitet, aber es roch so verführerisch, dass mir das Wasser im Mund zusammenlief.

Er war ungewöhnlich still, als wir aßen, betrachtete erst mich, dann Maya.

Nach dem letzten Wochenende war es mir schon schwergefallen, einfach nach Hause zu gehen, und jetzt wurde bei dem bloßen Gedanken mein Hals eng. Zu sehr wünschte ich mir, heute wieder neben Allister einzuschlafen, von ihm gehalten zu werden. Aber ich konnte nicht bleiben, das wusste ich. Dazu setzte mir das alles zu sehr zu. Es war schön, gemeinsam mit Maya Zeit zu verbringen, doch es kostete mich viel Kraft.

Gedankenverloren stocherte ich im Essen herum. Es schmeckte noch besser, als es roch, und trotzdem hatte ich kaum Appetit.

»Was hältst du davon, wenn wir dich morgen kurz besuchen?«, riss Allister mich aus meinen Gedanken.

»Wann denn?«, wollte ich wissen.

»Nach der Arbeit? Ich denke, dein Chef wird dich morgen früher gehen lassen, wenn du das möchtest. Und vielleicht könntest du dann übermorgen wieder zu uns kommen?«

Maya musterte mich. »Bleibst du?«, fragte sie leise und sah mich mit ihren hellbraunen Augen flehentlich an.

Konnte es sein, dass sie Angst hatte, dass ich für immer wegging? Wie ihre Mutter? Dazu war es doch noch zu früh. Oder nicht?

»Schatz, Leandra kann nicht immer bleiben …«, versuchte Allister, mir zu helfen.

»Warum?«, hakte sie nach und sah mich an.

Wie sollte ich das erklären? »Vielleicht kann ich ab und zu bleiben«, sagte ich mit einem Lächeln. »Nicht immer, aber zumindest manchmal.«

»Heute?« Mayas Stimme klang hoffnungsvoll.

Mein Blick wanderte zu Allister, der selbst nicht so recht zu wissen schien, wie er damit umgehen sollte. Er setzte gerade zu einer Antwort an, als ich mir ein Herz fasste.

»Schön, ich bleibe heute noch. Und morgen kommt ihr mich besuchen.«

Aus den Augenwinkeln bemerkte ich, wie sich Allister fast verschluckte, und hoffte, ich hatte jetzt nicht die falsche Entscheidung getroffen.

Ich beobachtete ihn heimlich, wie er Maya vorlas und dabei die Stimme verstellte. Es war einfach nur niedlich. Wie hatte ich ihn anfangs für einen Schnösel halten können?

Gut, technisch gesehen war er einer. Dieses Haus bewies es eindrucksvoll und vermutlich reichte sein Stammbaum wirklich bis zur Gründerzeit zurück. Meine Urgroßeltern mütterlicherseits waren mittellos nach dem Ersten Weltkrieg in dieses Land gekommen. Da hatten seine Ahnen wohl gerade dieses Haus hier gekauft.

Ich war so in Gedanken versunken, ich bemerkte fast nicht, wie er das Zimmer verließ und die Tür anlehnte.

»Jetzt werde ich nie erfahren, ob der Hase seine Schnürsenkel binden kann«, murmelte ich, als er die Arme um mich legte.

»Zufällig kenne ich das Ende. Willst du es wissen?«

»Dann ist doch die Überraschung weg«, erwiderte ich und sah zu ihm auf.

Er lächelte mich an und mein Herz schlug schneller. Seine Lippen fanden meine und ich sank gegen ihn.

»Ich bin froh, dass du geblieben bist«, flüsterte er.

»Ich bin auch froh, hier zu sein.«

»Wirklich?«

»Ja. Ich habe den Abschied wohl ein wenig hinausgezögert.« Ich ließ meine Hände über seine Brust streichen. »Wann steht ihr denn morgens auf? Ich will euch nicht wecken, aber ich muss noch zu mir, um mich umzuziehen.«

»Ich weiß«, sagte er und begann, meinen Hals zu küssen. »Wir frühstücken gegen acht. Das wird dir zu spät sein. Maya sollte gegen halb sieben wach sein.«

Ich musste mich zusammenreißen, um nicht zu stöhnen, als er mit seinen Küssen tiefer wanderte. »Gut, dann fahre ich, bevor ihr frühstückt.« Ich hielt mich an ihm fest, weil meine Beine weich zu werden drohten. »Allister, sollten wir nicht lieber in das Schlafzimmer gehen?«

»Ja, sollten wir.« Er löste sich von mir, nahm meine Hand und führte mich durch den dunklen Gang bis zur Schlafzimmertür.

Hinter uns schloss er sie und kam wieder zu mir. Behutsam strichen seine Finger über meine Wangen und er küsste mich erneut. »Sag mir, wie ich die nächsten Tage im Büro überstehen soll, Leandra«, murmelte er, als er sich zurückzog.

Ich legte meine Hände an seinen Hosenbund und öffnete den Gürtel, dann den Knopf. »Keine Ahnung. Wir haben es doch schon eine Woche geschafft.«

»Und die war schon nicht leicht.« Er schob mir den Pullover hoch, zog ihn über meinen Kopf. »Aber nach diesem Wochenende bezweifle ich, dass ich meine Gefühle für dich noch verstecken kann.«

Ich schluckte und beschäftigte mich mit seinen Boxershorts. Dass er Gefühle für mich hatte, war kaum zu übersehen. Doch wie stand es mit meinen Gefühlen? Jenen, die ich eigentlich nicht haben wollte, damit er mich nicht verletzen konnte, wenn er sich zwischen Maya und mir entscheiden musste.

Dieses Wochenende hatte mir erneut vor Augen geführt, welche Verantwortung auf seinen Schultern lastete. Wie sollte ich da hineinpassen?

»Immerhin gibt es im Büro keinen Mistelzweig«, scherzte ich, weil ich nicht wusste, wie ich sonst reagieren sollte. »Das wäre wirklich gefährlich.«

Er beugte sich nach vorn, bis seine Lippen beinahe mein Ohr berührten. »Du bist auch ohne Mistelzweig nicht sicher vor mir, wenn wir alleine sind«, sagte er.

Ein Schauer lief über meinen Rücken. »Allister«, hauchte ich und zog ihn zum Bett.

Ich half ihm, mir die Jeans und mein T-Shirt auszuziehen, sah zu, wie er sich seiner restlichen Kleidung entledigte, und fuhr mir mit der Zunge über die Lippen, als er ein Kondom auspackte und sich überstreifte. Bereitwillig öffnete ich meine Beine, damit er dazwischen Platz fand, und legte den Kopf in den Nacken, als ich ihn in mir spürte.

»Du fühlst dich so gut an«, raunte ich.

Ich ließ meine Hände über seinen Rücken streichen und genoss das Schaudern, das ich in ihm auslöste. Er hob mein Bein ein wenig an, veränderte den Winkel und ich konnte das Stöhnen kaum noch zurückhalten.

Er bedeckte meine Lippen mit seinen, als ich meinen Höhepunkt erreichte. Mein Körper bebte unter ihm und auch er kam kurz darauf.

Schwer atmend legte er sich neben mich und zog mich in seine Arme. Ich strich über seine Brust, während er die Decke über uns ausbreitete.

Seine Wärme umgab mich. Das war der perfekte Abschluss für diesen Tag. Und als ich mir zu wünschen erlaubte, dass jeder Tag so endete, schlief ich in seinen Armen ein.

34

Allister

Es war seltsam, als Leandra gegen sieben Uhr das Haus verließ, um zu sich zu fahren. Maya hatte sie nicht loslassen wollen und sich erst beruhigt, als ich versprach, dass wir Leandra am Abend besuchen würden.

Im Büro gaben wir uns wieder die größte Mühe, nicht allein zu sein. Denn schon der Gedanke, in meinem Büro nur mit ihr an dem Besprechungstisch zu sitzen und sie nicht berühren zu dürfen, grenzte an Folter. Besonders bei dem schwarzen Kleid, das sie trug. Wir hatten zwar schon eine Woche überstanden, aber jetzt … jetzt war mir klar, dass ich eine richtige Beziehung mit ihr wollte. Ich wusste nur noch nicht, ob sie ebenso dachte wie ich.

Es war ein Glück, dass Mr. Miller uns gleich zu einer Besprechung einlud, um über die anstehenden Termine zu reden. Wir gingen die weiteren Schritte durch und was wir noch für die Übernahme der Zulieferfirma vorbereiten mussten.

Gegen zwölf Uhr kam Mira zu uns und fragte, ob wir gemeinsam Mittagessen wollten. Ich war einerseits erleichtert, andererseits hatte ich gehofft, zumindest ein paar flüchtige Berührungen mit Leandra austauschen zu können.

Bei unserer Rückkehr nahm mich jemand aus der PR-Abteilung in Beschlag und ließ mich unzählige Weihnachtskarten an Personen unterschreiben, deren Namen ich nicht kannte. Es handelte sich um ehemalige und aktuelle Geschäftspartner, Investoren und Berater, die mit meiner Abteilung wohl öfter in Berührung kamen. Meine Hand krampfte, als ich fertig war, aber zumindest hatte es mich abgelenkt.

Kaum war die Dame aus der PR-Abteilung fort, klopfte Leandra, blieb allerdings in der Tür stehen. »Wir haben eine Telefonkonferenz nächste Woche hereinbekommen. Es geht um zwei Berichte, die nach Weihnachten fertiggestellt werden sollen.«

»Willst du nicht eintreten?«, fragte ich, ohne sie anzusehen.

Ja, Folter, definitiv gegen die Genfer Konventionen, wenn sie jetzt so vor mir stand.

»Lieber nicht«, murmelte sie und klammerte sich wieder an ihren Block, als würde sie sonst ertrinken. »Soll ich für Mittwoch oder Donnerstag zusagen?«

»Ich richte mich nach dir«, erwiderte ich.

»Es ist nur … sie sind erst gegen sechs Uhr abends.«

»Weswegen so spät?«

»Westküste«, erklärte sie und legte den Kopf schief. »Ich kann auch alleine hin, wenn du möchtest.«

»Nein, ich rede mit Mildred, ob sie an einem der beiden Tage keinen Dienst hat, und gebe dir Bescheid.«

»Gut.« Sie blieb in der Tür stehen und musterte mich.

»Sonst noch etwas?«, fragte ich vorsichtig.

Ihre Mundwinkel wanderten einen Moment nach oben und sie schüttelte den Kopf. »Nein. Ich warte auf deine Antwort.« Sie zwinkerte und verließ mein Büro.

Ich lehnte mich auf dem Stuhl zurück und rieb mir über die Stirn. Folter. Schlimmste Folter. Allein ihre Rückansicht hatte gereicht, mich in Versuchung zu bringen, jeglicher Vernunft zum Trotz aufzustehen und sie an mich zu ziehen. Das würde noch schlimmer werden, als ich befürchtet hatte.

Als es endlich fünf Uhr wurde, verabschiedete ich mich von den Kollegen und schlenderte durch den Gang mit der überladenen Weihnachtsdeko. Im Aufzug spielte ein Weihnachtslied, das ich immer noch summte, als ich zur Garage ging. Ich würde Maya holen und dann zu Leandra fahren, die heute sogar vor mir das Büro verlassen hatte.

Sie hatte während des Mittagessens Mira gegenüber erwähnt, dass sie einen Zahnarzttermin hatte. Ich war mir nicht sicher, warum sie Mira nicht über uns einweihte, aber es ging mich nichts an. Ich wollte sie nicht noch mehr unter Druck setzen. Ich hatte sowieso ständig Angst, dass sie das zwischen uns für einen Fehler hielt.

Das Haus meiner Eltern lag etwa zehn Autominuten von meinem entfernt. Ich parkte ein und holte tief Luft. Nach dem Wochenende ging ich davon aus, dass meine Tochter von Leandra erzählt hatte.

Aber wenn sie am Samstag wirklich mitkam, würde Mutter so oder so von ihr erfahren. Trotzdem wollte ich, dass sie so spät wie möglich davon erfuhr. Nicht weil ich mich wegen Leandra schämte, sondern weil Mutter dann weniger Zeit hatte, um sich eine Gemeinheit einfallen zu lassen.

Eine Haushälterin öffnete mir die Tür. Maya wartete bereits angezogen im Vorzimmer, während meine Mutter gerade telefonierte. Sie winkte mir kurz zu, bevor sie im Esszimmer verschwand und die Tür hinter sich schloss. Offenbar wollte sie nicht mit mir sprechen, was mich gar nicht störte.

Ich hob meine Tochter hoch, verabschiedete mich von der Haushälterin und ließ meiner Mutter einen Gruß bestellen, ehe wir zum Auto hüpften. Gehen war schließlich langweilig und Maya schien Bewegung zu brauchen.

Als meine Tochter angeschnallt war und mir ein Lächeln schenkte, stieg auch ich ein.

»Wollen wir Engel besuchen?«

Sie nickte.

»Na, dann los.«

»Du machst das wirklich gut, Maya.« Leandra lächelte.

Wir saßen am Esstisch und da meine Tochter bereits mit ihren Frühlingsrollen, die Leandra besorgt hatte, fertig war, hatte sie ein Mandala zum Ausmalen bekommen, damit wir in Ruhe weiteressen konnten.

»Sie sieht heute müde aus«, meinte Leandra schließlich.

»Es ist ja auch schon recht spät«, erwiderte ich mit Blick auf die Uhr. »Wir werden dann gehen müssen.«

Sie seufzte. »Ja, vermutlich ist das besser.« Sie griff nach meiner Hand, was wir mittlerweile vor Maya nicht mehr geheim hielten. Mehr Nähe zeigten wir allerdings nicht vor ihr.

»Wir hatten nur nicht viel Zeit heute.«

»Ich fürchte, das wird unter der Woche nie anders.« Es lag mir auf der Zunge, sie einzuladen, morgen zu uns zu kommen. Und zu bleiben. Aber … ich wollte sie nicht überrumpeln.

»Denkst du …«, begann sie und hielt kurz inne. »Ist wahrscheinlich eine dumme Idee.«

»Was denn?«

Ihr Blick war auf unsere Hände gerichtet. »Denkst du, ich sollte morgen zu euch kommen und … na ja, über Nacht bleiben?«

Mein Herz schlug vermutlich einen Looping bei diesen Worten. Trotzdem versuchte ich, nicht zu euphorisch zu klingen. »Wenn du das möchtest«, erwiderte ich möglichst ruhig und hob ihre Hand an meine Lippen, da Maya in ihr Malen vertieft war. »Soll ich gleich Kleidung zum Wechseln für dich mitnehmen?«

Einen Moment zögerte Leandra, dann stand sie auf. »Nur für eine Nacht oder …«

»So lange du möchtest.«

Am nächsten Tag holten wir Maya gemeinsam ab. Das hieß, ich holte sie beim Haus ab, während Leandra sich im Auto so klein wie möglich machte. Ich hatte ihr gesagt, dass es unnötig war, aber sie wollte kein Risiko eingehen.

Meine Mutter ignorierte mich wieder fast vollständig. Sie schien mit den Vorbereitungen für das Fest am Samstag beschäftigt zu sein.

Den Abend verbrachten wir mit Kochen und Spielen. Maya wirkte glücklich, dass Leandra dieses Mal blieb, und schlief recht schnell ein.

Als ich aus ihrem Kinderzimmer kam, wartete Leandra auf dem Sofa auf mich, und als wir schlafen gingen, schmiegte sie sich an mich und gab mir die Nähe, die ich im Büro so vermisste.

Auch der Mittwoch lief ähnlich ab. Leandra verließ das Haus vor Maya und mir, ich brachte die Kleine in den Kindergarten und kam erst gegen neun Uhr ins Büro.

Wir gingen uns bestmöglich aus dem Weg, hielten uns nie allein in Räumen auf und verbrachten die Mittagspause mit Mira.

Leandra fielen noch ein paar Ausreden ein, warum sie früher aus dem Büro musste, wobei ich mich fragte, ob das überhaupt nötig war. Sie hätte auch sagen können, dass sie zu Hause arbeitete.

Ich wartete immer an anderen Stellen auf sie und fuhr anschließend mit ihr Maya abholen.

Der Donnerstagabend war aber anders. Ich verabschiedete mich aus dem Büro und stieg wie immer in mein Auto, um eine Runde um den Block zu drehen und auf Leandra zu warten.

Kaum hatte ich den Wagen geparkt, vibrierte mein Handy. Es war eine Nachricht von Leandra.

Mira will mit mir etwas trinken gehen. Konnte sie nicht abwimmeln. Ich komme später zu dir. L.

Ich hatte ein etwas mulmiges Gefühl, aber was sollte schon passieren? Falls Mira bemerkt hatte, dass etwas zwischen Leandra und mir lief, würde sie es nicht herumerzählen. Allerdings war ich mir nicht sicher, wie Leandra selbst darauf reagierte.

Ich schob die Gedanken beiseite und fuhr also ohne Umwege zum Haus meiner Eltern, um Maya allein abzuholen. Meine Mutter erwartete mich bereits und zum ersten Mal schien sie sich Zeit nehmen zu wollen, mit mir zu sprechen. Ihre Miene war verkniffen und sie hatte die Arme verschränkt. Das würde ein unangenehmes Gespräch werden. Vermutlich hatte ich sie in irgendeiner Weise enttäuscht. Ich überlegte gerade, was es diesmal sein konnte.

»Wir müssen reden«, verkündete sie kühl, während meine Tochter meine Hände hielt und auf und ab hüpfte.

»Worüber?«, versuchte ich ruhig zu fragen. Ich hatte eine Ahnung, was meine Mutter jetzt besprechen wollte, aber ihr Ton gefiel mir nicht. Weil ich mit Mum nicht vor meiner Tochter streiten wollte, bat ich Maya, kurz eine Zeichnung in ihrem Malbuch fertig zu machen, und deutete auf einen Raum. Als ich die Tür geschlossen hatte, wartete ich auf das Donnerwetter, das sich zusammenzubrauen schien.

»Deine Tochter redet ständig von einem Engel. Ich nehme nicht an, dass sie einen wirklichen Engel meint.«

»Und die Frage, die du mir stellen willst, lautet …?«

»Allister Harold Fielding, du triffst dich mit einer mir unbekannten Frau, nicht wahr? Obwohl du die Möglichkeit hättest, Tiffany zurückzugewinnen durch deinen neuen Job …«

»Mutter, ich *will* Tiffany nicht zurück. Sie hat mir recht eindeutig erklärt, dass sie mit *unserem* Kind nicht klarkommt«, erwiderte ich genervt. Das Thema hatten wir mehrfach besprochen. Meine Mutter meinte immer noch, Tiffany wäre die Richtige. Ich wusste aber längst, dass es nicht so war. In versöhnlicherem Ton fügte ich deswegen hinzu: »Außerdem würde ich euch Leandra sehr gerne vorstellen. Vielleicht kann sie am Samstag mitkommen.«

»Ja, deine Schwester hat sich da verplaudert«, stöhnte Mutter und griff sich an die Stirn. »Wann wolltest du mich darüber informieren, dass du eine mir fremde Person zu unserem Weihnachtsempfang mitbringst, der gleichzeitig die Geburtstagsfeier für deinen Vater ist? Weißt du, wie viel Aufwand es ist, ein Büffet für so viele Leute zu organisieren?«

»Mum, das ist keine Hochzeit mit Sitzordnung. Eine Person mehr oder weniger merkst du dann gar nicht.«

»Doch, wenn alle unsere Freunde tuscheln, weil mein Sohn mit seiner Affäre hier auftaucht.«

»Mum, das Gespräch ist jetzt beendet.«

»Allister Harold Fielding!«

Das langte. Ich hatte mir viel zu oft von meiner Mutter das Leben schwer machen lassen. »Verflucht, Mum, hör auf mich so zu nennen, ich bin keine fünf mehr! Und Leandra ist keine Affäre. Ich …«

Meine Mutter hob energisch die Hand. »Wage es nicht, zu behaupten, du liebst sie!«

Ich lächelte. »Dann eben nicht. Wiedersehen, Mum. Morgen hole ich Maya selbst vom Kindergarten ab. Wir sehen uns also erst Samstag.«

Ich öffnete die Tür und hob Maya hoch.

»Und die Arbeit?«, rief sie mir nach, als ich dabei war, das Haus zu verlassen.

»Ich kann zu Hause weiterarbeiten. Aber weißt du, Maya ist mir wichtiger als mein Job. Oder mein Ruf. Schade, dass es bei dir nicht so ist, wo du doch eigentlich der Kinder wegen nie einen richtigen Beruf ergriffen hast.«

Bevor sie noch ein Wort sagen konnte, schlug ich die Tür hinter mir zu.

»Engel?«, fragte meine Tochter, als ich sie ins Auto setzte und Leandra nicht da war.

»Sie kommt heute später, Schatz. Sie muss etwas erledigen.«

Maya wirkte enttäuscht und schniefte die ganze Fahrt über. Erst da wurde mir richtig bewusst, wie sehr sie Leandra schon mochte. Mein schlechtes Gewissen regte sich und die Unsicherheit, die ich ständig versuchte, aus meinen Gedanken zu verbannen, kehrte zurück. War es ein Fehler gewesen, Leandra so früh schon zu einem Teil vom Leben meiner Tochter zu machen? War ich zu selbstsüchtig? Was, wenn nach heute Abend nichts mehr so war wie vorher? Wenn Mira Leandra zur ›Vernunft‹ brachte und meine Tochter darunter leiden würde?

Denn für mich war klar, dass ich eine Beziehung mit Leandra führen wollte. Aber ich wusste auch, dass es für sie zu viel werden könnte. Sie hatte selbst gesagt, dass sie Beziehungen eher mied. Nur … verhielt sie sich nicht so, wenn wir zusammen waren. Mit ihr fühlte es sich an, als wären wir seit Jahren ein Paar, und doch entdeckte ich immer wieder Neues an ihr.

Während ich das Abendessen vorbereitete, war Maya unglaublich still. Sie saß auf dem Boden und betrachtete ein Buch. Ich fragte mich, wo Leandra so lange blieb, denn das Essen war so gut wie fertig, aber sie war immer noch nicht hier. Auch Nachrichten hatte ich keine mehr von ihr bekommen. Also schrieb ich ihr, weil ich wissen wollte, ob wir mit dem Essen noch warten sollten.

Es kam keine Antwort, und der Knoten in meinem Magen zog sich fester zusammen. Hatte Mira es herausgefunden? Ihr vielleicht sogar ausgeredet, mit mir zusammen zu sein?

Aber es würde nicht zu Leandra passen, sich nicht zu melden, ganz gleich, was ihre Freundin wusste. Was, wenn ihr etwas zugestoßen war und ich es erst morgen im Büro erfahren würde?

35

Leandra

Mira hatte mich mit der Einladung überfallen, aber ich wusste, was sie beabsichtigte. Nachdem Allister gegangen war, schrieb ich ihm unauffällig eine Nachricht und folgte Mira in unser Café.

Maisie bediente wieder und stellte uns zwei Cocktails hin. Ich wusste, dass es sich um die Weihnachtsspecials handelte, was unverkennbar war, da zwei Zuckerstangen in jedem Glas steckten.

Ob die wirklich jemand aß, nachdem er den Cocktail getrunken hatte?

»Heute ohne den heißen Boss hier?« Sie zwinkerte mir zu und verschwand dann, ohne mich antworten zu lassen.

Ich warf Mira einen Blick zu, die mich amüsiert angrinste. »Also«, sagte ich und trank von dem süßen Cocktail. »Möchtest du mir etwas erzählen?«

»Ob ich dir etwas erzählen will?« Sie lachte und spielte mit den Zuckerstangen in ihrem Glas. »Ich nehme eher an, dass du mir etwas sagen willst, nicht wahr, meine Freundin?«

Ich schwieg und zog die Augenbraue hoch.

»Wir sind doch Freunde, oder? Und du vertraust mir …«, hakte Mira nach, als ich nichts von mir gab.

»Ja, das tue ich.«

»Und warum erzählst du mir dann nicht, dass du was mit Allister hast?«

»Shhhh!«, zischte ich und sah mich panisch um, aber außer uns saßen nur ein paar ältere Gäste im Lokal. »Woher weißt du es?«

»Dass ihr ineinander verknallt seid oder dass ihr miteinander schlaft?« Sie grinste.

Ich funkelte sie an und sie lachte noch einmal.

»Ihr versucht, es zu verbergen, allerdings sehe ich die Blicke, die ihr euch zuwerft, Lea. Er ist so was von in dich verknallt und du in ihn.«

»Ich bin nicht …«

»Mann, Lea.« Sie seufzte. »Blicke lügen nicht. Und erzähl mir nicht, dass du kein Herzklopfen hast, wenn du ihn ansiehst oder ihr euch flüchtig berührt, sobald ihr denkt, es bemerkt keiner.«

»Es ist nur … er hat eine Tochter. Und ich bin kein Beziehungsmensch.«

»Warte!« Mira hob eine Hand. »Er hat eine Tochter? Und du kennst sie schon? Nach so kurzer Zeit?«

»Ja, sie ist ein wichtiger Teil in seinem Leben und ich mag sie.«

Mira grinste wieder. »Das ist mal eine interessante Wendung. Meine Freundin, die bisher nur für den Job gelebt hat, verknallt sich in ihren Boss und verbringt Zeit mit ihm und seiner Tochter. Oder sehe ich das falsch?«

»Nein.«

»Seid ihr ein Paar?«

»Ich weiß es nicht«, gestand ich. Wir hatten das Thema bisher nie wirklich ernsthaft angeschnitten. Ich nicht, weil ich nicht sicher war, ob ich dazu bereit war, und er vermutlich nicht, weil er das wusste.

»Also hast du ihm noch nicht gestanden, dass du ihn mehr als nur magst? Ihr habt auch noch nicht geklärt, wie euer Beziehungsstatus aussieht, und er hat es dir auch noch nicht gesagt oder dich gefragt, ob ihr ein Paar seid?«

Ich biss auf meiner Unterlippe herum. Beziehungen waren einfach kompliziert und ich kannte mich nicht aus. Deswegen wollte ich eine Sache ansprechen, die mir im Magen lag. »Er will, dass ich Samstag mit ihm auf die Geburtstagsfeier seines Vaters gehe …«

»Das ist mehr oder weniger eine Liebeserklärung.« Mira schmunzelte und bestellte eine neue Runde Cocktails, obwohl unsere noch nicht leer waren.

»Seine Mutter dürfte ein Drache sein«, murmelte ich und trank das erste Glas leer.

Das Zeug war verdammt gut. Nicht zu süß und mit einer feurigen Note. Lag vermutlich am Zimt und was Maisie da sonst noch reinrührte.

»Es gibt wenige Schwiegermütter, die nett sind.« Sie trank ihren Cocktail ebenfalls aus und lächelte Maisie zu, die gleich vier Gläser brachte. »Gehst du mit ihm dorthin?«, fragte sie, als wir wieder allein waren.

»Sollte ich mitgehen?«

»Willst du denn? Es wäre quasi ein Eingeständnis, dass du mit ihm zusammen bist. Sonst geht man doch nicht auf eine Familienfeier.«

»Na ja, es dürfte eine etwas größere Party sein. Schließlich ist es auch der Weihnachtsempfang der Familie, die wohl ziemlich viele einflussreiche Leute kennt. Mr. Maison etwa.« Mir wurde schlecht, wenn ich daran dachte, dass ich diesem Mann vielleicht dort begegnen würde.

»Dann ist es für mich noch mehr ein Liebesgeständnis, dass er dich eingeladen hat.«

Ich massierte mir die Schläfen und trank den nächsten Cocktail. Lecker und süß. Ich musste aufpassen, dass ich es nicht übertrieb.

»Was mache ich denn nur, Mira? Ich meine, ich kenne ihn kaum, aber die letzten zwei Wochen habe ich ihn vermisst, wenn wir nicht zusammen sein konnten. Das ist doch einfach nur verrückt, oder?«

Mira betrachtete mich mit schief gelegtem Kopf. »Und du willst mir jetzt wirklich einreden, dass du nicht bereits in ihn verliebt bist, ja?«

»Doch ich … ich glaube schon, dass ich mich in ihn verliebt habe.«

»Na bitte! Sag ihm das. Nur mit etwas mehr Sicherheit. Dann wird alles gut.«

Ich sah sie an und stieß den Atem aus. »Ich werde kündigen müssen, wenn ich ihm das gestehe.«

»Wunderbar, sag es ihm genau so: ›Allister, ich liebe dich und ich kündige hiermit.‹ Er wird es verstehen.«

»Dir ist schon bewusst, dass der Job bis vor Kurzem mein Leben war, oder?«, brummte ich und stocherte mit der Zuckerstange im halb vollen Glas herum.

Mira lächelte. »Prioritäten ändern sich. Und wir beide bleiben Freunde, auch wenn du in einem anderen Stadtteil arbeiten solltest.

Außerdem hast du es selbst gesagt: Solange Mr. Maison die Firma leitet, wirst du kaum aufsteigen können.«

Ich seufzte und sie legte ihre Hand auf meine.

»Na komm schon, Lea. Du und Mr. Fielding seid euch nicht zufällig begegnet. Da war von Anfang an diese Chemie zwischen euch, nicht wahr? Und irgendwann hast du es zugelassen, dass ihr euch mögen könntet, ganz gleich, wie eure Geschichte begonnen hat. Du warst immer viel zu vernünftig. Vielleicht wird es jetzt Zeit, deinem Herzen zu folgen und dem Kopf eine Pause zu gönnen.«

»Du könntest recht haben.« Ich seufzte noch einmal.

»Klar habe ich recht.« Mira zwinkerte und winkte Maisie noch einmal zu uns. »Außerdem ist er wirklich heiß. Also wenn du ihn nicht willst, dann versuche ich mein Glück.«

»Was wird Romeo dazu sagen?«

»Ramon und das ist schon wieder aus. Nach dem letzten Wochenende haben wir das Interesse aneinander verloren. Der Sex ist irgendwann eintönig geworden.«

»Ah«, machte ich nur und kippte den Cocktail hinunter. »Wie spät ist es eigentlich?«

»So was um halb acht«, murmelte Mira. »Musst du zu deinem Liebsten heim?«

Ich nickte und suchte nach meinem Handy. Es war aus. Toll. »Ich muss jetzt los«, sagte ich, wollte zahlen, aber Mira schüttelte den Kopf.

»Geht auf mich. Viel Spaß und keine Sorge, ich erzähle niemandem etwas.«

Die eiskalte Luft tat mir gut, denn die Cocktails schienen bereits ihre Wirkung zu entfalten. Ich winkte einem Taxi und nannte dem

Fahrer die Adresse von Allisters Haus. Obwohl wir immer gemeinsam zu ihm gekommen waren, hatte er mir einen Schlüssel für den Fall der Fälle gegeben. Da es im Haus bereits dunkel war, ließ ich mich selbst hinein, bedacht darauf, keine Geräusche zu machen und Maya vielleicht zu wecken.

Kaum hatte ich die Tür geschlossen, hörte ich barfüßige Schritte auf mich zulaufen.

»Engel!«, rief Maya erleichtert und ich nahm sie in den Arm.

Allister kam aus dem Wohnzimmer, sein Blick zeigte eine Mischung aus Sorge und Ärger.

»Entschuldige, mein Handy ist aus gewesen und Mira hat nicht aufgehört zu reden«, rechtfertigte ich mich und blickte auf die Uhr. »Solltest du nicht längst schlafen, meine Süße?«, fragte ich Maya, die energisch den Kopf schüttelte.

»Wir haben es versucht, aber sie wollte auf dich warten«, meinte Allister und fuhr sich durch das Haar. »Ich habe dir eine Portion vom Abendessen aufgehoben, wenn du möchtest.«

Bevor ich antworten konnte, nahm er mir Maya ab und ging ins Wohnzimmer zurück.

Ob ich in Schwierigkeiten steckte?

Maya hüpfte neben mir herum, während ich den lauwarmen Fisch aß. Allister saß neben mir und spielte mit seinem Weinglas.

»Bist du böse?«, wollte ich wissen und schob den leeren Teller von mir.

»Nein«, murmelte er und seufzte. »Oder doch, ich weiß es nicht.« Er stand auf. »Ich bringe Maya ins Bett, dann reden wir, in Ordnung?«

»Okay«, hauchte ich.

Ich gab der Kleinen einen Gutenachtkuss und räumte die Küche auf. Es dauerte nicht lange, da kam Allister zurück.

»Was wollte Mira?« Er trocknete die Pfanne ab, die ich gerade gespült hatte.

»Mich fragen, warum ich ihr nichts von uns erzählt habe.«

»Sie weiß es?« Er klang zwar überrascht, aber gefasster, als ich erwartet hatte.

»Sie meinte, es wäre für sie nicht zu übersehen gewesen. Sie wird es niemandem sagen.«

»Was genau denkt sie über uns?«

Ich stellte das Wasser ab und wandte mich ihm zu. »Lass uns nicht in der Küche über so was reden, hm? Komm, wir setzen uns in den Wintergarten. Es ist so schön dort und der Mond scheint durch das Fenster herein.«

»Solange du nicht eine romantische Kulisse suchst, um mich abzuservieren ...«

»Wie kommst du darauf?«

Er zuckte die Schultern, nahm zwei Gläser und die Flasche Wein.

Ich schnappte mir eine Decke und öffnete die Tür zum Wintergarten, in dem es angenehm warm war und der einen Blick auf die verschneite Wiese, die im Mondlicht bläulich strahlte, sowie die Weihnachtsbeleuchtung der Nachbarschaft freigab.

Wir setzten uns einander gegenüber auf zwei bequeme Korbsessel und starrten uns einen Moment lang an.

Allister wurde nervös und griff nach der Weinflasche. »Also?« Er schenkte den Wein in die Gläser ein.

»Allister, ich ...«, begann ich, wusste aber nicht, wie ich dieses Gespräch wirklich führen sollte. Mir wurde klar, dass ich noch nie zu einem Mann gesagt hatte, dass ich mich in ihn verliebt hatte.

»Du willst mich abservieren«, seufzte er und fuhr sich durch die Haare, lockerte dabei die starre Struktur des Gels.

»Nein!«, erwiderte ich viel zu laut und sprang auf. Ohne nachzudenken, ging ich zu ihm, setzte mich auf seinen Schoß und legte meine Arme um seinen Hals. »Mir ist eines klar geworden, als ich mit Mira gesprochen habe.«

»Und was?« Er starrte auf meine Lippen, bevor er mir wieder in die Augen sah.

Ich hätte mich nicht auf seinen Schoß setzen sollen, aber ich wollte ihm nahe sein, wenn ich den Mut fand, ihm meine Gefühle zu gestehen.

»Ich … ich kann mir irgendwie nicht mehr vorstellen, dass wir uns einmal länger nicht sehen werden. Weißt du, was das bedeutet?« Ich ließ ihm keine Zeit zu antworten, plapperte einfach weiter. »Ich habe so etwas noch nie gesagt, Allister, und deswegen fällt es mir schwer, aber … aber … ich möchte auf die Feier am Samstag mit dir gehen.«

Meine Kehle schnürte sich zu. Mehr konnte ich nicht preisgeben. Ich wollte nicht die Erste sein, die ihre Gefühle gestand. Ich hoffte, dass er verstand, worauf ich hinauswollte.

Er stieß den Atem aus und lachte erleichtert. »Gott sei Dank, ich dachte, Mira hätte dir klargemacht, wie unpassend eine Beziehung zwischen uns ist.«

»Nein, sie findet, wir geben ein gutes Paar ab.«

»Ich mochte sie schon immer.« Er grinste und schloss seine Arme fester um mich. »Und ich freue mich, dass du mitkommst. Ohne dich hätte ich dort wahrscheinlich ziemlich miese Stimmung verbreitet.«

»Sagst du mir noch, was ich anziehen soll? Ich meine, das ist doch wahrscheinlich eine eher …«

»Steife Feier, ja. Wir gehen morgen einkaufen.«

»Wie, einkaufen?«

»Maya braucht auch ein Kleid dafür. Du startest morgen also früher ins Wochenende, Ms. Hemsworth.«

»Ich weiß nicht, ob das eine gute Idee ist …«

»Doch, eine hervorragende. Ich lade dich danach auch auf einen Kaffee oder eine heiße Schokolade ein.« Er zwinkerte.

Ich fuhr ihm mit den Fingern durch seine Frisur und verwuschelte sein Haar. »Meinetwegen. Aber es muss ein weihnachtlicher Kaffee sein. Mit Zimtstange oder so was.«

»Alles, was du willst, mein Engel«, flüsterte er.

Seine Lippen fanden meine und ich wusste, dass ich mich richtig entschieden hatte, mich auf ihn einzulassen.

36

Allister

Es war so unkompliziert, mit Leandra einzukaufen. Sie wusste, was sie wollte und was nicht, und entschied sich schnell für ein schulterfreies rotes Kleid, dessen Rock bis zu den Knien ging. Es stand ihr hervorragend und mit der Kette und den Ohrringen, die sie dazu auswählte, hätte sie auch leicht als Weihnachtsengel durchgehen können.

Maya wollte natürlich genau dasselbe Kleid, aber sowohl Leandra als auch ich waren froh, dass es keines gab, das so ähnlich aussah. Es wäre zu früh gewesen, die beiden im Partnerlook auszustatten, davon abgesehen, dass ich meiner Tochter niemals etwas Schulterfreies angezogen hätte. Selbst dann nicht, wenn sie eine Weste darüber getragen hätte. Oder fünfunddreißig wäre.

Leandra zeigte Maya ein Kleid in hellem Grün mit glitzernden Perlen darauf, und die Kleine quietschte glücklich darüber. Fast so glücklich wie über das Stück Schokoladenkuchen, das sie als Belohnung bekam, als wir fertig waren mit dem Einkauf und uns einen Kaffee gönnten.

Um uns herum saßen viele Familien mit prall gefüllten Taschen. Es waren nur mehr zehn Tage bis Weihnachten und ich fragte mich plötzlich, ob ich Leandra etwas schenken sollte. Ich hatte nur keine Ahnung, was ihr wirklich gefallen würde.

Sie machte sich nichts aus teurem Schmuck. Wenn sie bisher Ketten und Ohrringe getragen hatte, wirkte es mehr so, als hätte sie sie geerbt, obwohl sie zu ihren Outfits passten. Bisher hatte ich Frauen, mit denen ich zusammen war, aber kaum etwas anderes als Schmuck geschenkt.

Ich stieß den Atem aus und sie sah mich ein wenig belustigt an. »So schlimm war das heute nicht«, murmelte sie und stupste mich mit dem Finger an.

»Nein, Einkaufen mit dir ist tatsächlich nicht schlimm«, erwiderte ich und deutete auf meinen Mund. »Du hast da einen Milchbart.«

Sie wischte sich mit einer Serviette über die Lippen. »Besser?«

Ich nickte und beobachtete sie, wie sie aus ihrem Becher trank. Schmunzelnd deutete ich wieder auf die Stelle mit dem Milchschaum. »Bin ich froh, dass es im Büro keine Milchschäumer gibt«, meinte ich und betrachtete ihre Lippen.

Als Maya mit ihrem Kuchen fertig war, fuhren wir heim. Wir kochten gemeinsam und ich legte meine Tochter nach dem Abendessen hin.

Als ich zurückkam, saß Leandra im Wintergarten, ein Glas Wein in der Hand. Sie wirkte angespannt und ich konnte mir denken, wieso.

Ich setzte mich ihr gegenüber hin und schenkte mir auch ein Glas Wein ein. »Du musst dir keine Sorgen machen«, erklärte ich und hoffte, es klang so sicher, wie ich wollte. »Meine Schwester wird dich lieben, genauso wie mein Vater. Und meine Mutter kann ein Biest sein, aber nichts, was sie sagt oder unternimmt, ändert meine Meinung über dich.«

»Ich habe noch nie die Eltern von jemandem kennengelernt«, gestand sie und trank einen Schluck Wein.

»Wirklich?«, fragte ich.

»Wirklich ... es war mir nie ernst genug mit jemandem, um mir die Mühe zu machen, seine Eltern zu beeindrucken.«

»Also ist es dir jetzt ernst?«

Sie trank wieder einen Schluck Wein. »Ich dachte, das wäre klar, als ich zugesagt habe?« Sie sah mich nicht an, sondern fuhr mit ihrem Finger am Rand des Weinglases entlang. »Ich bin nicht gut in so was ...«

»Und mit ›in so was‹ meinst du, deine Gefühle zu offenbaren?«

»Ist doch offensichtlich«, seufzte sie.

»Weißt du ...«, setzte ich an und nahm ihr das Weinglas aus der Hand. »Ich finde sowieso, dass Taten mehr aussagen als Worte. Und du begibst dich für mich in die Höhle des Löwen. Also kann ich mich glücklich schätzen.«

»Und warum klingst du dann nicht so?«

»Ich gebe zu, ich bin auch ein wenig angespannt«, gestand ich und bedeutete ihr, zu mir zu kommen. Sie stand auf und ließ sich auf meinem Schoß nieder, legte ihre Arme um meinen Hals und betrachtete mich. »Aber das liegt nicht an dir, sondern daran, dass ich die Feiern meiner Mutter nicht mag. Zu viele Leute, die ich kennen sollte und die alles über mich wissen. Dabei bin ich katastrophal mit Namen und Gesichtern.«

»Oh, dann hast du also doch auch Schwächen.« Sie schmunzelte und fuhr durch meine Haare. »Das finde ich irgendwie süß.«

»Vielen Dank, Männer hören gerne von Frauen, dass sie süß sind«, brummte ich.

Sie lachte. »Was würdest du denn gerne hören?«, raunte sie mir ins Ohr, als sie sich nach vorne beugte und ich ihr Parfum einatmete. »Du bist sexy, Allister … und du fühlst dich so gut an.«

»Besser«, meinte ich. »Ich bin froh, dass du mich morgen begleitest.«

Ein Schnauben entrang sich ihrer Kehle, als sie die Hände sinken ließ und sich an mich lehnte. »Wenn du das morgen Abend noch sagst, verbuche ich es als Erfolg.«

Ich strich über ihr Haar und betrachtete die Weihnachtslichter, die den Nachthimmel erhellten. Morgen würde ich ihr gestehen, dass ich mich in sie verliebt hatte. Denn heute brachte ich einfach nicht den Mut dafür auf.

Wir standen vor dem Haus meiner Eltern und Leandra wirkte wieder eingeschüchtert. Sie hatte es von außen gesehen, wenn wir Maya abgeholt hatten, aber jetzt vor der Tür zu stehen, schien etwas vollkommen anderes zu sein.

Ich drückte ihre Hand, bevor Maya für uns anläutete.

Das gab mir einen Moment, Leandra zu betrachten. Sie sah in ihrem schulterfreien Kleid atemberaubend gut aus und ich hatte sie überzeugen können, die Haare offen zu tragen. Sie fielen in dunklen Locken über ihre Schultern und ließen sie noch mehr strahlen.

Am liebsten hätte ich sie an mich gezogen, doch das ging nicht. Mutter würde uns auch so kritisch im Auge behalten und ich wollte ihr nicht noch Munition liefern. Als die Tür aufging, schluckte ich schwer, rang mir jedoch ein Lächeln ab, obwohl meine Mutter mich ansah, als wäre ich im Pyjama aufgetaucht.

»Mum«, sagte ich freudestrahlend, obwohl ich mich nicht so fühlte, und umarmte sie. »Darf ich dir Leandra vorstellen? Sie ist …«

»Ja, ich weiß, wer sie ist«, fauchte Mutter und reichte Leandra die Hand, als wäre sie eine Aussätzige. Aber immerhin versuchte sie höflich zu sein. »Ihr seid spät.«

Mit diesen Worten verschwand sie im Getümmel. Ich staunte, wie festlich das ganze Haus geschmückt war. Vor wenigen Tagen hatte man noch kaum etwas von weihnachtlichem Glanz gesehen. Jetzt erstrahlte der Eingangsbereich mit satten grünen Girlanden, an denen funkelnde Lichter befestigt waren. Vor der Treppe in die oberen Stockwerke stand ein Weihnachtsbaum, der in jedem bekannten Hotel von Manhattan hätte stehen können. Mutter kannte die besten Dekorateure, es war also kein Wunder, dass es hier aussah wie in einem Weihnachtsfilm.

Kellner mit großen Tabletts voller Gläser mit prickelndem Champagner eilten zwischen den elegant gekleideten Menschen umher. Bisher hatte ich noch nicht eine Person entdeckt, deren Namen ich kannte.

Deswegen führte ich Maya und Leandra, die sich am Riemen ihrer Handtasche festklammerte, als könnte sie sich so unsichtbar machen, in das Wohnzimmer. Im Kamin, der ebenfalls wie ein Bild auf einer Weihnachtskarte aussah, brannte ein Feuer und jemand saß am Flügel und spielte dezente Weihnachtsmusik.

Die Kellner in diesem Raum hatten kleine Kanapees und Petit Fours auf ihren Tabletts, aber auch hier gab es reichlich Champagner. Ich winkte einen der Kellner zu mir, nahm für Leandra und mich ein Glas und bestellte Saft für Maya, der recht schnell kam.

Erleichtert atmete ich auf, als ich meinen Vater neben meiner Schwester und ihrem Mann am Fenster entdeckte. Maya hopste schon auf meine Schwester zu, also griff ich nach Leandras Hand und ging direkt zu meiner Familie. »Dad, herzlichen Glückwunsch zum Geburtstag«, sagte ich und wir umarmten uns.

»Danke, Al.« Er schmunzelte und sein Blick fiel auf Leandra. »Und die reizende Dame an deiner Seite ist …«

»Leandra Hemsworth«, stellte sie sich selbst vor und reichte ihm zittrig die Hand. »Freut mich sehr.«

»Ganz meinerseits.«

»Hallo, ich bin Mildred, Allisters Schwester.« Mil schenkte Leandra ein offenes Lächeln. Ich war erleichtert. Denn das bedeutete, dass sie ihr gefiel. »Das ist mein Mann, Cal.«

Leandra schüttelte ihre Hände und wir wollten gerade zu sprechen beginnen, als die Stimme meiner Mutter erklang.

»Mortimer!«, rief sie und Dad atmete lautstark aus.

»Entschuldigt, eure Mutter meint offensichtlich, ich darf mich nicht mit meinen Kindern unterhalten, sondern ausschließlich mit den anderen Gästen. Wir sehen uns später.« Dad ging zu meiner Mutter, die ihm etwas zuzischte und ihn aus dem Raum führte.

Mildred schüttelte den Kopf. »Mum sollte sich wirklich ein anderes Hobby zulegen. Dad will den ganzen Trubel doch gar nicht. Und dieser Weihnachtsempfang könnte ein paar Nummern kleiner sein, wenn ihr mich fragt.«

»Dann müsste Dad ihr einmal deutlich sagen, dass er das nicht will«, entgegnete ich, aber auch ich hatte Mitgefühl mit meinem Vater. »Allerdings ist es vermutlich das geringere Übel, einen Nachmittag lang gute Miene zum bösen Spiel zu machen, als ständig mit ihr sprechen zu müssen.«

Mildred lachte. »Ja, da hast du recht, wenn sie diese Feste nicht mehr ausrichten kann, hat sie keinen Lebensinhalt mehr und dann müsste Dad vielleicht doch öfter mit ihr verreisen.«

»Wer von den beiden wohl eher zurückkommt?« Ich grinste und räusperte mich verlegen, als mir Leandras Blick auffiel.

Mildred räusperte sich ebenfalls. »Also, Leandra, ich darf doch Du sagen?«, begann meine Schwester das Gespräch.

»Ja, natürlich.«

»Gut. Ich finde es mutig, dass du meinen Bruder begleitest. Diese Partys sind selbst für uns anstrengend.«

»Du hilfst ihr nicht mit solchen Aussagen«, tadelte ich sie finster.

Mil lachte. »Ich weiß. Aber ich finde es schön. Mein Mann wollte mich ewig nicht begleiten. Ich glaube, wir waren schon fast drei Jahre ein Paar, bevor ich ihn das erste Mal überreden konnte. Also denke ich mal, dass du wirklich mutig bist, dich jetzt schon der Inquisition durch Mutter zu stellen.«

»Mildred!« Ich warf meiner Schwester einen finsteren Blick zu. »Hör auf, ihr Angst zu machen!«

»Was?«, fragte sie und zuckte die Schultern. »Sie wird es ohnehin herausfinden. Mutter ist ein Biest, wenn sie nicht mit der Partnerwahl einverstanden ist. Und das darf sie nicht abschrecken, wenn ihr zusammen sein wollt.« Ihr Blick wanderte zwischen uns beiden hin und her. »Ihr seid doch zusammen, oder?«

Ich rollte mit den Augen. Mil hatte in etwa die Diplomatie eines Elefanten im Porzellanladen. »Ich werde sie nicht mit Mutter alleine lassen«, verkündete ich, anstatt eine Antwort zu geben. Ich war mir nicht sicher, ob Leandra und ich wirklich schon ein Paar waren, und wollte jetzt nicht leichtfertig sagen, dass es so war. Sie tat sich schwer mit ihren Gefühlen und falls ich überstürzt erklärte, wir wären fest zusammen, würde es sie vielleicht erschrecken. Ich mutete ihr schon genug zu.

»Viel Glück damit. Ich werde mir mal was zu essen holen, ich verhungere. Wir sehen uns bestimmt später.« Sie nahm Cals Hand und lächelte ihm zu, dann verschwanden sie zwischen einigen Kellnern.

Der Raum hatte sich ziemlich gefüllt und ich fühlte mich langsam unwohl in diesem Teil des Zimmers.

»Möchtest du auch etwas essen?«, fragte ich, als Leandra schweigend den Teppich unter ihren Füßen betrachtete.

»Nein, ich möchte unsichtbar werden.«

Ich nahm ihre Hand. »Wir müssen nur bis zum Trinkspruch warten, dann können wir gehen.«

»Das schaffe ich, irgendwie.« Sie seufzte. »Deine Mutter kann mich also nicht ausstehen.«

»Du hast Mil doch gehört, sie mag niemanden wirklich, den wir nach Hause gebracht haben.« Ich strich mit dem Daumen über ihren Handrücken. »Aber Dad scheint dich nett zu finden, genau wie Mildred und Cal.«

»Ist, glaube ich, eine recht gute Bilanz.« Sie schmunzelte. Maya zog an ihrer anderen Hand und hüpfte nervös auf und ab. Leandra beugte sich zu ihr und nickte. »Entschuldige, deine Tochter möchte mir etwas zeigen.«

»Alleine?«

»Scheint so«, meinte Leandra entschuldigend. »Wir sind gleich wieder da.«

Ich hielt sie am Arm fest. »Bist du sicher? Ich will nicht, dass du von meiner Mutter überrumpelt wirst.«

Leandra deutete mit dem Kopf zum Ausgang. »Vielleicht begleitest du uns bis zum Empfangsbereich. Deine Tochter will wohl nach oben gehen.«

»Oder ich bringe euch gleich hinauf?«, schlug ich vor.

Sie lächelte. »Einverstanden.«

Wir schlichen uns die Treppe hoch und ich blieb im ersten Geschoss stehen, während Maya mit Leandra noch ein Stockwerk hinauflief.

»Ich warte hier«, rief ich ihnen nach und Leandra nickte, bevor sie mit Maya verschwand.

Ich sah ihnen einen Moment nach und lächelte, weil ich es wunderbar fand, wie die beiden miteinander umgingen. Mildred hatte mir gerade eine Nachricht geschrieben, in der sie Leandra, Maya und mich zum Abendessen einlud. Lief also ganz gut und ich lächelte noch breiter.

Mein Lächeln gefror, als mir jemand auf die Schulter tippte und ich mich umdrehte. »Tiffany«, sagte ich kühl und versuchte, mir meine Überraschung nicht anmerken zu lassen, als ich meine Ex-Frau erkannte. Sie trug ihre blonden Haare offen, hatte viel zu viel Make-up aufgelegt und ein enges, hellblaues Kleid an, das ihrer Figur schmeichelte. Von der in etwa so viel echt war wie bei Barbie. »Bist du mir gefolgt?«

»Hallo, Allister«, säuselte sie, statt zu antworten, und musterte mich von Kopf bis Fuß. »Siehst gut aus, obwohl du in Anzügen ja immer gut ausgesehen hast.«

»Danke«, murmelte ich und wandte mich ab.

»Ich hatte gehofft, dich hier zu sehen.«

»Es ist der Geburtstag meines Dads.«

»Natürlich, Familie war dir immer wichtig.«

»Ganz genau, im Gegensatz zu dir.«

»Aber, Liebling, was, wenn ich mich geändert habe?«

Ich drehte mich zu ihr, ein gehässiges Grinsen auf den Lippen. »Das würde ich nicht einmal glauben, wenn du hier mit drei Kindern im Schlepptau hereinspaziert wärst.«

Sie legte eine Hand auf meine Brust und kam näher. »Ich habe dich vermisst, Allister.«

Ich schob sie von mir und machte einen Schritt zurück. »Seltsam, ich dich nicht. Ich war damit beschäftigt, unsere Tochter zu trösten und die Scherben, die du hinterlassen hast, wieder aufzufegen.«

Sie versuchte es erneut, klammerte sich an meinem Hemd fest und schob ihre zweite Hand in meinen Nacken. »Ich habe einen Fehler gemacht. Ich hätte dich nie verlassen dürfen.« Sie blinzelte. »Es tut mir leid, verzeihst du mir?«

Bevor ich etwas erwidern konnte, presste sie ihre Lippen auf meine und ließ die Hand von meiner Brust zu meiner Hose wandern. Einen Moment war ich zu schockiert, um mich zu bewegen. Erst als ich dachte, ein Glas auf den Boden fallen zu hören, schob ich sie heftiger von mir.

»Weißt du, nicht einmal, wenn ich dir glauben würde, könnte ich dir verzeihen«, schnaubte ich. »Du redest davon, dass es dir leidtut, *mich* verlassen zu haben. Du hast *deine Tochter* und mich verlassen. *Uns*. Und du hast noch nicht einmal gefragt, wie es ihr geht oder wo sie ist.«

»Weil es nicht wichtig ist. Wir beide sind wichtig«, meinte Tiffany und versuchte näher zu kommen. »Ich kann mich an sie gewöhnen. Deine Mutter sagte, sie hätte die Adresse von einem guten Internat, wo sie in zwei Jahren hingehen kann, und dann ...«

Ich hob die Hand. »Wage es nicht, auch nur noch ein Wort zu sagen«, zischte ich. »Dieses Gespräch ist beendet. Und falls du mit meiner Mutter sprichst, sag ihr bitte, dass sie ab jetzt nicht mehr auf Maya aufpassen muss, ich werde eine andere Lösung finden.«

Ich drehte mich um und lief die Treppen hinauf. Ich wollte Leandra und Maya finden und dann so schnell wie möglich von hier verschwinden.

37

Leandra

Maya brachte mich zu einem Zimmer, das ein wenig verstaubt wirkte, aber in dem sie jede Menge Spielzeug gehortet hatte. Sie zeigte mir ein Lager aus Kissen und Decken, die frisch gewaschen schienen. Offenbar verbrachte sie viel Zeit hier.

Nachdem ich mich gesetzt hatte, holte sie einige Zeichnungen, um sie mir zu zeigen. Ich war beeindruckt davon, denn die Bilder waren wunderschön. »Hast du das gemalt?«, wollte ich wissen und sie nickte stolz. »Sollen wir das deinem Papa zeigen? Ich denke, sie werden ihm gefallen. Sie sind wirklich schön.«

»Ja.« Sie strahlte, stand auf und nahm mich bei der Hand. Ich war froh, dass Maya sich auszukennen schien, denn in diesem riesigen Haus hätte ich mich hoffnungslos verirrt. Ich hatte keinen besonders guten Orientierungssinn. Deswegen war ich froh, dass Allister immer noch bei den Treppen stand. Allerdings war er nicht mehr allein.

Bei ihm befand sich eine Frau in meinem Alter mit langen, blonden Haaren und einem Dekolleté, das wohl jeden neidisch hätte werden lassen. Ihre Figur wirkte überhaupt zu perfekt und das Kleid betonte ihre Vorzüge.

Ich sah, wie sie die Augen aufschlug und Allister anlächelte, bevor sie ihm eine Hand in den Nacken legte. Sie sagte etwas und dann … dann küsste sie ihn! Und ließ ihre zweite Hand zu seiner Hose wandern.

Ich blieb wie angewurzelt stehen und traute meinen Augen nicht. Er machte keine Anstalten, sich von ihr zu lösen! Ich bemerkte nichts um mich herum, bis das Geräusch eines Glases, das wohl im Erdgeschoss zu Boden gefallen war, mich aus meinem Schockzustand befreite.

Maya konnte die Frau nicht sehen, starrte mich nur verwirrt an und zog an meiner Hand. Ich hob die Kleine hoch und lief die Treppen wieder hinauf.

Ich hatte kein Ziel. Nur weg. Von Allister und dieser Frau. Von den ganzen Leuten, die ich nicht kannte. Zu denen ich nicht gehörte.

Ich hoffte, dass ich nicht weinte oder in jemanden hineinlief, den ich kennen sollte. Seine Mutter etwa.

Niemals hatte ich erwartet, dass Allister so etwas tun würde. Ich hatte gedacht, er würde mich wirklich mögen, aber offenbar irrte ich mich. Er hatte sie nicht weggeschoben, hatte den Kuss zugelassen, vielleicht sogar erwidert. Sie sah auch so aus, als würde sie eher in seine Welt passen. Was wollte er denn mit einem Workaholic, der nicht einmal im Job erreichte, was er sich vornahm?

Ich war eine Versagerin, auf allen Ebenen. Da hatte ich einmal etwas für jemanden empfunden und er … er …

»Engel?«, fragte Maya und ich drückte sie an mich.

»Alles gut, ich muss nur kurz ins Bad«, flüsterte ich.

Ihre Arme schlossen sich um meinen Hals und ich rannte mit ihr durch den Gang im zweiten Obergeschoss, bis ich eine weitere Treppe erreichte, die uns wieder nach unten brachte. Ich blieb nicht im ersten Stock stehen, sondern lief weiter hinunter.

Der Raum vor mir war dunkel und als ich das Licht einschaltete, stellte ich fest, dass wir uns wohl in einer Art Wintergarten befanden. Allein.

Ich ließ Maya los und setzte mich auf einen Stuhl. Das kleine Mädchen kam zu mir, nahm auf meinem Schoß Platz und schmiegte sich dann an mich.

»Was mache ich nur hier?«, murmelte ich und wischte über mein Gesicht.

Ich wollte nicht weinen, schon gar nicht vor Maya. Aber das Bild von Allister und dieser perfekten Frau … sie passte optisch viel besser zu ihm als ich. Sie wirkte, als wäre sie jemand, den seine Mutter sich für ihn wünschte. Mit mir wäre er doch nie glücklich geworden.

Ich war so in Gedanken versunken, dass ich die Stimme fast nicht bemerkte, die sich mir näherte. Es klang, als würde jemand telefonieren, und ich hoffte, dass diese Person nicht in den Wintergarten kam.

Aber mein Wunsch wurde nicht erfüllt. Die Person trat ein, redete etwas von Entwicklungszuschüssen und beendete das Gespräch recht unhöflich. Ich kannte die Stimme und blieb still sitzen.

Kein anderer als Mr. Maison war hereingetreten, ein Glas in der einen und sein Telefon in der anderen Hand. Ich versuchte, nicht zu atmen, wollte nur, dass er mich nicht entdeckte.

Natürlich hob er in dem Moment den Kopf und blickte in meine Richtung. Er musterte mich und Maya eine gefühlte Ewigkeit, bis ein unheimliches Grinsen über sein Gesicht huschte.

»Ich kenne Sie«, sagte er und schritt auf uns zu.

Sein Blick glitt über mich, dann musterte er das Kind in meinen Armen. Sein schmieriges Grinsen wurde noch breiter.

»Sie sind doch die Assistentin von Allister Fielding, nicht wahr?«

Ich wollte ihm erklären, dass ich seine Stellvertreterin war, aber ich brachte kein Wort hinaus. Ich kämpfte die Tränen nieder, die sich anstauten.

Allister war wohl nicht der Mann, für den ich ihn gehalten hatte. Und ausgerechnet Mr. Maison musste ich in diesem Augenblick begegnen, der mir klargemacht hatte, dass ich als Frau keine Möglichkeit hatte, in *seiner* Firma aufzusteigen. Das war definitiv nicht mein Tag.

»Wie es scheint, sind Sie auch die Babysitterin für seine Tochter. Ich habe die Kleine hier öfter gesehen, wenn ich Mortimer wegen eines Geschäfts sprechen wollte«, fuhr Mr. Maison also fort, als ich weiterhin schwieg. »Ich nehme an, Sie teilen außerdem das Bett mit ihm?«

»Sie sollten nicht in Gegenwart eines Kindes über so etwas sprechen«, murmelte ich und hielt Maya die Ohren zu. Wer wusste schon, was jetzt kam?

»So? Sie halten ihr doch die Ohren zu, da kann ich also darüber sprechen, dass ihr Vater seine Assistentin vögelt.«

»Sie irren sich …«

»Ach, dann schlafen Sie nicht mit ihm? Machen Sie nur mündliche Geständnisse?«

Er lachte und mir wurde übel. Ich musste hier weg. Ich stand auf und nahm Maya bei der Hand. Aber kaum wollte ich einen Schritt zur Seite machen, packte er mich am Arm.

»Hören Sie, ich habe Ihre Akte angesehen. Sind ein hübsches Ding und offenbar recht klug für eine Frau. Vielleicht möchten Sie meine Assistentin werden? Ich bin zwar schon etwas älter als Allister, aber das bedeutet nicht, dass ich eine Frau wie Sie nicht zu schätzen weiß.«

»Lassen Sie mich los«, zischte ich und entriss ihm meinen Arm. »Ich weiß nicht, was Sie von mir denken, aber ich schlafe nicht mit Vorgesetzten.«

»Außer mit Ihrem Boss natürlich.« Er lachte und ging mir nach, als ich auf die Tür zueilte, aus der Licht drang. »Es soll Ihr Schaden nicht sein! Ich würde Ihr Gehalt aufstocken, Sie bekommen einen Firmenwagen. Was Besseres könnte Ihnen nicht passieren.«

Er fasste wieder nach meinem Arm und ich ließ vor Schreck Mayas Hand los, die zu wimmern begann. »Ich habe kein Interesse.«

»So?« Er lächelte kalt.

Maya sah mich ängstlich an. »Schätzchen, alles in Ordnung«, raunte ich ihr zu und rang mir ein Lächeln ab. »Denkst du, du findest in dein Versteck mit den Bildern zurück?« Sie nickte und schaute zur Treppe. »Gut, geh dort bitte hin. Ich hole dich nachher.« Maya wirkte unentschlossen und ich wusste, dass sie Angst hatte. Aber was auch immer Mr. Maison vorhatte, sie sollte davon nichts mitbekommen. »Geh, Schatz. Ich komme gleich.«

Die Kleine sah mich noch einmal an, dann lief sie los. Ich hoffte nur, sie würde wirklich gehen und nicht auf der Stiege kauern und alles mit ansehen. Denn ich war entschlossen, mich zu wehren gegen diesen Mann.

»Lassen Sie mich jetzt los. Ich warne Sie, sonst brülle ich um Hilfe!«, zischte ich, als Mayas Schritte verklungen waren.

»Nur zu«, sagte er grinsend. »Es wird dich niemand hören.«

Panik kam in mir auf. Ich wusste nicht, wie weit die nächsten Menschen entfernt waren, ob mich wirklich jemand hören würde. Aber ich hatte nichts zu verlieren. Ich holte tief Luft und wollte losschreien, da hielt er mir den Mund zu und drückte mich gegen die Wand.

Ich brüllte dennoch, aber seine schmierige Hand erstickte fast jeden Laut. Mit aller Kraft wehrte ich mich gegen den Griff von Mr. Maison, doch er war zu stark. Er drängte mich so fest gegen die Wand, dass ich mich kaum noch rühren konnte.

Wie konnte sich dieser Mann so verhalten?

»Hör zu, es ist ganz einfach. Sag mir deinen Preis und du bekommst, was du willst. Gleich Montag wechselst du dann zu mir und alle sind zufrieden. Was denkst du, wird sonst mit Allister passieren, wenn herauskommt, dass er mit seiner Assistentin ein Verhältnis hat? Es ist nicht explizit verboten, gerne gesehen ist es allerdings auch nicht. Also, ich will jetzt hören, was du als Gegenleistung willst, und dann gehst du hinaus, verabschiedest dich von Allister und wir sehen uns Montag.« Er löste seine Hand von meinem Mund. »Also?«

Ich holte tief Luft und brüllte aus Leibeskräften. Mr. Maison presste seine Hand wieder auf meine Lippen und schüttelte mich, dass mein Kopf gegen die Wand knallte.

»Du dumme Kuh«, fauchte er und holte aus.

Ich schloss die Augen, machte mich auf den Schmerz gefasst.

Aber der Schlag kam nie. Verwirrt blinzelte ich und entdeckte Allister, der Mr. Maison am Handgelenk gepackt hatte.

Sein Blick war finster und seine Kiefer fest aufeinandergepresst. Hinter ihm wimmerte Maya und verbarg ihr Gesicht an seinen Beinen.

»Loslassen!«, knurrte Allister und verstärkte seinen Griff um Mr. Maisons Handgelenk. »Hören Sie schlecht? Ich sagte: Loslassen!«

»Ich regle meine Meinungsverschiedenheiten auf meine Art«, schnaubte Mr. Maison, ließ aber tatsächlich von mir ab.

»Das sehe ich.« Allister wandte den Blick ab und musterte mich besorgt. »Hat er dir wehgetan?«

Ich schüttelte den Kopf und schluckte das Schluchzen hinunter.

Er war gekommen, um mir zu helfen. Maya hatte ihn geholt und er war gekommen. Obwohl er … eine andere geküsst hatte. Ich wäre ihm trotzdem gerne um den Hals gefallen, aber ich konnte meinen Beinen nicht trauen.

Allister hob Maya hoch, schob Mr. Maison grob zur Seite und nahm mich in den Arm. »Leandra, es tut mir so leid, dass ich nicht schneller hier war.«

Ich schlang meine Arme um ihn und klammerte mich an ihn. Erst jetzt erlaubte ich mir, zu weinen, zu zittern. Maya bewegte sich und hielt sich an mir fest, auch sie schien mich trösten zu wollen und Allister ließ sie los, damit ich sie in den Arm nehmen konnte.

»Ich bringe euch hier weg«, flüsterte er. »Willst du zur Polizei und ihn anzeigen?«

»Moment, Anzeige?«, hörte ich eine schrille Stimme und entdeckte Allisters Eltern und seine Schwester mit ihrem Mann sowie die Frau, die er geküsst hatte.

Was war das hier? Wo waren die vor fünf Minuten gewesen?

Seine Mutter hatte die Augen aufgerissen und ihre Lippen bebten. »Warum Anzeige? Wen wollt ihr anzeigen?«

»Mr. Maison«, antwortete Allister, ohne sie anzusehen. Seine Augen ruhten auf mir, musterten mich besorgt. Dann ließ er mich los und baute sich schützend vor mir auf. »Er hat Leandra belästigt und bedroht.«

»So kann man das nicht nennen«, erwiderte Mr. Maison. »Ich habe ihr ein Angebot gemacht und wir sind uns nicht einig geworden. Ich kann eben nicht mit meinem Aussehen punkten wie Sie, Junge.«

»Worauf wollen Sie hinaus?«, fuhr Allister ihn an.

»Es ist doch offensichtlich, dass Sie die Schlampe vögeln«, meinte Mr. Maison abfällig.

Dann ging alles ganz schnell. Allister fuhr herum, hob seinen Arm und schlug Mr. Maison mit der Faust ins Gesicht. Der stöhnte, taumelte rückwärts und landete auf einem Sessel. Er hielt sich die Nase und ich sah das Blut, das zwischen seinen Fingern durchsickerte, in dem dämmrigen Licht, das irgendjemand angeschaltet hatte.

»Scheiße, du hast mir die Nase gebrochen«, keuchte Mr. Maison und kniff die Augen zusammen.

»Allister!«, fauchte Mrs. Fielding. »Hast du den Verstand verloren?«

»Wagen Sie es nie wieder, so von Leandra zu sprechen«, presste Allister zwischen den Zähnen hervor.

»Was erlaubst du dir?«, kreischte seine Mutter und stürmte auf ihn zu. »Wegen irgendeiner Affäre schlägst du auf einen alten Freund der Familie ein?«

»Sie ist nicht irgendeine Affäre«, fuhr Allister sie an und seine Mutter blieb wie angewurzelt stehen. »Falls es hier irgendjemanden wirklich interessieren sollte …« Er nahm mich wieder in den Arm und strich eine Strähne aus meiner Stirn. »Ich habe mich in dich verliebt, Leandra, und falls du mich trotz allem, was heute geschehen ist, noch willst, würde ich mich glücklich schätzen, wenn wir von nun an … ein Paar sind.«

»Aber du … und sie …«, stotterte ich und sah die blonde Frau hinter seiner Mutter an. »Ihr habt euch geküsst.«

Er hob kaum merklich das Kinn. »Das ist Tiffany. Meine Ex-Frau. Der meine Mutter wohl eingeredet hat, dass es für uns noch eine Chance gibt.« Er legte seine Hand an meine Wange. »Die gibt es nicht. Ich will dich und sonst niemand anderen an meiner Seite haben.« Er biss sich auf die Unterlippe. »Willst du denn … mit mir zusammen sein?«

Ich brauchte einen Moment, bevor ich lächelte. »Ja, Allister.«

»Dann solltet ihr euch vielleicht neue Jobs suchen«, schnaubte Mr. Maison und spuckte auf den Boden. »Weil wenn ihr zusammen seid, sorge ich dafür, dass ihr beide fliegt.«

»Wissen Sie was?«, meinte ich mit vor Zorn bebender Stimme und schob mich an Allister vorbei. »Sie können mir nicht drohen. Montag hat Mr. Miller meine schriftliche Kündigung auf dem Schreibtisch.«

»Bliebe noch die Körperverletzung«, fuhr Mr. Maison fort und wischte sich mit dem Ärmel über die blutige Nase.

»Dasselbe wollte ich auch gerade sagen«, zischte Allister. »Falls Leandra Sie anzeigen will, stehe ich ihr als Zeuge zur Verfügung. Wir packen noch sexuelle Nötigung drauf, was denken Sie? Sie können gerne gleich mitkommen und mich anzeigen.«

Die Augen des Mannes, den ich einmal für genial gehalten hatte, verengten sich und er räusperte sich. »Also, ich … ich denke, wir könnten das anders lösen.«

Allister sah mich an. »Willst du ihn anzeigen?«

Ich warf Mr. Maison einen finsteren Blick zu. »Ich denke schon … Ja, ich will ihn anzeigen.«

»Soll ich dich begleiten?«

Ich nickte. »Wäre es in Ordnung, wenn wir jetzt sofort gehen?«

»Natürlich. Dad, entschuldige, dass wir deine Feier ruiniert haben.«

»Mir tut es leid, Junge«, meinte Mr. Fielding kleinlaut. »Ich hatte keine Ahnung, dass Maynard sich solche Dinge herausnimmt …« Er wandte sich an mich. »Ich entschuldige mich dafür auch bei Ihnen, Leandra. Es tut mir aufrichtig leid.«

»Danke, Dad.« Allister umarmte seinen Vater und seine Schwester, schüttelte Cal die Hand und ließ sowohl seine Mutter als auch seine Ex-Frau stehen.

»Wir begleiten euch«, verkündete Mildred und verabschiedete sich von ihrem Vater, bevor sie ihrem Mann die Hand reichte.

»Allister, wenn du jetzt gehst …«, begann seine Mutter.

»Dann was?«, fragte Allister seelenruhig.

Die Zornesfalte im Gesicht von Mrs. Fielding wurde immer tiefer. »Sie ist ein Niemand. Du wirfst alles für einen Niemand weg!«

»Ich werfe gar nichts weg.« Allister lächelte und drückte meine Finger. »Und Leandra ist kein Niemand, sie ist etwas ganz Besonderes. Wenn du zu blind bist, das zu erkennen, tut es mir für dich leid.« Er nahm mir Maya ab und legte den Arm um mich. »Lass uns gehen.«

Ich brachte kein Wort heraus, konnte nur lächeln und nicken und das Gefühl genießen, das sich gerade in meinem Inneren ausbreitete.

38

Allister

Wir traten aus dem Haus meiner Eltern und ich atmete tief durch, während ich meine Fäuste immer wieder ballte. Meine Gedanken überschlugen sich. Da war Mr. Mason seit Jahrzehnten den Einladungen meiner Eltern nicht gefolgt und dann tauchte er hier auf. Und belästigte Leandra! Wie konnte er es wagen?

»Allister?«, flüsterte Leandra neben mir und berührte meinen Unterarm behutsam.

»Schon gut«, murmelte ich und griff nach ihrer Hand. Sie hielt Maya fest an sich gedrückt, die ihre Arme um ihren Hals geschlungen hatte. Ich fragte mich, ob meine Tochter Tiffany überhaupt erkannt hatte … Es hatte nicht so ausgesehen.

»Nichts ist gut«, zischte Mildred und trat neben uns. »Wie kannst du für so einen Abschaum arbeiten? Wie kannst du Mutter überhaupt noch ansehen? Die hat Tiffany eingeladen! Weil sie denkt, dass ihr zusammengehört, nach allem, was gewesen ist, und …«

»Schon gut«, wiederholte ich an meine Schwester gewandt. »Ich war dabei, schon vergessen?« Ich betrachtete Leandra, die immer noch blass wirkte. »Ich habe dich drinnen nicht gefragt, aber … ist es in Ordnung, wenn wir, nachdem du dieses Schwein angezeigt hast, zu mir fahren? Oder möchtest du lieber alleine sein?«

Einen Moment musterte sie mich nachdenklich, dann schüttelte sie den Kopf. »Ich möchte bei dir bleiben«, hauchte sie so leise, dass ich sie kaum hören konnte.

»Wäre es okay, wenn wir euch begleiten?«, wollte Mil wissen. »Wir könnten uns Pizza bestellen und ein wenig plaudern. Ich könnte Leandra ein paar peinliche Erlebnisse aus deiner Kindheit erzählen.«

Ich warf meiner Schwester einen finsteren Blick zu, aber sie lächelte nur unschuldig und schlenderte mit Cal zu ihrem Auto.

»Wenn du lieber keine weitere Gesellschaft mehr willst …«, begann ich, allerdings schüttelte Leandra wieder den Kopf.

»Doch, ich denke, ein netter Abend mit Pizza und jeder Menge Wein würde mir jetzt guttun.« Sie lehnte den Kopf an meine Schulter. »Ich glaube, es würde dir auch guttun, Allister. Das war jetzt gerade etwas viel.«

Ich nickte und legte meinen Arm um ihre Taille. »Dann lass uns fahren.«

»Ich kann nicht glauben, dass du Mr. Maison eine verpasst hast.« Mildred grinste mich nach ihrem zweiten Glas Wein – bevor unser Essen geliefert wurde – an.

Nachdem wir gemeinsam auf die Polizeistation gefahren waren, hatten wir uns in meinem Haus zurückgezogen und wie ausgemacht Pizza bestellt. Leandra war ziemlich ruhig, aber das wunderte mich nicht. Ich war stolz auf sie, dass sie Maison angezeigt hatte.

»Ehrlich, das hätte ich dir nicht zugetraut. Ich habe es leider verpasst, Mum ins Gesicht zu blicken, als deine Faust die Nase von dem alten Mistkerl getroffen hat.« Mil hob ihr Glas und prostete mir zu.

»Ich habe sie beobachtet«, murmelte Cal und grinste ebenso breit wie meine Schwester. »Sie sah aus, als hätte sie in eine Zitrone gebissen. Ungefähr genauso wie damals, als wir verkündet haben, dass wir heiraten werden.«

Ich hätte gerne gelacht, aber dazu hatte ich noch nicht genug Wein getrunken. Außerdem machte ich mir Sorgen, wie Leandra und Maya diesen Tag wegstecken würden. Meine Tochter schien, den Umständen entsprechend, guter Stimmung zu sein. Nur Leandra wirkte nachdenklicher als sonst.

Als es an der Tür läutete, sprang Cal auf und holte die Pizza herein, während Mildred mit Leandra in einem Gespräch versank. Maya half mir, den Tisch zu decken.

»Du siehst mitgenommen aus«, meinte Cal, als er die drei riesigen Kartons auf dem Tisch ablegte.

»War kein einfacher Tag.«

Er nickte und musterte mich. »Ich fand das ziemlich mutig von dir, Allister.«

»Was genau?«, wollte ich wissen und schenkte mir Wein nach.

»Dass du für sie eingetreten bist und ihr gestanden hast, was du für sie empfindest.«

Ich zuckte mit den Schultern. Leandra hatte mir nicht gesagt, was sie empfand. Das wäre vermutlich zu viel verlangt gewesen nach allem, was vorgefallen war. Allerdings blieb die Unsicherheit, ob ich es vielleicht zu schnell angegangen war. Immerhin, wir kannten uns erst vier Wochen.

Nur für mich bestand kein Zweifel.

Ich war in sie verliebt.

»Hättest du auch gemacht«, murmelte ich.

Cal klopfte mir auf die Schultern. »Aber ich habe nicht einen solchen Drachen wie du zur Mutter.«

Diesmal lachte ich. »Ja, sie ist wirklich … ein Biest.«

»Kann man so sagen«, stimmte Cal mir zu und begann, die Kartons zu öffnen.

In dem Moment kamen Leandra und Mil Arm in Arm zu uns. »Wir haben beschlossen, nach Weihnachten einmal shoppen zu gehen«, verkündete meine Schwester. »Sie muss mir zeigen, wo sie ihre Laufsachen besorgt. Ich will auch so trainiert sein wie sie.«

»Du weißt aber, dass du trotzdem laufen gehen musst?«, hakte ich nach und kassierte einen Schlag gegen den Oberarm von meiner Schwester.

»Ja. Ich gehe mit ihr. Ich meine, ich laufe ihr dann zwei Meilen hinterher und warte, dass sie mich auf dem Rückweg wieder aufsammelt.«

»Du kommst keine zwei Meilen«, murmelte Cal und zuckte zusammen, als meine Schwester ihm einen finsteren Blick zuwarf.

Dann grinste sie. »Du hast vermutlich recht. Beginnen wir bei einer Meile.«

Wir aßen und lachten und auch Leandra wirkte gelöst. Sie griff nach meiner Hand und drückte sie, lächelte mir zu. Aber ich erkannte die Anspannung in ihrem Blick.

Als meine Schwester und Cal sich ziemlich spät an diesem Abend verabschiedeten, wiederholten sie ihre Einladung zum Essen und Leandra stimmte freudig zu. Maya war nach dem Essen auf dem Sofa eingeschlafen und ich brachte sie ins Bett.

Als ich zurückkam, wartete Leandra immer noch in ihrem roten Kleid auf mich. Sie hielt ihr Weinglas in der Hand und starrte darauf, während sie es schwenkte.

»Bei dir ist alles in Ordnung?«, fragte ich, als ich mich neben sie setzte.

»Ich versuche gerade zu verstehen, was heute geschehen ist«, erwiderte sie, ohne mich anzusehen. »Irgendwie ist alles immer noch vollkommen surreal für mich. Ich dachte, ich hätte mich in dir geirrt …«

Ich betrachtete sie und wartete darauf, dass sie weitersprach.

Sie stieß den Atem aus und schloss die Augen. »Als ich beobachtet habe, wie du diese Frau geküsst hast, da …«

Jetzt verstand ich und legte meine Hand auf ihre. »Sieh mich bitte an«, forderte ich sie leise auf.

Sie öffnete ihre Lider, stellte das Weinglas ab und drehte mir den Oberkörper zu, ihr Blick war aber auf meine Hand gerichtet statt in mein Gesicht. Ich legte zwei Finger unter ihr Kinn und hob es vorsichtig an.

»Ich habe sie nicht geküsst. Sie hat mich geküsst. Ich war nur von ihrer Dreistigkeit so überrumpelt, dass ich sie nicht sofort von mir gestoßen habe. Ich empfinde nichts für sie und ich wäre nie auf die Idee gekommen, sie zu küssen.«

»Bist du sicher? Ich meine, optisch passt sie viel besser zu dir als ich.«

Ich schüttelte den Kopf. »Was kann ich tun, damit du mir glaubst, dass du die Einzige für mich bist? Und abgesehen davon finde ich, du passt viel besser zu mir. In jeder Hinsicht.«

Ihre Augen glänzten. »Allister, ich habe gedacht ... ich dachte ...«

»Dass ich der arrogante Schnösel bin, für den du mich gehalten hast?«, half ich ihr aus.

Sie schluckte schwer und nickte. »Es tut mir leid.«

»Du musst dich für nichts entschuldigen, Leandra. Wenn überhaupt, muss ich Abbitte dafür leisten, dass ich dir diesen Tag angetan habe.« Ich ließ meine Hand sinken und breitete die Arme aus. Sie rückte näher und lehnte sich an mich. Wir schwiegen eine Weile, dann raunte ich: »Du musst nicht kündigen. Und nach der Aktion kann Maison genau gar nichts unternehmen, falls du bleiben willst.«

Sie hob den Kopf und musterte mich eindringlich.

»Ich will sowieso nicht mehr für diesen Mann arbeiten. Das wollte ich schon nicht, als er mit dir gesprochen hat, als wärst du wertlos. Aber nach heute ist es undenkbar, dass ich in dieser Firma bleibe.«

»Und du denkst, ich will nach allem, was heute war, dort bleiben?«, erwiderte sie ernst. »Es wird ohnehin Zeit, etwas Neues zu beginnen.« Plötzlich huschte ein Lächeln über ihre Lippen. »Das ist mir bewusst geworden, als ich einen arroganten Schnösel zum Chef bekommen habe.«

»Wirklich, wegen dem gehst du?«, fragte ich und beugte mich ein Stück nach vorn. »Aber sei ehrlich, du findest ihn heiß, oder?«

Sie seufzte theatralisch und fuhr mir durch die Haare. »Er könnte schon heiß aussehen, allerdings hat er eine fürchterliche Frisur.«

Ich lachte. »Zu Hause verwende ich kein Gel mehr, versprochen.«

»Gut, ich mag deine wuscheligen Haare.«

»Sag bitte nicht wuschelig«, stöhnte ich und sie stupste meine Nase an.

»Hey, ich hätte auch ›süß‹ sagen können …«

Ich zog sie an mich und knurrte. »Dafür hättest *du* dann Abbitte leisten müssen.«

Sie hob eine Augenbraue und strich mit den Händen über meine Brust. »Ach, Abbitte soll ich leisten, wenn ich dich süß nenne. Hm …«

»Wie würdest du es finden, wenn ich dich süß nennen würde?«, fragte ich.

»Ich weiß nicht, ob ich es schmeichelhaft fände, wenn mein Chef mich süß nennt. Dann müsste ich wirklich wegen ihm kündigen.«

»Und wenn er dir sagen würde, dass er dich ausgesprochen heiß findet, besonders, wenn deine Schultern unbedeckt sind?«

Sie lächelte. »Ich denke, ich würde mich geschmeichelt fühlen. Immerhin ist der Schnösel doch irgendwie heiß.«

Ich legte meine Finger wieder unter ihr Kinn und hob es behutsam an. Meine Lippen fanden ihre und sie gab wieder dieses Schnurren von sich, das mich in den Wahnsinn trieb.

Als ich den Kuss beendete, schmiegte sie ihren Kopf an meine Schulter. »Ich werde trotzdem kündigen«, erklärte sie. »Ich bin nicht wählerisch, immerhin habe ich dich als meinen Chef ertragen.«

»Ganze vier Wochen.«

»Das waren die längsten vier Wochen meines Lebens«, erwiderte sie und lachte dann.

»Was denkst du, wie es mir gegangen ist?«

»Hervorragend, immerhin habe ich den Großteil deiner Arbeit für dich erledigt.«

Ich rollte mit den Augen und sie fuhr mir durch die Haare. »Lass das jetzt.«

»Nein, Allister. Du hast eine Seite an mir geweckt, die ich nicht kannte. Das wirst du jetzt ertragen müssen.«

»Wer hat hier ein Monster erschaffen?«, neckte ich sie und wurde ernst. »Leandra, ich …«

Sie strich mit den Fingern über meine Lippen. »Sag jetzt nichts. Bitte. Nicht heute. Gib mir noch ein wenig Zeit. Ich muss erst Montag überstehen, und dann …«

Diesmal berührte ich ihren Mund, um sie zum Schweigen zu bringen, und nickte. Sie lächelte und schmiegte sich wieder an mich.

Ganz gleich, was am Montag auf uns zukam, ich würde für sie da sein. Denn solange sie bei mir bleiben wollte, war alles gut.

Wir verzichteten auf ein Versteckspiel und betraten am Montag das Büro gemeinsam. Leandra hatte Mira darüber, was sie vorhatte, eingeweiht. Sonst wusste es niemand und jeder, ausnahmslos jeder, sah sie verwundert an, als sie erst um halb zehn das Stockwerk betrat.

Sie ging, nach einem kurzen Zwischenstopp in ihrem Büro, zu Mr. Miller und ich in mein Büro, wo ich auf sie wartete. Mein Blick fiel auf den Tisch, an dem wir anfangs ständig gesessen hatten. Es war unglaublich, dass ich sie erst so kurz kannte und schon so viel für sie empfand.

Ich hatte ein schlechtes Gewissen. Meinetwegen hatte sie die Beförderung nicht erhalten, die sie verdiente, war von dem Mann, der mich ihr vorgesetzt hatte, belästigt worden und jetzt kündigte sie auch noch. Ich wusste nicht, wie ich das je wiedergutmachen sollte oder ob ich es konnte. Dieser Job hatte ihr viel bedeutet, sie hatte fast alles dafür auf sich genommen. Und jetzt …

Sicher, ich zweifelte nicht daran, dass sie schnell etwas Neues finden würde. Sie war klug und sie konnte sich bestimmt leicht einarbeiten. Ich hoffte nur, dass es nicht zu weit weg sein würde. In einer anderen Stadt etwa … Ich stieß den Atem aus. Dann würde ich mir eben dort einen neuen Job suchen. Schließlich wollte ich nur so lange wie nötig bleiben. Aber nach vier Wochen zu kündigen, kam im Lebenslauf nicht gut, weswegen ich versuchen wollte, ein Jahr durchzuhalten. Und wenn nicht, würde sich etwas ergeben.

Als die Tür aufging, erwartete ich Leandra, doch es war Mira, die ein wenig geknickt wirkte.

»Sie kündigt tatsächlich, oder?«

»Ich habe ihr gesagt, dass ich eher gehen sollte …«

Mira seufzte. »Es wird seltsam werden ohne sie.«

»Ja«, stimmte ich nachdenklich zu.

»Aber das mit euch … das läuft gut, oder? Sie ist glücklich mit Ihnen …«

»Sag Du, Mira. Wird ohnehin Zeit.«

»Also gut. Ist sie glücklich mit dir, Allister?«

»Ich hoffe es.«

»Ich denke, sie ist glücklich«, meinte Mira plötzlich entschieden. »Bei euch war die Anziehung irgendwie sofort zu spüren.«

»So? Ich kann nur von mir sprechen, bei ihr bin ich mir nicht sicher.«

»Doch, bei ihr auch, sie wollte es sich nur nicht eingestehen. Ihr waren Beziehungen nie wichtig. Du musst etwas Besonderes sein, wenn sie jetzt wirklich kündigt …«

»Begeht sie einen Fehler?«

Mira schüttelte den Kopf. »Mal ehrlich, wenn Maison sich mir gegenüber so verhalten hätte, hätte ich mich krankschreiben lassen, aber ich wäre genauso gegangen.« Sie musterte mich. »Du machst dir Vorwürfe, oder? Das musst du nicht.«

»Das bedeutet mir viel. Danke.«

Als es klopfte und Leandra den Kopf zur Tür hineinsteckte, schmunzelte Mira. »Ich lasse euch dann mal alleine. Genießt euren Arbeitstag«, flötete sie und verließ das Büro.

Allerdings steckte sie Leandra im Hinausgehen etwas zu, das diese hinter ihrem Rücken verbarg.

»Und?«, fragte ich nach einer gefühlten Ewigkeit und mein Magen zog sich zusammen, als ich ihren ernsten Blick sah. Hatte sie ihre Meinung geändert?

39

Leandra

»Ich brauche nur einen Moment«, hatte ich gemurmelt, als ich in der Tür zu meinem Büro stand, nachdem wir gemeinsam gekommen waren. Noch hatte ich ein paar Minuten, ehe mein Gespräch mit Mr. Miller beginnen würde.

»Soll ich dich begleiten?«, wollte er wissen.

Ich drehte mich zu ihm, rang mir ein Lächeln ab und schüttelte den Kopf. »Nein. Ich möchte nur kurz durchatmen, bevor ich zu Mr. Miller gehe.«

Sein Blick war angespannt. Ich wusste, dass er unsicher war, ob er sich richtig verhielt. Und ich machte es nicht besser, weil ich es bisher nicht geschafft hatte, mir klar darüber zu werden, was ich für ihn wirklich empfand.

»In Ordnung«, meinte er und ließ meine Hand los, die er die ganze Zeit gehalten hatte. »Falls etwas ist, ruf mich.«

»Danke«, hauchte ich und wartete, bis er die Tür hinter sich geschlossen hatte.

Ich zog meinen Mantel aus und holte mein Handy aus der Tasche. Ich hatte den ganzen Sonntag mit ihr reden wollen, aber da Allister besorgt war, wollte ich mich nicht zurückziehen, um zu telefonieren. Ich hatte nur Mira angerufen und sie eingeweiht. Anschließend hatte ich ihr eine Nachricht geschickt und sie gebeten, etwas für mich zu besorgen.

Aber meine Mum hatte ich nicht anrufen können. Dabei brauchte ich ihren Rat. Mit zittrigen Fingern drückte ich auf ihre Kurzwahl und ließ es läuten. Sie ging sofort ran.

»Lea? Ist etwas geschehen?«, fragte sie und ich hörte die Sorge in ihrer Stimme. Sie wusste, ich rief um diese Uhrzeit nicht an, wenn es nicht wichtig war.

»Mum?«, schluchzte ich und kniff mir mit der freien Hand die Nasenwurzel zusammen. Ich wollte nicht weinen. Aber die Tränen waren stärker als ich. »Ich werde heute kündigen.«

»Du willst kündigen? Wieso?«, hauchte Mum und sprach dann etwas Unverständliches. »Deine Schwester ist gerade hier. Darf ich auf Lautsprecher schalten?«

Ich nickte, bis mir bewusst wurde, dass sie mich nicht sehen konnte. »Ja«, krächzte ich und schluchzte, als ich Rose' Stimme hörte, die ebenfalls besorgt klang.

In ziemlich abgehackten Worten erklärte ich, was geschehen war. Von der Feier und Mr. Maison, der mich zu seiner Affäre hatte machen wollen. Und wie Allister reagiert und mir seine Gefühle gestanden hatte.

»Deswegen muss ich kündigen. Ich kann hier nicht mehr arbeiten«, schloss ich die Erzählung ab. »Nicht, nachdem ich ihn angezeigt habe. Vielleicht kommt sogar noch eine Gegenanzeige, weil Allister ihm eine verpasst hat … Und selbst wenn ich das nicht getan hätte und er Allister nicht ebenfalls anzeigt, würde ich hier nicht mehr arbeiten wollen.«

Schweigen senkte sich über uns und ich wollte gerade nachfragen, ob meine Mutter und Schwester noch da waren, als ein Seufzen erklang.

»Er hat dich beschützt und vor allen gestanden, dass er sich in dich verliebt hat«, raunte Mum und es klang, als würde sie schniefen. »Was hast du geantwortet?«

»Nichts«, flüsterte ich und sank auf meinen Bürostuhl. »Ich konnte nichts sagen. Es war so …«

»Aber gestern hast du ihm etwas gesagt, oder?«, hakte Rose nach.

»Nein«, erwiderte ich verlegen.

Rose schnaubte. »Ehrlich, Leandra. Dass er etwas für dich empfindet, habe ich schon gesehen, als er mit seiner Tochter vor dem Stand darauf gewartet hat, dass du mit uns sprichst.«

»Du hast dich gleich zu ihm hingezogen gefühlt, oder?«, wollte Mum wissen.

Ich hielt inne. Hatte ich mich zu ihm hingezogen gefühlt? Ich hatte ihn für einen arroganten Schnösel gehalten, besonders, als er die Stelle bekommen hatte, die ich wollte. Aber die Träume … und dieser Kuss, der mir nicht aus dem Sinn hatte gehen wollen.

»Lea?«, erklang Rose' besorgte Stimme.

»Ich glaube, ich bin auch in ihn verliebt«, murmelte ich.

»Wird Zeit, dass du es erkennst.« Mum seufzte. »Denkst du, er wird Weihnachten bei seinen Eltern verbringen?«

»Warum fragst du?«, hakte ich nach und schaute auf die Uhr. Ich musste mich langsam auf den Weg zu Mr. Miller machen.

»Ach, weil ich wissen wollte, ob er vielleicht mitkommen würde, wenn du uns besuchst am ersten Weihnachtsfeiertag.« Mum hielt einen Moment inne. »Du kommst doch, oder? Wir warten bis Mittag auf euch und würden dann zu Rose ins Restaurant gehen und dort etwas essen. Was denkst du?«

»Ich werde Allister fragen«, erwiderte ich, obwohl ich nicht sicher war, ob er zustimmen würde. Wir waren vermutlich ein Paar, aber gemeinsam Weihnachten nach dieser kurzen Zeit zu verbringen, war eventuell doch etwas zu viel für ihn. »Ich muss jetzt zu meinem Vorstand. Ich melde mich, wenn ich mit Allister gesprochen habe.«

»Viel Glück, mein Liebling. Und mach dir keine Sorgen«, erklärte Mum und ich wusste, dass sie lächelte. »Es wird alles gut.«

»Ich habe euch lieb«, flüsterte ich und legte auf.

Zitternd wischte ich mir mit der Hand über die Nase und prüfte mein Make-up, bevor ich das Büro verließ und zu Mr. Miller ging.

Er hatte bereits gehört, dass etwas vorgefallen war. Ich musste nicht viel erklären und er fragte nicht groß nach.

»Ich werde Ihnen jedes Empfehlungsschreiben ausstellen, das Sie benötigen, Ms. Hemsworth«, verkündete er, als er mir die Hand reichte. »Es tut mir außerordentlich leid, Sie zu verlieren. Aber ich bin sicher, dass Sie sehr schnell etwas finden, das Ihnen entspricht und das Sie voranbringt. Ich habe immer großes Potenzial in Ihnen gesehen. Gegen einen Beschluss von Mr. Maison bin auch ich leider machtlos.«

»Danke«, erwiderte ich. »Für alles. Ich habe viel von Ihnen gelernt.«

»Lassen Sie mal von sich hören«, sagte Mr. Miller und brachte mich zur Tür. »Sie sind natürlich ab jetzt freigestellt. Auf Ihrem Urlaubskonto stehen genug Tage, um lange bis nach Weihnachten bezahlt zu werden. Das verschafft Ihnen Zeit, sich etwas Neues zu suchen.«

»Danke, Sir.«

»Viel Glück, Leandra.«

Ich nickte ihm zu und machte mich auf den Weg zurück zu Allister. Mein Magen verknotete sich. Einerseits wollte ich ihm gestehen, was ich für ihn empfand, andererseits … hatte ich so etwas noch nie zu einem Mann gesagt. Und dann kannten wir uns erst so kurz.

Dennoch … es fühlte sich richtig an.

Ich sah in meinem Büro vorbei, in der Hoffnung, Mira hätte mir etwas auf den Tisch gelegt. Der war aber genau so, wie ich ihn verlassen hatte. Dafür hörte ich Stimmen aus Allisters Büro. Sie war bei ihm. Vermutlich beruhigte sie ihn, er hatte vorhin nervöser ausgesehen, als ich mich fühlte.

Ich klopfte an die Tür und Mira öffnete. »Ich lasse euch dann alleine. Genießt euren Arbeitstag.« Sie drückte mir verstohlen etwas in die Hand. »Viel Glück, Lea. Er ist schwer in Ordnung.«

Ich trat ein und schloss die Tür hinter mir. Mein Magen rebellierte noch heftiger, als Allister mich ansah. Ich brachte kein Wort heraus.

»Und?« Allister sah mich besorgt an.

Panik kam in mir auf, aber ich schluckte sie hinunter. »Er meinte, er schreibt mir jedes Empfehlungsschreiben, das ich möchte. Irgendwoher wusste er schon Bescheid über das, was auf dem Fest deiner Eltern vorgefallen ist. Ich vermute fast, dass Mira es ihm heute Morgen erzählt hat.«

»Wann ist dein letzter Arbeitstag?«, wollte er wissen.

Ich nahm all meinen Mut zusammen, zog den Mistelzweig, den Mira mir gereicht hatte, hinter meinem Rücken hervor und ging auf ihn zu.

»Was soll der Mistelzweig?«, fragte er misstrauisch und beobachtete mich.

»Ich dachte, du hättest einmal erwähnt, dass du mich im Büro nur küssen würdest, wenn wir uns unter einem Mistelzweig befinden«, erwiderte ich, legte meine freie Hand auf eine Armlehne und schob seinen Stuhl mit ihm darauf nach hinten, um mehr Platz zu haben.

»Ich sagte, ich würde für nichts garantieren, falls du unter einem stündest. Geküsst habe ich dich ja auch so.«

Ein Lächeln umspielte meine Lippen, als ich mich nach vorn beugte und den Zweig über meinen Kopf hielt. Allister umfasste meine Handgelenke, wollte mich wohl auf seinen Schoß ziehen. Allerdings war er zu stürmisch oder der ergonomisch perfekt ausgerichtete Stuhl zu wackelig für diese Bewegung. Meine Welt drehte sich plötzlich, als sich seine Arme um mich schlossen und wir beide auf dem Boden landeten. Wobei ich auf ihm zu liegen kam, während er mit einem Keuchen auf dem Rücken aufschlug und meinen Sturz abfing.

Zuerst hatte ich Angst, dass er sich verletzt hatte, aber er strich über meinen Rücken. »Es tut mir so unsagbar leid«, meinte er und fügte dann panischer hinzu: »Ist alles in Ordnung?«

Meine Schultern bebten, als ich versuchte, das Lachen zu unterdrücken. Es gelang mir nicht. Ich prustete los und hob meinen Kopf, der sich brennend heiß anfühlte.

»Das war filmreif«, brachte ich zwischen zwei Lachkrämpfen hervor. »Oder hattest du das geplant?«

Er schüttelte den Kopf, dann lachte auch er. »Glaub mir, das hatte ich sicher nicht vor.«

Ich deutete mit meiner Nase auf den Mistelzweig und hob ihn wieder über unsere Köpfe. »Das Wichtigste habe ich retten können.«

»Wenn jemand reinkommt, denkt der, wir sind verrückt geworden«, murmelte er.

»Ist mir gleichgültig.« Ich rückte ein Stück nach oben, da mein Gesicht auf Höhe seiner Brust war. So konnte ich ihn nicht küssen. »Außerdem ist es dann zumindest endgültig offiziell, dass wir ein Paar sind, und ich bin freigestellt. Von mir aus kann uns die ganze Firma zusehen.«

»Ich denke, das fällt trotzdem nicht unbedingt unter die Tätigkeiten, die in meinem Arbeitsvertrag geregelt wurden«, überlegte er laut und strich mit seinem Daumen über meine Lippen.

»Ach, und neuerdings nimmst du deinen Job ernst?«, neckte ich ihn.

»Küsst du mich jetzt unter dem Mistelzweig oder willst du dich weiterhin über mich lustig machen?«, brummte er und hob seinen Kopf ein Stück an.

Ich legte einen Finger auf seinen Mund. »Da ist noch etwas, das ich sagen muss …«, begann ich ernst. Jetzt war der Moment gekommen.

»Was denn?«, fragte er und ich erkannte die Sorge in seinem Blick.

»Ich … Allister, ich habe mit meiner Mum gesprochen. Wegen Weihnachten und sie würde sich freuen, wenn wir an den Feiertagen zu ihnen fahren. In das Restaurant, in dem meine Schwester arbeitet. Falls du da mit mir hinmöchtest.«

Er hob eine Augenbraue. »Das klingt schön. Das bedeutet, ich besuche dich, wenn du dort bist?«

»Ich dachte … vielleicht, also, wenn du nicht schon andere Pläne hättest, könnten wir zusammen den Heiligen Abend verbringen? Weil … also ich …« Ich wusste, dass meine Wangen knallrot angelaufen waren, während meine Augenbrauen wieder zuckten. Verfluchter Tick. »Allister Fielding, ich möchte Weihnachten mit dir verbringen, weil ich … weil ich mich in dich verliebt habe.«

Endlich entspannte sich seine Miene und er legte seine Hand in meinen Nacken, zog mich zu sich hinab und küsste mich unter dem verdammten Mistelzweig in meiner Hand.

»Ich bin so froh, Leandra. Ich dachte schon, du würdest es dir mit uns überlegen, und das hätte ich nicht so leicht wegstecken können, denn … Ich empfinde mehr für dich, als ich für möglich gehalten habe. Und ich freue mich auf unser erstes Weihnachtsfest. Und all jene, die noch kommen werden.«

Wir drehten uns auf die Seite und setzten uns auf.

»So, und jetzt werde ich mir den Rest des Tages freinehmen«, verkündete er und half mir hoch. »Denn, wie du so schön gesagt hast, ich werde heute ganz bestimmt nicht damit anfangen, diesen Job ernst zu nehmen.«

»Aber, Mr. Fielding, was werden die anderen denken?« Ich schmunzelte, als er einen Arm um mich legte.

»Dass ich mit der schönsten Frau, die ich kenne, einen Tag verbringen werde. Und falls sie fragen, erkläre ich ihnen, dass der Großteil davon im Bett stattfinden wird.«

Ich lehnte mich an ihn und lächelte versonnen. »Ich kann es kaum erwarten«, raunte ich ihm ins Ohr.

Damit war es offiziell. Ich, Leandra Hemsworth, hatte den Verstand verloren. Und war noch nie so glücklich gewesen wie in diesem Moment.

Epilog

Allister

Der Korken knallte zu laut, aber der Sekt hatte nicht genug Zeit gehabt, kühl zu werden. Wer hätte gedacht, dass wir so viel davon schon vor Mitternacht trinken würden?

»Kann ich dir helfen?«, fragte Leandra und strich verstohlen über meine Schulter.

»Du kannst einen Moment hierbleiben«, flüsterte ich, stellte die Flasche ab und legte einen Arm um ihre Taille. »Da drüben ist mir zu viel los.«

»Ich weiß, was du meinst«, entgegnete sie und hauchte einen Kuss auf meine Lippen.

Wir feierten Silvester in meinem Haus zusammen mit unseren Geschwistern und Leandras Eltern. Meine Eltern waren – wie jedes Silvester – zu irgendeiner Gala-Veranstaltung eingeladen. Aber ich hätte meine Mutter so oder so nicht hierhaben wollen.

Sie hatte mir vor Weihnachten ausrichten lassen, dass sie meine Beziehung mit Leandra nicht akzeptieren würde, und ich hatte erwidert, dass ich nicht um ihre Zustimmung gebeten hatte. Es tat mir nur leid, dass es deswegen schwierig würde, Dad zu sehen. Aber dafür würden wir eine Lösung finden.

Zumindest hatte es so keine Schwierigkeiten mit dem Heiligen Abend gegeben, den wir zu dritt verbracht hatten. Leandra hatte mit Maya heiße Schokolade für Santa zubereitet und am nächsten Morgen gemeinsam mit ihr Geschenke ausgepackt. Dabei steckte sie mir verstohlen ein Päckchen zu. Darin befand sich eine Uhr, die sie auf der Rückseite hatte gravieren lassen. ›Für meinen Captain‹ stand dort.

»Den Rest bekommst du, wenn wir alleine sind«, flüsterte sie mir ins Ohr.

Danach überreichte ich ihr mein Geschenk und wartete, bis sie die Schneekugel ausgepackt hatte, die ich aus Deutschland hatte einfliegen lassen. Sie zeigte den Weihnachtsmarkt von Nürnberg, der angeblich einer der schönsten in Europa war.

»Es ist ein Versprechen«, erklärte ich und zog die Spieluhr, die eingebaut war, auf. »Ein Versprechen, dass wir nächstes Jahr dorthin fliegen und uns den Markt gemeinsam ansehen.«

»Fliegen«, sagte sie mit weit aufgerissenen Augen.

»Natürlich nur, wenn du das dann möchtest. Sonst löst du das Versprechen für eine Woche Florida ein, und wir fahren mit dem Auto dorthin.«

Sie hatte gelächelt und ihren Kopf an meine Schulter gelehnt. »Danke, Allister. Ich würde wirklich gerne nach Nürnberg.«

Den Tag darauf hatten wir mit ihrer Familie verbracht und ich hatte ihren Bruder und Vater getroffen. Es war anfangs etwas seltsam gewesen, aber ihre Familie nahm mich und Maya herzlich auf. Deswegen hatte ich sie auch für Silvester eingeladen.

»Hast du es ihnen schon gesagt?«, fragte ich und hob ihr Kinn ein wenig an. »Oder wartest du bis nach Mitternacht?«

»Du meinst, dass ich schon eine neue Stelle habe? Das sage ich ihnen, wenn du den Sekt reingebracht hast.«

»Was könntest du ihnen denn sonst mitteilen?«, überlegte ich laut und sah sie verunsichert an.

Leandra fuhr mir durch die Haare, die ich wieder nicht gegelt hatte. Ich fühlte mich wie ein Schuljunge, aber wenn ihr das so besser gefiel …

»Keine Ahnung. Vielleicht, dass wir beide ein Paar sind?«

Ich schnaubte. »Ich denke, das wissen sie schon längst, auch wenn du es nicht laut aussprichst.«

»Mag sein«, murmelte sie und legte ihre Hände an meine Brust. »Aber es ist noch immer so … ungewohnt. Auf eine gute Art und Weise.« Sie stellte sich auf die Zehenspitzen und küsste mich flüchtig. »Ich liebe dich, Allister.«

Ich schloss meine Arme um sie. »Ich liebe dich, Leandra. Und ich freue mich darauf, mit Maya und dir das Feuerwerk zu sehen.«

»Falls wir sie dann wach bekommen.« Leandra grinste. »Sie schläft ziemlich tief auf dem Sofa. Meine Mum sitzt bei ihr. Sie ist übrigens vernarrt in die Kleine. Es könnte also sein, dass sie uns einmal in den Zoo begleiten will.«

»Ist für mich in Ordnung.« Ich seufzte und strich ihr über die Wange. »Ich möchte eigentlich nicht zurück zu den anderen. Meinst du, es fällt auf, wenn wir hierbleiben, bis es Mitternacht ist?«

In dem Moment ging die Tür auf und Mildred kam zusammen mit Rose in die Küche. »Leute, ihr könnt doch nicht einfach wegbleiben. Wir warten auf den Sekt«, verkündete meine Schwester.

Rose nickte. »Ganz genau.« Sie griff nach der Flasche und zwinkerte uns zu. »Jetzt könnt ihr weitermachen. Seid nur nicht zu laut.«

Damit ließen sie uns wieder allein.

»Nächstes Jahr laden wir sie nicht mehr ein, oder?«, fragte ich.

Leandra verschränkte ihre Finger in meinem Nacken und schnalzte mit der Zunge. »Aber, Allister. Du hast doch selbst gesagt, dass Familie das Wichtigste im Leben ist.«

Sie zwinkerte, bevor sich unsere Lippen erneut trafen.

Ja, Familie war das Wichtigste. Und obwohl wir noch nicht lange ein Paar waren, gehörte Leandra für mich bereits fest dazu.

Dank

Eigentlich wäre hier ein »Über dieses Buch« angebracht. Also mische ich den Dank einfach damit. ☺

Was gibt es über dieses Buch zu sagen? Zunächst einmal, dass der Schauplatz New York nicht zufällig gewählt ist. New York in der Vorweihnachtszeit besitzt eine eigene Magie, die mich jedes Mal, wenn ich dort war, in ihren Bann gezogen hat. Eine, die ich für Allister und Leandra nutzen wollte. Die beiden haben jeder für sich schwere Päckchen zu tragen und ich wollte ihnen einfach diesen Zauber mitgeben, der für mich Weihnachten ausmacht. Die Orte, die darin genannt werden, sind deswegen meine persönlichen Highlights in dieser Zeit und ich hoffe, dass ich sie authentisch beschrieben habe.

Ich wollte auch keine klassische »Millionär und graues Mäuschen«-Geschichte schreiben. Die beiden kommen aus unterschiedlichen Welten und sollten trotzdem auf möglichst gleicher Ebene stehen. Das soll man auch in ihrem Verhalten miteinander merken.

Übrigens ist der Großteil dieses Buches im Sommer entstanden, weswegen ich Unmengen heiße Schokolade mit Eierlikör und Zimt getrunken habe. Das ist für mich *das* Weihnachtsgetränk schlechthin. Von Glühwein abgesehen, aber dann hätte mich meine Familie wohl für verrückt erklärt, wenn ich so etwas im Juli gekocht und das Haus mit Weihnachtsduft erfüllt hätte. Ich habe auch ziemlich viele

Weihnachtslieder gehört und gesungen. Ja, dafür habe ich auf der Straße und im Büro wohl den einen oder anderen verwirrten Blick kassiert. Aber das war es mir wert.

Jetzt ist es Zeit, sich zu bedanken. Denn diese Geschichte hat mir einiges abverlangt, mich oft zweifeln lassen. Gerade das Thema »Alleinerziehender Vater verliebt sich in Karrierefrau« war für mich manchmal schwierig umzusetzen.

Ich danke deswegen vor allem Ricarda Sewina. Ricky, du hast das Buch ganze dreimal gelesen, mir Mut gemacht, mir geholfen, es mit Gefühl umzubauen und dennoch das Herzklopfen nie aus den Augen zu verlieren. Ich danke dir von Herzen für die unendlichen Sprachnachrichten, die wir dazu ausgetauscht haben, und all deine Lesezeit.

Auch dieses Buch wäre ohne Alexandra Götz nie fertig geworden. Du hast mich daran erinnert, was für ein Traummann Allister doch ist und dass seine Geschichte es wert ist, erzählt zu werden. Danke, Mausi, für alles. <3

Ich danke auch Annika Hennes, die mit ihrem heiteren Wesen da war, als ich gezweifelt habe. Du trägst den Weihnachtszauber das ganze Jahr in dir.

Ich danke auch meiner Familie, die im Sommer Kekse gegessen hat, weil ich sie backen musste, um mich in Stimmung zu bringen, und die mich mit Essen versorgt hat, nachdem ich wieder stundenlang in die Tasten gehauen habe. Und mit ›Jingle Bells‹ in allen möglichen Sprachen. Danke. Ich liebe euch von Herzen.

Lieber Leser, dir danke ich auch. Weil du mit mir in das winterliche New York gereist bist, um diese Geschichte zu erleben. Auf Weihnachten und all den Zauber, der damit verbunden ist! Cheers.

In Weihnachtsstimmung?
Dann empfehlen wir diesen Roman:

C. M. Spoerri

Unlike: Von Goldfischen und anderen Weihnachtskeksen

12. Dezember 2016, Sternensand Verlag

348 Seiten, broschiert

New Adult Liebesroman

Als Taschenbuch und E-Book

Klappentext:
Evan hat in seinem Leben schon viel Mist gebaut, doch seit fünf Jahren ist es ihm gelungen, nicht mehr auf die schiefe Bahn zu geraten. Er wohnt in New York, hat einen Job, eine Wohnung, keine nervigen Freunde … alles wäre eigentlich so weit in Ordnung – abgesehen von der bescheuerten Weihnachtszeit, die gerade in vollem Gange ist. Und ausgerechnet jetzt mischt sich auch noch der schwule Nachbar in sein Leben ein. Dieser kann nicht mehr mit ansehen, wie Evan sich abkapselt, und plant deswegen über eine Single-Plattform ein Date für ihn. Sara, eine Londoner Studentin, wird für eine ganze Woche anreisen. Allerdings in der falschen Annahme, dass sie mit Evan gechattet hat und er sich auf ihren Besuch ebenso freut wie sie. Als wäre das nicht schon verheerend genug, ist Sara auch noch das komplette Gegenteil von ihm. Sie LIEBT Weihnachten und kommt einzig und allein nach New York, um hier den romantischsten Urlaub ihres Lebens zu verbringen – zusammen mit Evan.

Über die Autorin

Bettina Pfeiffer wurde 1984 in Graz geboren und lebt heute mit ihrem Mann und ihren beiden Kindern in Baden bei Wien.

Seit ihrer Kindheit liebt sie es, sich Geschichten auszudenken. Besonders als Ausgleich zu ihrem zahlenorientierten Hauptjob taucht sie gern in magische Welten ab und begann schließlich, diese aufzuschreiben. So entstand recht schnell die Idee für die ›Weltportale‹ und andere magische Geschichten im Genre Fantasy/Romantasy.

Inspiration findet sie dafür immer wieder durch ihre Kinder, mit denen sie gern auf abenteuerliche Entdeckungsreisen geht.

Mehr romantische Geschichten von der Autorin:

Götterherz (Band 1)
9. November 2018, Sternensand Verlag
360 Seiten, broschiert
Urban-Fantasy Jugendroman
Als Taschenbuch und E-Book

Aschenglitzer
14. Juni 2019, Sternensand Verlag
326 Seiten, broschiert
Märchen, Jugendroman
Als Taschenbuch und E-Book

Der Fluch des dunklen Prinzen
9. August 2019, Sternensand Verlag
402 Seiten, broschiert
Märchen, Jugendroman
Als Taschenbuch und E-Book

Die Weltportale (Reihe)
27. Juli 2018, Sternensand Verlag
624 Seiten, broschiert
High-Fantasy Jugendroman
Als Taschenbuch und E-Book

Weitere Bücher aus unserem Romance-Sortiment:

Nadine Roth
SAMe Love (Band 1): Nur mit dir
1. September 2017, Sternensand Verlag
470 Seiten, broschiert
€ 12,95 [D]

Gay Romance
Als Taschenbuch und E-Book

Maya Shepherd
Über alle Grenzen
25. August 2017, Sternensand Verlag
544 Seiten, broschiert
€ 14,95 [D]

Liebesroman
Als Taschenbuch und E-Book

Maya Shepherd
50 Tage: Der Sommer meines Lebens
30. Juni 2017, Sternensand Verlag
472 Seiten, broschiert
€ 12,95 [D]

Liebesroman
Als Taschenbuch und E-Book

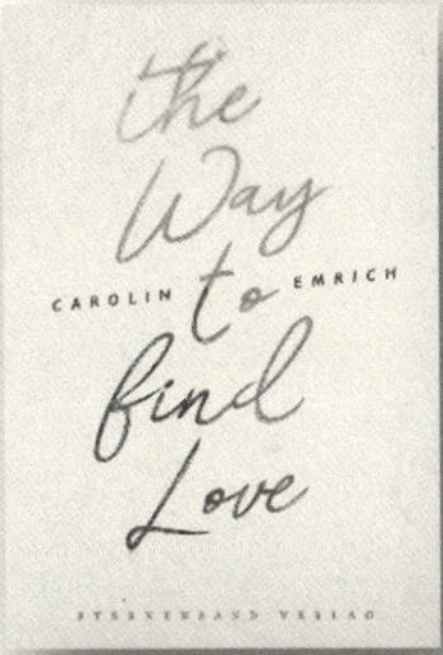

Carolin Emrich
The way to find Love
18. Mai 2018, Sternensand Verlag
430 Seiten, broschiert
€ 12,95 [D]

Young Adult
Als Taschenbuch und E-Book

Carolin Emrich
The way to find Hope
16. November 2018, Sternensand Verlag
400 Seiten, broschiert
€ 12,95 [D]

Young Adult
Als Taschenbuch und E-Book

Carolin Emrich
The way to find Trust
1. September 2017, Sternensand Verlag
470 Seiten, broschiert
€ 12,95 [D]

Young Adult
Als Taschenbuch und E-Book